TAKE
SHOBO

王立魔法図書館の［錠前］は淫らな儀式に啼かされて

当麻咲来

Illustration
城井ユキ

MOON DROPS

王立魔法図書館の［錠前］は淫らな儀式に啼かされて

Contents

プロローグ

それは旅の始まり

——深淵をのぞく時、深淵もまたこちらをのぞいているのだ　ニーチェ

「え？　ここの他にも、魔法図書館があるんですか？」

美月は思わず驚きの声を上げる。下から本を一冊渡すと、梯子の上に腰かけているセイラを見上げた。彼女はいつも通りスレンダーな黒のドレスを身に纏《まと》っている。美月の言葉に、ブロンドのボブカットを揺らして振り返った。

「そうよ。図書館から聞いてない？　私達が普段いる魔法図書館は本館で、他にもイスヴァーン国内に、三つの分館があるの」

セイラは美月が仕事をしている異世界の王立魔法図書館で働く同僚で、先輩司書にあたる。そして彼女は究極魔法の数々がしまわれている閉架書庫の、先代の『錠前』でもあるのだ。修理した本を一冊ずつ書架に戻しながら、セイラは話を続ける。

「ここの図書館を設立した時に、自分の編纂《へんさん》した魔導書を他の魔導書と一緒くたに置きたくないっ

ていう、偏屈な魔導士が何人かいたみたいでね。そういう魔導士のために、個人の専門研究だけを集めた図書館の分館があるの。それで場合によっては、分館の書庫を開ける必要もあるから、王立魔法図書館《こ》、と一緒で……」

全部の本をしまい終えると、セイラは言葉を止め、恋人のジェイから美しいと絶賛されるエメラルド色の瞳で、きちんと整理された書架を満足げに見つめた。

「……一緒で？」

なんとなく嫌な予感がする。そう思いながら美月がオウム返しすると、セイラは慎重に梯子を下りてきて、にっこりと笑った。

「いざという時のために、貴方達ふたりを、新しい『錠前』と『鍵』だって認識してもらう必要があるの。全部の分館で『儀式』をしてね」

（やっぱり……）

それをある程度予想していた美月は、目を閉じてふぅっとため息をついた。

今でこそ、この王立魔法図書館の司書兼『錠前』として、『鍵』のイサックと幸せに暮らしている美月だが、転移してきた直後は本当に大変だったのだ。

ここに来る前に図書館司書の仕事をしていた美月は、ある日、付き合っていた彼氏に騙されていたことを知ってしまった。そのショックで泥酔して街をさまよっていた時に、見慣れない扉を見つけ、少し休ませてもらおうと開けたら、突如、異世界の魔法図書館に召喚されてしまったのだ。

しかも美月はひどく酔っていて、元の世界に帰りたくない、と異世界で司書になることをあっさり了承したという。翌朝、自分がサインした契約書まで残っていたため、ひとまず異世界の魔法図書館で司書をすることに同意せざるを得なかった。

だが問題はそれだけではなかったのだ。図書館内にある、貴重な魔導書が収められた閉架書庫の『錠前』としての役割も果たさなければならないと、先輩司書のセイラに言われてしまったからだ。

その上、この『錠前』システムが美月の想像を超えるものだった。説明によると『錠前』の女性は、書庫を開けるために、『鍵』となる男性と情交をし、『鍵』の男性自身を体に受け入れ、絶頂に達することで書庫の扉が開くのだという。

さっそく美月は、三名の『鍵』候補から、自分の『鍵』となる男性を見つけなければいけない状況になってしまった。そして、いきなりひとりずつとベッドを共にして、鍵を選ぶ『儀式』をすることになり……。

しかし、あろうことか美月は『鍵』候補の男性達ではなく、彼女を守ってくれていた図書館付きの『騎士』であるイサックに惹かれてしまった。互いに選んではいけない人に恋をしてしまい、苦しい想いをした美月とイサックだったが、イスヴァーン王国で大きな権力を持っている教会組織が、書庫の魔道書を得るために、陰謀を働いていたことが発覚する。

実は教会にとって都合の良い『鍵』を美月に選択させるために、本来『鍵』候補であったイサックをわざと候補から外していた。そのことが判明し、ようやく美月とイサックは、正式な『錠前』と『鍵』として結ばれたのだった。

この世界に来てからの騒動をぼんやりと思い出していた美月の顔を覗き込むと、セイラは気を引くようにっこり笑って話を続けた。

「新婚旅行みたいなものだと思って行って来たらいいわ。イサックとふたりっきりで、イスヴァーンのあちこちを旅してこられるわよ。それに分館のひとつは、彼の故郷であるマルーン領内にあるの。なかなか印象的で素敵な分館なのよ」

そう言われて、美月はセイラの顔を見上げる。

「イサックはマルーン公爵の長子だし、彼がマルーンの次の公爵になる予定だから。きっと自分が治める予定の領地を、美月にも見て欲しいって考えていると思うのよ」

優しく瞳を細めて告げられた言葉に、美月はドキッとしてしまった。

「それって……」

「イサックはそういうところ、すごく真面目よ。少々融通が利かないほどね。彼はマルーン領も、彼の家族のことも、とても大切に思っているの。だからそこに美月を連れて行って、将来貴女が一緒に住んでくれるかどうかも知りたいんじゃないかしら？」

美月は思わず目を瞬かせた。お互いの愛情を確認し合ってまだひと月しか経っていない。そんな蜜月状態だからこそ、ずっと一緒にいたいと甘い閨《ねや》の中で何度も囁き合っている。だけど……。

(急に現実的な話になると……すごく、緊張するかも。そうだよね。彼もずっとここの騎士じゃないし、私も『錠前』を引退する時が来るんだ……)

正直そんな先のことは考えられないと思いながらも、彼とずっと一緒にいたいと思っている美月にとって、改めて認識した現実はなんとなく気が重たくなるものだった。

＊　　　＊　　　＊

「美月？　大丈夫か？」

月明かりが部屋に降り注いでいる。美月はなんだか眠れなくて、隣の恋人を気にしながら身じろぎをする。だが眠りの浅い彼を目覚めさせてしまったようだ。イサックは紫色の瞳を細め、美月の額にキスを落とす。

「……ごめんなさい。起こしちゃった？」

美月の言葉にイサックは自らの黒髪をかき上げ、鷹揚に笑みを浮かべた。

「眠れないのか？　何か心配事でもあるのか」

囁きと共に優しく引き寄せられる。毎晩、彼の腕に抱かれることに慣れてきた美月は、なじみになった香りの中でこっそりため息をついた。

「なんか……また『儀式』をしないといけないんだなって思ったら、ちょっと緊張して……」

美月の言葉にイサックは喉を震わせて小さく笑う。指先で美月の長い髪をくるくると弄ぶと、毛先にキスを落とした。

「……何の問題もないだろう？」

悪戯っぽい声音に、美月が視線を上げた途端、艶めいた瞳と視線が絡む。

「さっきだって、あんなに何度も……」

咄嗟に美月は彼の形のよい唇を指で塞いでしまう。じわっと一気に熱がこみ上げてきた。イサックの言いたいことはわかっている。今夜だって、イサックに抱かれて何度も達し、挙げ句の果てに気を失うみたいにして、眠ってしまっていたのだから。

「……大丈夫。心配することはない。いつもみたいに素直に甘えて、抱かれたらいいだけだ。俺はお前が相手ならどこでも同じように愛せる」

何のためらいもなく甘い言葉を囁き、そっと美月にキスをする。最初出会った時はあんなに怖い人に見えたのに、互いの気持ちが通じ合った途端、イサックは恋人をこれ以上ないほど甘やかす。

(でもそれがイサックらしいのかも……)

見た目は怖くて無愛想で、けれど心の中は本当に愛情深くて、優しく強くて。大切な人のためならそれこそ何を犠牲にしてでも守ってくれる。彼はそういう人だと、『鍵選び』の儀式の一件で美月は理解していた。だけど……逆に言えば情の深いイサックにとっては、美月だけが大事な人ではないという可能性もある。家族とか友人とか、大切な人達がきっとたくさんいて……。

「分館の一つは、イサックのお父様が統治されているマルーン領にあるんですよね。どんなところなんですか？」

故郷のことを口にすると、イサックは鋭い目元を楽しそうに緩めた。

「マルーンには、領地の半分ほどを占めているゼファー湖という大きな湖があるんだ。海と接していないイスヴァーンにとって、ゼファーは水産物が採れる貴重な湖で、同時にマルーンの土地を実り多く豊かにしてくれている。俺も子供の頃は弟と一緒に、魚釣りをしたり水遊びをしたりして、遊んだものだ」

　懐かしそうに笑みを浮かべるイサックに、美月もつられて微笑む。

「イサックには、弟がいるんですね」

「ああ、言ってなかったか。年の近い弟と、年の離れた妹がいる。弟は他の領地の後継者として婿養子に出ていて既に家にはいないが、妹はまだマルーンにいるぞ。今年十六になるはずだ。両親も健在だ」

　イサックの家族。どんな人なのだろうか？　自分は彼らにどう受け止められるのか。異世界から来た得体のしれない女、などと嫌われたりはしないだろうか。

　不安にはなるけれど、まだそんな関係でもないのに、ひとりで勝手に先のことを思い悩んでも仕方ない。イサックにそんな悩みを打ち明けたら、図々しいと思われてしまいそうだし、と美月は思う。

「そうなんですね。イサックの故郷……かあ……」

「……あまり気が進まないか？」

　心配そうに見つめる紫色の瞳に、美月は慌てて首を振った。

「いえ、ちょっと……緊張するかなって」

　そう答えると、イサックは美月の髪を撫でて、もう一度キスを落とした。

「父と母にも、美月を紹介したい。俺の大事な人だと認めてもらいたいからな。だが、美月はいつも通りでいい」

「……いつも通りの私？」

彼の言葉にイサックの顔を覗き込む。

「ああ。そのままの美月で、人柄の良さは両親にも理解してもらえる。それだけで十分だ」

それで……本当に大丈夫なんだろうか。イサックはいいと言ってくれても、彼の両親は跡取り息子の恋人が、異世界から来た正体不明の女でもいいと思ってくれるのだろうか。

「まあ地理的にもマルーンの分館に寄るのが最後になるだろうし、俺としては邪魔が入らず、ふたりっきりで旅ができるのが楽しみだ。あいつらもいないしな」

冗談めかして言っているのは、きっとアルフェ王子やヴァレリー魔導士のことだろう。『鍵』がイサックに決まってからも、元『鍵』候補だったふたりは図書館にやって来ては、美月の周りをうろうろしている。そして彼らが来ると、毎回イサックは不機嫌そうにしているのだ。

イサックの従兄弟でイスヴァーン王国の第三王子でもあるアルフェは、金色の髪に琥珀色の瞳をもつ、整った容貌の男性だ。いかにも王子といった気品あふれる見た目なのに、性格は気さくで明るく、美月が困っているとすぐに手を差し伸べてくれる優しい人だ。

一方ヴァレリーは、魔導士ギルドの人間だ。魔導士ギルドは魔導を操ることを生業としていて、王国のために尽力し、地方では豪族や商人達と契約している組織だと美月は聞いている。彼はその中でも、ずば抜けて優秀だと評判の上級魔導士だ。銀色の短髪にブルーグレイの瞳を持ち、眼鏡をかけていて、性格は少々サディスティックな傾向が強い。だが常に美月の状態をきめ細かく確認し、気配りするような親切で繊細なところもある。

（まあ、もうひとり、『鍵』候補の人もいたけれど……）

美月は三人目の候補者を思い出して、無意識に眉根を寄せていた。

教会の司祭、エルラーン。美麗な容貌を持つ男性なのだが、美月はあまり良い記憶がない。教会が引き起こした陰謀に、彼が直接かかわったかどうかはわからないものの、美月の気持ちをないがしろにしたまま関係を持とうとしたり、望まない行為を無理に押し付けてこようとしたため、けして心を許すことができない人間だと美月自身が判断したからだ。

『鍵選び』の儀式以降、姿を現さないエルラーン司祭はともかくとして、普段から美月に近づいてくる残りのふたりの元候補達は、この国に知り合いがほとんどいない美月にとって、数少ない頼れる人達だ。でも、未だに美月に好意を抱いているようなそぶりを見せるから、イサックとしては落ち着かないらしい。しかし、あえてイサックは彼女のために、彼らを遠ざけないように気遣ってくれているのだ。

（ふたりともいい人だし、信頼しているけれど、イサックに対しての想いとは全然違うのに……）

などと思いながらも、密かに恋人に焼きもちを妬かれていることを嬉しく思ってしまう自分に少し罪悪感を覚えていると、イサックは美月の額の髪をかきわけて、そっとキスを落とした。

「ああそうだ。馬で旅をしてもいいんだが、慣れないお前にはつらいだろう。ターリィに付き合ってもらって空の旅をしようと思っているんだが……どうだ？」

ターリィはイサックの愛竜だ。竜ならば短時間で長距離の移動が可能になるので、その分、イスヴァーン国を良く知らない美月とゆっくり観光をする時間が取れそうだという。あの地方ではこれが美味しい、この地方ではこんな美しい景色が見られる、などと楽しそうに話すイサックを見ているうちに、美月はふたりで旅ができることが少しずつ楽しみになってきた。しかもダメ押しするようにイサックが美月の耳元で囁く。

「それに各分館には希少な本がたくさん集められているらしいぞ」

イサックは自分の好きなモノがよくわかっていると、彼女は思わず笑ってしまった。

「ふふ。イサックありがとう。なんだか楽しみになってきたかも」

「セイラが図書館の面倒を見てくれるらしいし、ジェイもこっちに残ると言ってくれているから、留守は心配することはない。では三日後、こちらを発つことにしよう」

嬉しそうに話をするイサックに、美月も素直に頷いていたのだった。

第一章
ハネムーンみたいに愛し合って

「いいなあ、美月とふたりきりで旅行とか。絶対羨ましいんだけど」

ふたりが出かける日、わざわざ示し合わせたのか、図書館にはアルフェ王子とヴァレリー魔導士が来ていた。

「……ところで、美月、ちょっといいか？」

アルフェ王子とイサックが何かを話している隙にヴァレリーが美月の手を引く。イサックはその様子に気づいて、こちらにちらりと視線を向けたが、割って入るような無粋な真似はしなかった。

「……何かありましたか？」

窓際まで歩いてきて向かい合うと、ブルーグレイの聡明な瞳が心配そうに美月を見つめた。

「お前、今のところ体調などの異変はないか？」

突然尋ねられて、心当たりのない美月は首を傾げた。

「特に……思い当たることはないですが」

身長の高いヴァレリーを見上げながら答えると、彼は美月の様子を確認するように眼鏡の奥の目を細める。

「……ならいい。ただ、儀式で無理はするな。何か違和感を覚えたら、誰に迷惑をかけても構わないから、やめてしまえ」

「……え？」

意味がわからずに目を瞬かせると、ヴァレリーはふっと表情を和らげた。

「たぶん杞憂にすぎない。だが魔導的なことであれば、俺が全力で助けてやる。物理的な身の安全は、騎士殿が守るだろうしな」

そこまで言うと、いつものようにニヤリと笑って、美月の額に触れる。

「ま、せいぜい蜜月を楽しむことだな」

ペチンといきなり額を指先で弾かれて、文句を言おうとした瞬間には、ヴァレリーは美月に背中を向けていた。

「王子、俺は帰るぞ」

「え？　ふたりを見送るんじゃないの？」

突然帰ると言われて、王子は慌てて声をかける。

「アルフェ王子は見送ってやれ。俺はいろいろと忙しい」

それだけ言うと、ヴァレリーは印を切り、閉じた空間を使って姿を消したのだった。

＊　＊　＊

「さっき、魔導士殿と何を話していたんだ？」

ターリィに騎乗して空の旅を始めたふたりの上には明るい青い空が広がる。優しい腕の中で美月は暖かい日差しと心地よい風を頬に感じていた。イスヴァーンは今、初夏を迎えようとしている。日本では梅雨の時期にあたるが、ここでは長雨が降ることもなく、気候の良い季節が続く。

「うーん、よくわからないんです。体調がいいか訊かれて、あと、無理はするなって。魔導的なことで困ったら自分が助けるから、身の安全はイサックが守ってくれるだろうしって……」

旅立ち前の餞別の言葉にしては少々剣呑《けんのん》だった気もする。だが正直美月はあまり気にしてはいなかった。それより今はイサックと空の旅を楽しみたい気分だ。

「そうか……たしかに無理はするなよ。まあ竜に騎乗して旅をするから、移動時間は短いし、ゆっくりと宿で休むこともできると思うが。お前はこちらに来てからさほど時間が経ってない。『鍵選び』の儀式の疲れもあるだろうからな。それと俺から離れるな。今イスヴァーン国内の治安は比較的いいが、裏通りに一歩入れば、それなりにややこしい人種もいるからな」

心配性な恋人の言葉に、美月は素直に頷く。こんなにも彼は自分のことを大事に思ってくれているのだ。

「はい、イサックの傍から離れません」

くすっと笑って答えると、イサックは紫色の瞳を優しく細める。

「美月？」

呼びかけられて、微かに腕の力が強まる。横抱きのまま、さらに深く引き寄せられて、彼の影で太陽の光が陰る。

「んっ……」

そっと美月の唇に彼の唇が触れ、武骨な指に頬を優しく撫でられる。なんだか、泣きたくなるほど幸せな気分。美月はぎゅっと彼に抱き着いていた。

「……どうした？」

彼女の心境の変化に気づいたのか、彼は美月の瞳を覗き込む。

「……今さらなんだけど、イサックとふたりきりだなって思ったら嬉しくて……」

なんだか涙が零れそうだ。そう言えば、ターリィに騎乗させてもらうのは、『鍵選び』の儀式の合間に、アルフェ王子に誘われて王都でデートをした帰り道以来だ。あの時は、賊に襲われてデートは中止になり、王子の代わりにイサックが自分の竜に乗せて、美月を図書館まで連れて帰ってくれたのだった。

（あの頃はイサックとこんな風になるなんて想像もしてなかった。彼は『鍵』候補じゃなかったから、絶対に選んじゃいけない人だって思ってた。なのに気づいたら私はイサックのことが気になってしかたなくて。ダメだってわかっていたのにどうしようもなく惹かれていたんだ）

必死に抑え込んでいた恋情は、彼の腕の中でもう誤魔化せなくなっていた。彼への想いをはっきりと自覚したのもあの時だったのだ。

そして今、彼は美月の正当な『鍵』と認められて、誰かに邪魔されることもなく、朝も昼も夜も当然のように彼と一緒にいられるようになった。だから……。

「……私、今すごく幸せなんです。イサックが傍にいて、こうして触れてくれて……」

そっと指先を伸ばして精悍な頤《おとがい》のラインを撫でると、イサックは喉元をくすぐられた猫のように、目を細めた。

「まったく……俺の司書殿はすぐそうやって俺を誘惑する。とはいえ、ここでできるのはせいぜいキスぐらいだが……」

指先を捉えられて、唇が触れ合った。指を絡めて幾度も軽く触れるような優しいキスが降ってくる。騎乗中だからだろう、いつものように深いキスにはならず、それでも離れることが惜しいというように、小鳥が啄むようなキスが繰り返されて、美月は幸福感で蕩けそうだった。

「そんな幸せそうな顔をするな。こっちは……これ以上貪らないようにするのに必死なんだからな」

目元を赤く染めたイサックの瞳が突然、艶を帯びる。男性の野性味を増す表情に、無意識でトクンと鼓動が高鳴り、体の奥がきゅんと啼く。

「……いっそ予定の町の手前で降りてやろうか。そのまま宿を取って、誰も知り合いのいないところで昼間からたっぷりと……」

耳元で淫らな予定変更を囁かれて、美月は真っ赤になってしまう。

「だ、ダメですよ。昼間から……なんてっ」

不埒な恋人の言葉に、慌ててその腕から逃れようとすると、彼はぐいと美月を抱き寄せて、喉の奥を震わせて笑う。

「なら、昼間からじゃなければいいのか？」

「……意地悪」

真っ赤になっている自分とは違って、涼やかな顔をしているイサックが美月をからかっていたことに気づいて彼を睨んだ。

「……可愛いから、からかいたくなるだけだ。っと、そろそろ本当の目的地だな。ターリィ、下に見えてきた町に降りてくれ」

熱々なふたりの様子にも動じず、淡々と空を飛び続けていたターリィは、ひと声鳴くとゆっくりと高度を下げていく。空の旅に慣れない恋人を気遣ってくれていることに気づき、イサックは愛竜の首をトントンと撫でてねぎらった。

「ターリィ、お前は本当に心根の優しい奴だな。長い旅に付き合ってくれてありがとう。——さて、美月。降りたらまずは今日の宿を決めようか。せっかくならゆったりと湯に浸かれる宿がいいな。それと何か旨いものでも食いに行こう」


「わあ……竜だ！」

降り立った町は王都よりはずっと小さいが、集まってくる子供達の様子は変わらない。緑の国イスヴァーンにふさわしく、木々が多いが、平原地帯に森がある王都周辺と違い、視線の先には堂々たる山の稜線が見えた。ふたりの目指す最初の分館は山岳地帯の奥にあるという。

「この竜、おじさんの？」

まだ青年の年齢であるイサックは、遠慮のない子供の声に苦笑しつつも素直に答えた。

「ああ、そうだ。俺の竜だ」

「女の人も竜に乗れるの？」

「この人は俺の大事な人だからな……」

子供相手にもさりげなく惚気《のろけ》ながら、イサックは美月の手を取って竜から降ろしてくれる。竜に女性が乗ることは珍しいらしく、男の子達と一緒にいた小さな女の子は、目を丸くして美月のことを見つめていた。美月が笑顔を浮かべると、おずおずと笑顔で応えてくれたので、なんだか嬉しくなってしまう。

「ターリィ、ありがとう。また何かあれば竜笛《りゅうてき》で呼ぶが、今日はもう町の宿に泊まる予定だから、お前も適当に休んでくれ」

イサックの言葉に、ターリィは小さな鳴き声を上げ、空に飛び立った。

「あの、ターリィってここら辺の森でひと晩過ごすんですか？」

普段と違う場所で寝泊まりすることが気になって尋ねると、イサックは「竜は森があればどこでも体を休めることができるし、竜より強い生物はイスヴァーンにはいないから、好きなように狩りをして休息をとるだろう」と教えてくれた。この緩やかな旅程は、きっとターリィにとっても理想的なのだろうと美月は気づき、安心する。

「さて、そろそろ宿を探しに行くか」

機嫌よく笑顔を見せる彼に腰を抱かれて、町を歩き始めた。

＊　＊　＊

「さっきの夕食、どれも美味しかったですね」

きっと山菜の類なのだろう、少し風変わりな野菜とキノコの入りの壺煮と、スパイスの効いた肉料理、木の実の入ったパンを食べて美月は機嫌がいい。

「ああ、地元で料理が美味いと評判の宿を探したし、この辺りはトゥール山の恵みが豊かだからな」

イサックの話によれば、ひとつ目の分館はトゥール山というイスヴァーンで一番高い山の上にあるという。

「まあ、トゥール分館の周辺は万年雪が残っていて、相当寒いらしいが、セイラの話によれば分館内は暖かいようだから……」

そう言いながら、日中に市場で買ってきたのはふたり分の分厚い外套だ。分館までは馬では数日かかる行程だが、竜に乗って行けば半日でたどり着くらしい。ただ寒さは半端ではないらしく、トゥール山の麓にあるこの町も、特に日が落ちるとかなり冷え込む。

だがふたりが逗留する部屋は、イサックが一番いい部屋を頼んでくれたおかげで、暖炉には潤沢《じゅんたく》に薪がくべられており、充分に暖かい。ゆっくりと風呂に浸かってから、食事をするために食堂に降りたが、食堂より部屋の方が暖かいくらいだ。

「美月、慣れないことが多くて疲れただろう？」

そう言いながらベッドの上で背後から抱き寄せられて、さりげなく洗い上がりの髪に唇が落ちてくる。

「んっ……」

繊細な感触に、思わずぴくんと震えてしまう。

「楽な恰好をしたらいい、手伝ってやる」

「え？」

艶めいた言い方をされると、なんだか体が勝手に淫らな期待をして、鼓動が跳ね上がってしまう。美月が躊躇している間に、彼は彼女の長い髪をまとめると、肩から胸の方に降ろした。

「綺麗だな……」

うなじの辺りに視線を感じて、じわりと熱がこみ上げてくる。次の瞬間。

「あっ……」

温かい唇が触れて、ゾクリと甘い感覚が背すじを走り抜けた。緩やかに唇が下へ降りていく。

「やっ……あ、あのっ」

「俺が脱がしてやる……」

くくっと機嫌よさそうな含み笑いが聞こえる。ドレスの背中にある小さなボタンを、彼がひとつひとつ外していった。

(図書館にいる時は、魔導で脱がすことができるから……)

改めてこうやって彼の手で肌をあらわにされることが新鮮で、今まで来たことのない場所にいることもあって気持ちが高まる。うなじから肩口まで緩やかに唇でなぞられながら、プツリプツリとボタンが外されるたび、ドキドキと期待が高まっていく。

「やっ……ダメ、イサック」

本当はちっともいやではないくせに、恥ずかしさがそんな言葉を吐かせる。

「美月、手を……」

そっと指先にキスを落とされながら、気づくとドレスの袖から腕を抜かれ、身に纏っていたドレスは腰まで滑り落ちた。躊躇することなく、彼の手は背中で結い上げられているコルセットのリボンを解き、胸元を緩めて薄いシュミーズ越しにゆるりと胸を撫でる。その感触にピクンッと美月の体が跳ねた。

「……期待、しているんだろう？」

意地悪く耳元で囁く声は欲を秘めて甘やかだ。彼の声とトーンが好きすぎて、美月は細く息をのむだけで声を上げることもできない。チュクリと彼は耳朶を食み、力の抜けた美月の頭を抱きこむようにすると、丹念に耳殻の襞に唇を滑らせて、耳孔にねっとりと舌を差しこんだ。水音を立てながら耳元で淫らな言葉を囁く。

「ほら……こんなに硬くなっている」

後ろから前に回された手で尖った胸の蕾を掘り起こされて、美月は咄嗟に背すじを反らせて顔を上向けた。

「ぁ……あぁんっ」

むずかるような甘え声を上げた美月の頤を、彼はもう一方の手で押さえ込む。優しく寄せられる唇にまた鼓動が速くなる。脳が痺れるような感じがして、ずくんとお腹の奥が熱を持った。

一度二度と触れて力の抜けた唇にイサックの慣れた舌が忍び込んでくる。瞬間、今日竜の上で何度もされた、淡いキスの蕩けそうな幸福感がよみがえってきた。熱と潤みを増した唇は容易に美月の唇を割り、彼女の舌を捕らえると、深く吸い上げていく。ちゅく、ちゅくと水音を立てながら貪られる。いつものようにイサックの緑色の香りに包まれると、美月は抵抗する力を失い、自然と彼にもたれ掛かっていた。それをそっとベッドに寝かして彼は美月の足元に移動する。

「……イサック？」

腰を抱えられ、コルセットとドレスを抜かれた。上半身は頼りないシュミーズ一枚で、思わず美月は両腕で自らを抱くようにしてしまう。

次に指が触れたのは太腿の内側。長靴下まで脱がされようとしていて、咄嗟に恥ずかしさに身を捩る。

「あの……それは、自分でっ」

瞬間、お腹の辺りまでシュミーズをめくられてキスを落とされた。

「ひゃっ……」

「全部俺が脱がしてやる。安心しろ」

少しだけ彼の声が掠れて息が荒い。そのことにゾクッとして、また力が抜け落ちる。艶めいた彼の表情にますます身を捩りたいほどの熱がこみ上げた。ゆるゆると長靴下を引き抜かれ、白い足が彼の目前に現れた瞬間、膝に口づけが落ちてきて、感じる場所でもないのに、美月は息を詰めてしまう。

「こうやって一枚ずつ、お前を包むものを奪っていくのはたまらないな」

ぼそりと囁く声に視線が絡み合う。なんで、と唇の動きだけで問うと、彼は困ったように小さく笑った。

「ひとつずつ、着実にお前を俺のモノにしている実感が湧く。ここも……そこも……」

言葉を紡ぎながら膝の裏を持ち上げられて、恥ずかしい恰好に開かれた内太腿にキスがいくつも降ってくる。

「あっ……」

彼の淫らな囁きとキスに、思わず体が弓なりに反り上がってしまう。

「……こっちもな……」

緩んだ体を大きく広げるようにすると、イサックは美月の感じやすい割れ目を布越しに指でなぞる。既に潤み始めているそこは、イサックの指の動きに合わせて、ぬちゅ、ぬちゅ、と淫靡な湿った音を漏らす。

「ぁあっ……いやぁ……」

「ああ、もうたっぷりと濡れているな」

そのまま下着越しにパクリと食《は》まれて、ちゅっと吸われる。大きな手が臀部を持ち上げ、下から柔らかく揉まれる。

「あっ……はぁっ……んあっ」

それだけで、はしたないほど乱れていく自分に気づく。食まれても、布越しでは感じやすい尖りには届かない。それがもどかしくて思わず腰が揺れてしまう。

「……どうして欲しい？」

恥ずかしい恰好をさせたまま、イサックは視線だけこちらに向けて尋ねてくる。凛とした容貌が欲望で上気し緩んでいた。舌を伸ばし、ゆっくりと割れ目を舐め上げるようにしては、彼は美月に流し目を送る。それだけでまだ閉じられている蜜口がヒクヒクと収縮してしまった。

「どうしてって……」

恥ずかしくて言えないとわかっているのに、イサックは意地悪く尋ねる。

「あの……イサックはどうしたいの？」

するとイサックは眉を寄せて、一瞬獲物に喰らいつく寸前のような鋭い視線を向けた。

「どうしたいって……。このままこの邪魔なものを全部脱がせて、美月を丸ごと貪り喰らって、散々啼かせたあとに……」

言いかけて口ごもる。彼はゆるりとベッドの下に膝立ち、美月の手を取ると彼の中心に触れさせる。

「――っ」

「お前が欲しくて、さっきからずっとこんなだ……」

熱を持って脈を打つものがそこにある。切なげな声に胸がキュンと高鳴る。自分が触れたら彼は気持ちいいのだろうか、そう思った瞬間、布越しに硬くて芯のある彼を撫で上げていた。

「んぁっ……」

瞬間腰を引いてイサックが逃れようとするのを、指先を伸ばして下から上に撫で上げる。くっと歯を食いしばるようにして彼が快楽に耐える表情に、ゾクゾクするような悦びを感じてしまった。

「……こうされたら、イサックも気持ちいい？」

囁くと目元を染めて困ったような、どこか甘える視線を彼はこちらに向けた。それがなんだか酷く愛おしい。美月は身を起こして、イサックの腰を抱え込み、もう一方の手でその部分を優しく撫でる。時折熱を持つ剛直が布越しにヒクリと動き、熱も質量もどんどん増していく。

「ちょっ……待て、美月」

焦るような声も可愛い。誘われるように唇を寄せてしまう。さっき彼にされた仕返しだ。

「こら、ちょっと……」

ちゅっと音を立てて服越しに口づけると、それはヒクンと生き物のように蠢《うごめ》く。

「……私にイサックの服の脱がせ方、教えてください」

美月の誘いに彼は艶めいたため息をついて、服を脱ぎ始めた。さすがに言葉で教えてくれる気はなさそうだ。欲望に駆られたように荒っぽく服を脱ぎ捨て、逞しい肢体を露わにする。

（綺麗……）

見慣れているはずなのに、改めて見惚れてしまう。これからこの体に抱かれることを想像すると、ますます欲望が高まっていく。

彼の男性自身は改めて見ても、大きくて立派だった。でも自分はこんな大きなモノを毎晩悦んで受け入れているのだ、と思うと欲望の深さが恥ずかしい。

ベッドに腰かけたままシュミーズを脱がされて、そのまま押し倒される。彼のモノにもう一度指を伸ばそうとすると、手を押さえ込まれて体に残った最後の下着に指を掛けられた。

「あっ……私ばっかり……」

「俺はしたいことを先に言ったんだから、する権利がある」

確かに自分が恥ずかしくて言えなかった言葉を彼は言ったのだ。負けを認めて抵抗を諦めると、するりと下着は足から引き抜かれていた。瞬間、蜜が内太腿に付いて、どれだけ自分が濡れていたのかがわかった。

「美月、俺のを触って余計に濡れたのか？　糸を引いているぞ」

攻守が反転していつも通りの体勢になった彼が楽しそうに言う。恥ずかしさに逃げ出したくても、ぬちゅりと音を立てて彼の指先が割れ目を辿り、潤んだ淵に指を挿しこまれると、甘い声を上げてそれを受け入れてしまう。

「……気持ちいいか？」

さっきの仕返しをされ、美月は上気した瞳で見上げてそれでも素直に頷いてしまう。

「口で言って欲しい」

ちゅっと唇にキスを落とされ、美月はイサックの色香を纏う瞳に逆らえなくなってしまう。

「……すごく、気持ちいいの……」

「もっと欲しい？」

「もっと……いっぱい欲しい」

素直に答えると、彼は身震いして唸る。入り口辺りを緩やかに擦っていた指をぐっと奥まで抉るように突き立てた。

「ああっ……もっとっ」

一度淫らなお願いをしてしまうと、堰を切ったように言葉が零れ落ちていく。イサックは長い指で蜜壺をじっくりと貫きながら、唇は美月の胸を這い、硬く尖っている蕾を貪る。さっきの乱れたイサックの表情がもう一度見たくて、そっと彼の昂るモノに指を伸ばし、ゆっくりと撫で上げていく。瞬間、顔を上げた彼の眉根が切なげに寄せられた。はぁっと艶めいた吐息が落ちる。

「イサックも……気持ちいい？」

尋ねると、彼は一瞬目を閉じて、美月の指先の感触を確かめるように肩で吐息をつく。

「……ああ、たまらない」

「私が口でしたら、もっと気持ちよくなる？」

今までそんなこと、しようなんて思ったことなかった。でもこんなに気持ちよさそうな顔をするならしてあげたい。手を引いて隣に彼を座らせ、そっとそこに顔を伏せる。

「私、イサックにしてもらうとすごく気持ちいいの。だから私も気持ちよくさせてあげたい」

衝動が止められない。そのまま大きなモノを口に咥え、できるだけ奥まで受け入れようとする。

「……ケ、ケホ……」

途端にむせる美月を見て、イサックは止めるべきか快楽に飲まれるべきか葛藤しているようだった。そして誘惑に負けたように、具体的な方法を告げる。

「慣れないのに無理をするな。……ここら辺まで咥えてくれたらいい。あとは手を添えてこういう風に動かして……」

美月は言われた通り、勃ち上がった下半分を両手で包み、上の引っ掛かりの部分を口に含んで、凹凸を確認するようにチロチロと舌を這わせた。

「ああ……上手だ」

彼は眉を寄せて、再び熱っぽい吐息を漏らす。大きな体の彼が自分の与える快楽に身悶えして喜ぶ様子に、美月は新しい悦びを覚えた。少し吸い気味にして、口蓋の部分で擦りたてると、彼は長く息を吐き出し、睫毛が愉悦に微かに震える。口内でパンと張り詰めたそれは、我慢しきれず、微かな苦味と塩味を美月に味わわせた。

(可愛い、イサック、こんな風になっちゃうんだ。すごく気持ちよさそう……)

そう思った瞬間、彼の手が胸の蕾を捉え、きゅっと摘み上げる。

「んんんっ」

咄嗟に彼を口に含んだまま、美月はビクンと体を震わせた。しかも彼はもう一方の手で今度は感じやすい花びらをかきわけ、花芯を捕らえると小刻みに刺激し始めた。美月はたまらず体を反らせ、彼の硬くなったモノは彼女の口から飛び出してしまう。

慌てて追いかけるように咥え直すと、さらに彼が大きくなっていることに気づく。

「美月、ちょっと待ってくれ。このままだとお前の口の中で果ててしまいそうだ。中に入ってもいいか？」

切なげな声にドクンと体がうねる。

「私も……中にイサックが欲しいの……」

口に彼を受け入れていると、こっちだって彼が欲しいと、蜜壺の中が収縮し、彼の熱を欲して疼く。彼女の誘惑の言葉を聞いて、イサックは美月の口から自らを引き抜くと、ベッドに美月を押し倒した。

蜜口の上を、美月が口で慰めていた硬いモノが滑る。

「あっ……あっ……も、はいっちゃ……」

次の瞬間、ぐいと開かれる感覚と共に、彼自身が中に入ってくる。口でしていたからこそ、それがどういう形をしているのかよくわかる。どんな風に自らの蜜襞を押し開いていくかを想像すると、感覚がより鋭敏になる。

「……わかるか、さっきお前が咥えていたのは、この部分だ」

イサックの声が掠れて乱れる。互いに先ほどまで何をしていたのかはっきりと思い出していた。彼はわざと蜜口に張り出した部分を引っかけるようにして、花芯の裏側のあたりを擦りたてるようにする。

「……美月はここを擦られるのも大好きだな」

全部……全部この人に知られている。その事実がたまらないほどの羞恥心と安心感を美月に覚えさせ、愉悦を深めていく。

「それに、胸を弄られながら突かれるのが好きだろう？」

片方の手で胸を揉み、硬く尖る蕾を舌で転がされる。

「あっ……好き、そうされるの……キモチイィ……」

ちゅるっと蕾を吸い上げられて、貪られる。それだけで脳の奥が痺れる。きゅうと彼を包むそこが激しく収縮する。浅く浅く何度も擦られていくうちに、彼が足りない、もっと欲しい、と彼女の奥が訴えてくる。

「どうして欲しい？」

タイミングよく尋ねられて、美月はついに淫らな願望を告げてしまう。

「奥……おくまでっ……欲し……イサックので……いっぱいにされたいの……」

「おねだりが上手で……美月はいい子だ」

イサックは美月の脚を抱え上げて、一気に奥まで貫く。

「ひぁああああぁぁぁあ」

腰骨が食い込むほどゴリゴリと押し付けられる。

「ぁあっ……イイの。イサックの、奥が当たるの……はぁあっ……も、ダメ。無理……イ、イっちゃ……」

言葉にした瞬間、全身を総毛立たせるほどの快楽が湧き上がる。イサックの背中に回した指先に力が入って爪を立ててしまう。そうしていることに気づかないほど美月を追い込む悦楽は大きくて。

「んはっ……そんなに締めるな、動けなくなる」

力の入りすぎた体をなだめるようにキスをされて、美月は止めていた呼吸がようやく戻ってくる。

「はぁっ……美月、お前は本当に……可愛い」

甘い声で囁かれながら突かれると、体が溶けて彼と混ざり合っていくような気がする。

「イサック、好き。大好き」

「美月、愛してる。も……動くぞ」

彼は鋭く告げると、張り詰める剛直を美月の奥に押し当てて細かく抽送し、彼女の体をゆさゆさと揺する。

「あっ……イイの……それ、凄く……ぁあっ」

あっと言う間に快楽の淵まで追い込まれてしまう。さらに硬く膨張したものを、再び子宮口のあたりにゴリゴリと当てられると、あっさりと快楽の頂上から帰って来られなくなった。

「あっ……そこ、ダメっ……だめ……なのぉ……」

「大好き、だろ。……締め付けが……たまらん。お前のが喰らいついて、俺を飲み込んでる」

美月が涙を流し、足を絡めて自らを逃すまいと捕らえる様子に満足して、イサックは頬の涙を舌先で掬いとる。次の瞬間、彼は軽く引き抜き、さらに奥を目指し深く叩きつけた。

「ひぁっ……ふか……っやぁっ」

何度も愛を囁かれて、キスをされて激しく貫かれ、美月は抜け出せない愉悦に落とされていく。

「も、また、イ……ちゃう、あ、あ、あああっぁはぁぁあ」

びくびくと体を震わせて、乱れる美月の様子に釣り込まれるように彼は一度達する。硬さの残ったものを挿し入れたまま美月をうつぶせに横たえた。

「まだ足りない……」

「えっ？」

艶めいた囁きと共に、イサックに腰を抱えられて今度は後ろから貫かれた。

「あっ……ダメ……もうダメなのに……」

挿入される角度が変わると当たる位置も違ってくる。彼の抽送にまた新しい快楽が湧き、美月は必死に背すじを反らし、悦楽に耐えようとした。ぐちゅぐちゅと水音がひときわ高まったのは、自分の蜜と彼から迸ったものが混ざり合った音だ。恥ずかしいのに……それが嬉しい。

「ここが……当たるのがいいんだろ？」

「ああっ……イサック、ズル……い」

反った体を後ろから抱いて、イサックは新たな快楽に震える背中に優しいキスを落とす。ゾクンと淫靡な戦慄が全身を走り抜け、体の奥から愉悦がまた上がってくる。体を支えていた腕に力が入らなくなって、美月が顔を寝具に押しつけると、イサックは思うさま美月を後ろから貫き始めた。

一度火が付いた体はあっさりと理性を失い、悦びを甘受する。

「ひぁっ……ああっ……ダメ、も、ゆるしてっ……また、イっちゃ……」

「こんなに可愛いのに、許せるわけがないだろう？　ほら何度でもイッたらいい」

獣のように後ろから散々突かれて、幾度もいかされ、美月は愉悦の最中で意識を落とした。背中越しに抱かれたまま素裸で朝を迎え、朝方に再び欲情したイサックにまた襲われ……。

消耗しすぎた美月は、結局午後まで立ち上がれなかった。そのせいで、分館に旅立つ予定は変更を余儀なくされ、いきなり旅行の日程は一日遅れになってしまったのだった。

＊　＊　＊

「……美月、本当に悪かった。謝る」

翌日の昼、筋肉痛と疲れで動けなくなってしまった美月にイサックは平謝りしていた。

イサックがあまりに必死に謝るので、本当は心の中ではちょっと許してもいいかな、と美月は思い始めている。

(私のことが好きで、いっぱい愛したかったと言われると……本当は嬉しいけど。それに、これだけ体の大きな人だし、欲が強くても仕方ないかもしれない……)

だけどあんな風に、翌日、動けないほど抱かれるのはさすがに今後の生活に支障が出てくる。ここはびしっと線を引いていかないと、と美月はあえて厳しい顔をして見せていた。

「……急ぐ旅でもないし、俺はお前といられるのが嬉しくて、しかもお前があんまりにも可愛いおねだりをするから、つい……羽目を外してしまった」

「私もふたりきりの旅は楽しみですよ。でもイサックにとっては知っている場所でも、私には初めての場所ばかりだから、一緒にいろいろ見てみたいんです。だけど、あんな風になっちゃうと部屋の中しか見られなくなっちゃいそうだし……」

美月の言葉に痛いところを突かれたとばかりに、めずらしく凹んでいるイサックが可愛く見えてしまう。不機嫌なイサックは今でも怖いと思うくらいなのに、目の前にいる彼は美月に叱られてまさに〝青菜に塩〟状態だ。

（うーん、もういいかな、ちょっと許してあげようかな）

「……だって、私がこれから長い間、住む国になるかもしれないんだから。ね、イサック？」

そっと指を伸ばし大きな手を握る。

「貴方と一緒に……」

自信なさそうに小さな声で囁いた美月の言葉に、はっと視線を上げたイサックはくしゃりと相好を崩し、どこか少年っぽいあどけない笑顔を見せた。普段のきつい顔立ちとのギャップに美月はあっさり胸を射貫かれてしまう。

「そうか……お前がそう思ってくれて嬉しい。ありがとう」

イサックが美月の手を強く握り返しながら答える。

（思わず……言っちゃった。だけど今の私の本当の気持ちだから）

美月はイサックの手を力強く思いながら笑顔を浮かべた。

「……明日には分館に行かないといけないし、無理はさせたくないから今晩はお前を抱かずに我慢する。ああ……一緒に眠ることだけは許してくれ」

ぎゅっと手を握りしめたまま、叱られた大型犬みたいな顔で請われると、美月に嫌われたくない、という彼の気持ちが伝わってきて、愛されている幸福感で、ますます胸がキュンとしてしまう。

「……わかりました。今日はしないですからねっ」

分館に行ったらまた儀式をしないといけないのだ。それまでにしっかり寝て体力を回復しないと、と美月が考えながら頷くと。

「そうだ、せっかくだから町はずれまで散歩でもするか？　落ちていく夕日が山の稜線に映えて見事らしいぞ」

背をかがめ、美月の顔を覗き込んで機嫌を取る彼の様子になんだか胸が温かくなる。

「はい、綺麗な景色、見たいです」

にっこりと笑って頷くと、イサックはほぼ無意識のように美月を抱き寄せ、こつんと自らの額を美月のそれに当てる。

「……自覚してないだろう？　俺はお前が可愛すぎて、好きすぎて、今日の夜は何もしない、と約束したことすら、もう後悔してるんだからな」

艶めいた囁きにやっぱりドキンとしてしまう。昨日のことだって全部イサックが悪いわけではないことは、美月にだってわかっている。そんなこと言われたら、自分の体だってきゅんきゅんと反応してしまうのだけれど。

(でも……)

自分がここで流されると、結局は昨夜と同じことの繰り返しになってしまいそうだ。

「イサック、行こう」

傍にいたら、自分だってやっぱり触れて欲しくなるだろう。そうなればまたお互い、歯止めが利かなくなることは間違いない。

（もう……私の体、いつの間にこんな風になっちゃったんだろう……）

全部イサックに作り替えられちゃったんだ、と苦笑しながらも、愛されている幸福感で胸がいっぱいになる。彼と手をつなぐと、主導権を握った美月は宿の部屋の外にイサックを引っ張り出した。

＊　＊　＊

山に沈んでいく夕日は見事だった。大人になってからこんな圧倒的な夕日を見たことがあっただろうか。美月はふと不安になって、手をつないでくれている人の指をさらに強く握る。

右手に大きくそびえ立つのは、図書館の分館があるトゥール山だとイサックが言っていた。いくつもの稜線の奥に、今まさに夕日は姿を消そうとしている。初夏に向かう時期だからか、あたり一面をスミレのような小さな紫色の花が、レースのように覆い尽くしている。緑の木々の合間で、紫色の花は夕日の赤と黄色の光を受けて輝き、幻想的な風景が広がっていた。

ふとここは現実なのだろうかと不安になり、美月は傍らにいる人の手をさらに強く握る。いや、ここが生まれ育った世界とは違う異世界だということはよくわかっている。それでも、自分の住んでいた世界も、イサックと共にいるこの世界も、どちらも現実に存在している世界なのだろうかと、不安になってしまう。足元が崩れ去りそうな恐怖を感じた瞬間、確かなぬくもりに抱き寄せられて、額に温かいキスが落ちてきた。

「……寒くはないか？」

そう尋ねられてはじめて震えていた自分に気づく。もしかしたら全部、自分の夢の中の出来事なんじゃないか。こんなに素敵な人が恋人で、大事に大事に愛してくれて。幸せすぎて、本当にこれは現実なのだろうか、と美月は思う。

突然携帯のアラームが鳴って現実世界で目覚めると、初めて付き合った男性に振られた翌日の、人生最悪の朝が美月を待っているのではないか。と、たまに怖くなるのだ。

「イサック……私は本当にこの世界に来て、貴方に出会ったんですよね……本当に、これって夢じゃないですよね……」

「夢だったら俺も困るな……」

小さく笑う気配。美月の想いに気づいて、愛情を与えてくれる人。望んでいたように温かくて少し薄い唇が触れる。抱きしめてくれる彼の腕に縋《すが》りついた。

「……好きだ。どこにも行かずに、ずっと俺の傍にいてくれ……」

恋人に強く抱き返されて、最初から魅了されていた森の緑の香りに包まれ、ようやく現実だと再確認できた。自分はこの人に会うためにこの世界に来たのだと、美月は安堵に体が溶けていきそうになる。

「大好きだから、ずっと傍に居させて……」

自然と涙が零れていた。それを彼が優しい笑みを浮かべた唇で拭う。

「ああ。俺はお前を一生手放す気はない。……美月にずっとイスヴァーンにいてもらいたい。一緒の時を過ごし、時が満ちれば夫婦として家庭を築き、子を授かり……ずっと共に暮らしていきたいと、心から願っている」

それってプロポーズみたい、と思いながら、美月は嬉しくてぎゅっと彼の胸に顔を押しつける。

彼の腕の中から見つめる世界は何よりも美しくて。この世のものとは思えないほど幻想的な光景の中で、美月は少しだけ『永遠の愛』を信じてみたい、と素直に思っていたのだった。

＊　＊　＊

その夜、イサックは美月に約束したとおり、美月を抱きしめるだけで一夜を過ごした。

柔らかく開かれた艶やかな唇から、小さな寝息が聞こえる。自分がちょっと力を込めて握りしめたら、砕けてしまいそうな細くしなやかな指がしっかりと摑んでいるのは自分の着衣だ。つい反応しそうな下半身を意思の力で何とか抑えつけられないかと息を吐く。

「はぁ……」

呼吸に合わせ、ゆっくりと上下する美月の豊かな隆起を見つめて、はだけた寝間着の首筋から鎖骨に顔を寄せ、そっと肌の匂いを嗅ぐ。喰らいつきたい願望を自らの手をくっと握って堪《こら》える。

「……相当病んでるな……」

ようやく手に入れた『錠前』に対しての執着は、我ながら相当なものだと思う。好きで好きでたまらない、などという生易しい感情ではない。儀式とはいえ、美月が他の男性と情を結んだ事実は、その時感じた複雑な思いと共にイサックの胸に深く刻まれている。だが『錠前』の正式な『鍵』となって公私ともに彼女を自分のものにしたら、そんな想いも少しは落ち着くかと思えば、手に入れてからの方が、欲望はより一層高まっている。いや、あんな抱き方をしたら、美月だって怒るだろう。それでもそうしたいという欲を抑え込めないのだ。

情けないことに今そうしないのは、彼女に嫌われたくない、というのが最大の理由で、しかも必死で抑制しているような状態だ。

(自制心には自信がある……とはもう、とても言えないな)

苦笑を浮かべ、イサックはそっと目元に掛かる美月の髪を指先で梳く。美月は幸せな気持ちで眠りについたが、イサックは昨夜のベッドでの美月を思い出し、妄執に苦しめられる一夜を過ごしたのだった。

第二章

分館での儀式で激しく乱れて

翌朝は快晴だった。朝から竜笛を鳴らすと、ほどなくしてターリィが姿を現し、イサックに嬉しげに鼻先を擦りつけて挨拶をする。

「さて、今日はトゥール山山頂まで飛んでもらうぞ」

イサックが指差した山を見て、ターリィは機嫌よさそうに鳴き声を上げた。

「早く出ないと夕方までに着かないな。美月、せかして悪いが、そろそろいくか」

手を引いてくれるイサックも自分も、たっぷりとした暖かい外套を羽織っている。それでも山頂はかなり冷え込むと聞く。それに竜で飛んでも数時間かかるという山頂までの距離も相当あるのだろう。ただ、昨日しっかりと眠らせてもらったおかげで美月は元気いっぱいだ。ターリィの背に乗ると、ふたりは再び空の旅人になった。

途中で何回か地上に降り、食事をとったりお茶を飲んだりした。ターリィのためにも休憩を取りつつ半日かけて飛んで、日が傾きだした頃、ようやく山頂にたどり着く。トゥール山の山頂は、辺りの山を従えて一番の高みにあった。昨日、麓の村から見た夕焼けは見事だったけれど、山の天候は不安定で、夕刻を前にいつ崩れてもおかしくない空模様だった。日差しが完全に陰る前に、ターリィは素早く山頂に降り立った。

「……寒い……」

残雪を踏みしめ、辺りを白く染めるものを見るだけで、きゅうっと身が引き締まるような気がする。

「あの……ターリィはどうするんですか？　これから麓まで戻るんですか？」

美月の言葉にイサックは小さく首を横に振った。さすがの竜もこの寒さで一日飛び続けるのは負担が大きいので、トゥール分館では客を乗せてきた竜も一緒に泊まれるようになっているという。確かに半日掛けて飛んできたターリィはいつもより疲れているように見えていたので、美月もそれを聞いてほっとした。

「ところで建物って……これですか？」

美月は改めて目の前にそびえ立つ建物を見て、ため息をついた。山の上の図書館の分館というから、山小屋のようなものを想像していたのだが……。

上空から見た時にも、なんでこんな奥深い山頂の上に城が建っているんだろうと思ってはいたが、近づいてみるとその大きさと美しさに圧倒される。

「あの……ここって竜で飛んでも数時間かかる距離にあるんですよね。どうやって建てたんですか」

「さあ、この城の主だったシュピーゲルは伝説の七魔導士のひとりだったらしいからな。きっと魔導を使ったのだろうが。……彼は相当な変わり者で、自分が編纂した魔導書は王立魔法図書館には収めたくないと言って、こんな辺鄙な場所に自分の『幻術に関する魔導書』を保存したらしい」

話を聞きながら寒さに震えている美月を見て、イサックは荷物を持つと彼女の手を引く。

「まあとにかく中に入ろう。一番頑張ったターリィにも、エサと寝床を用意してやらないとな」

竜も一緒に通れるほどの大きな門は、ふたりが入ろうとすると自然に開いた。城に囲まれた一番奥には大きくて立派な扉があり、そこがメインの入り口であることが見て取れる。だがイサックは城の右手側の建物の正面にある、両手開きの大きくて、重たそうな扉を開けた。

「うわぁ……あったかい～」

一歩足を踏み入れると、そこはびっくりするほど温かくて、オレンジ色のランタンでホール内は明るく照らされている。エントランスの右側には申し訳程度にゲートのついた広いオープンスペースがあり、飼い葉や藁がたくさん敷かれていた。

「どうやらここが今日のお前の寝床らしいな」

イサックはターリィをゲートの向こうに連れていき、奥にあった貯蔵棚から、飲み水と大きな干し肉の塊と、たくさんの干した果物を愛竜の前に並べてやった。それから頑張ったターリィを労わるように顔を撫でてやる。

「森に戻してやれなくて悪いな。今晩はここでゆっくりと寝て、また明日、俺達を麓の村まで連れ戻ってくれ」

イサックが声をかけると、ターリィは気持ちよさそうに撫でられてから、控えめに一声鳴く。本当にイサックはターリィにすごく好かれているのだと思う。美月達の前で、ターリィは藁を一束咥えると、さっそく自分の寝床を作り始めた。愛竜がくつろいだ様子を見せるのを確認して、イサックは美月を連れて、横の扉から廊下へと出る。一つ扉を抜けると、昔映画で見たことがあるような、重厚な内装の廊下が続いている。絵画などの代わりに、大小の鏡が飾られているのが特徴的だ。ゆらゆらと揺らめく蠟燭の灯りの中で、遠くに近くに、彼と一緒に歩く自分の姿が鏡に映るのを見て、美月はなんだか不思議な世界に迷い込んでしまったような気がする。

「……あの、イサックは以前、ここに来たことがあるんですか？」

迷うことなく城の中を進む彼の様子を見て、美月が尋ねると、彼は笑って首を左右に振る。

「来たことはないが、こういう小さな城というのは大概似たような構造をしているからな。俺の家もこんな感じだ」

彼の言い様に美月は思わず絶句した。こんな立派な建物を『小さな城』という感覚も理解できない。それに……。

「……あのそもそも、イサックの実家って……お城なんですか？」

気を取り直して尋ねると、不思議そうにイサックは頷く。

「ああそうだ。父はマルーン城の城主でもあるからな」

当然のように言われ、美月は再び返す言葉を失った。つい忘れそうになるが、イサックはイスヴァーン王国の王弟を父に持つ、マルーン公爵家の正統な跡取り息子なのだ。当然のように実家はお城らしい。そうした事実は『身分違い』などという言葉と、縁なく生活してきた美月を強烈に不安にさせる。

(そんな家の人達に、異世界から来た庶民の私なんて、絶対信用してもらえない気がする……)

ますます心配になってきてイサックの袖の裾を摑むと、そんな美月の想いに気づいていない彼は柔らかく笑みを返しながら、美月のコートの襟もとに軽く触れた。

「まずは分厚い上着を預かろう。重たいだろ？　それから今夜、俺達が泊まる部屋へ行って、その後は当然夕食までは本を見たいよな？　もちろん儀式の部屋の場所も、確認しないといけないだろうし」

＊　＊　＊

イサックの案内で、自分達の寝室《ゲストルーム》に行くと、たっぷりと湯が湛《たた》えられた温かいお風呂が用意されていた。入浴後、薄着で平気なくらい温度が調整されている廊下を抜けて、分館の図書室を見てまわった。図書室の蔵書には幻術の魔導士らしく、幻術をはじめとして、心理学領域まで様々な本があり、やはりあちこちに鏡が装飾のように飾られている。それが図書室内をさらに幻想的に見せていた。今は入ることができない書庫には幻術に関する秘術が載った魔導書があるに違いない。

城内には相変わらず生きている者の気配がまったくしないのに、粛々《しゅくしゅく》と美月達を迎える準備ができており、風呂だけでなく、時間になれば食事もきちんと用意されていた。

（やっぱりここにはミーシャみたいな精霊はいないみたいだな。だとしたらこれって……全部魔導で賄われているんだよね。もしかして、狸に化かされた昔話みたいに、実はあばら家にいたりして）

王立魔法図書館本館の雑事をとりしきっている、守り魔のミーシャを思い出しながら肩を竦める。魔導士のヴァレリーが見ればこの分館のからくりはわかるのかもしれない。でもイサックと美月が確認できるのは、城のダイニングに用意された温かくて美味しそうな食事だけだ。深く考えるのはやめて、美月達は食事を取ることにする。

「なんだか、この城の持ち主のシュピーゲルさんが幻術の魔導士だって聞くと、このお城も本当は幻術でできていたりして……なんて思っちゃいますよね」

美月の話にイサックは小さく笑った。

「そうだな、だとしても俺には違いはわからん。安全で、旨い食事と居心地の良いベッドがあればそれで充分だと思うが」

そういえばイサックが自分で魔導を唱えている場面を美月は見たことがない。彼曰く、自身は魔導力がほとんどなく、いろいろな人が用意してくれた魔導を単に利用させてもらっているだけだという。この世界ではほとんどの人間は便利な道具のように、既にでき上がった魔導を利用して生活しているらしい。それは美月が元々の世界で理論はわからなくても、普通に電化製品を使っていたことと似ているかもしれない。

美月はこちらに来てしばらくしてから、ヴァレリーとアルフェ王子に教えてもらったことを思い出していた。

＊　　＊　　＊

「え、じゃあ、この国でも、自分で魔導を使える人って実は少ないんですか？」

美月の言葉にアルフェ王子が頷く。

「うん、イサックはほとんど使えないんじゃないかな。僕は精霊使いだから素養もあるし、そこそこは使える。もちろん、ここにいるヴァレリー上級魔導士殿なんかとは問題にならないけどね。彼はこの国で屈指の魔導力を持っているらしいけど」

「さあ、それはどうだろうな。……ああ、そう言えばお前も、訓練次第で魔導が使えるようになる可能性が高いとは、まだ伝えてなかったな」

ヴァレリーの言葉に、美月は目を瞬かせた。

「えっ？　私も魔導が使えるようになるんですか？」

「ああ。一説によると『図書館』は魔導の波長で『錠前』を選んでいるという話があってな、まったく別の世界から来た『錠前』達も、ほとんどの者は魔導が使えたらしい」

だから訓練次第で美月も使えるはずだと彼は言っていたのだ。

「少し魔導の手ほどきもしてやろう。少なくともこの国にいるのなら、イサック殿の武道や、王子が精霊を使えるように、何かとお前を守ってくれることになるだろうからな」

＊　＊　＊

「……それでこの城は、別名、鏡城と言われているんだ」

ふたりきりのダイニングで、食後のお茶を飲みながら話をしていたのだが、美月は少しぼうっとしていたらしい。

「……どうした、疲れたのか？」

席を立ったイサックは、美月の背後にやってきて、肩越しに彼女の顔を覗き込む。

「大丈夫ですよ」

美月は慌てて首を左右に振った。イサックは心配そうに彼女の額に掛かる髪を指で払い、小さな口づけをそっと額に落とす。キスだってこうして触れられることにだってだいぶ慣れたはずなのに、ほんの少し離れて再び彼に触れられると、毎回ドキッとしてしまうのだ。頬に熱を感じて美月は視線をそらす。

「あ、あの……確かにこのお城って鏡だらけですよね」

確認するようにゆっくりと目線を上げると、テーブルの向こうにも大きな鏡が置かれている。そこには彼女の肩に手を載せ、赤くなった美月の頬を、もう一方の人差し指の背で、機嫌よさそうに撫でているイサックが映っている。

「ここにもありますし、廊下にも全身が映るような大きな鏡から、綺麗な飾り鏡まで、あちこちに置いてましたし……んっ」

話をしている途中で、イサックは唇を寄せる。椅子に座っている美月は半身を反らせるようにして、イサックのキスを受けた。触れただけのキスは一度では収まらず、何度も美月の唇を啄んで、そっと舌先を侵入させる。先ほどまで彼が飲んでいた果実酒が美月の口内で香って、それだけで酔ってしまいそうだ。

「んっ……はぁ……ふっぁ……」

今日一日、バタバタしていたせいで、挨拶のような軽いキスは何度もされていたけれど、こんな濃厚なキスはされていない。果実酒交じりの雫を嚥下《えんげ》して、ねっとりとした舌で口内をゆるゆると刺激されていると、ますます体温が上昇していく。彼の指が触れている頬が熱い。

ふと先ほどの、目の前の鏡に映った自分達の姿を思い出す。今、あの大きな鏡には舌を絡ませ、淫らなキスをしている自分達が映っているのだろうか。

「ぁあっ……」

そう想像した瞬間に、きゅん、と子宮の奥に不用意な疼きを感じて、美月は身を震わせる。彼女の力が抜けたのを確認して、イサックは美月の肩から背中に手を添わせるようにした。

「……美月？」

キスで濡れた唇を撫で、顔を覗き込むイサックの紫色の瞳は、既に艶香を増している。

（こういう目で見られると……）

自然と自分もイサックに引っ張られるように色っぽい気分になってしまう。

「……どうする？　これから儀式の間で、『鍵回し』の儀式をするか？」

美月は彼の誘いの言葉にドキッとしながらも、瞳を閉じて一瞬考える。気が重かった儀式だけれど、今なら自然な形で行えそうな気がした。

(そのためにここまで来たのだし。自然な形でできるのが一番いいよね……)

それに……認めるのも恥ずかしいけれど、今会話するために離れた唇も、彼に愛されるはずの体も、全部疼いて彼を欲しがっている。暖かい部屋の中で火照ったように体が熱い。きっと少し飲んだお酒のせいだけじゃない。美月は黙ったまま彼へ手を差し伸べた。

「……わかった。俺の愛しい司書殿。……なら仕事の時間だな」

手を引かれて立ち上がったところを軽々と抱き上げられて、ドキドキしながらイサックのうなじに手を回し、体を寄せる。いつでも鼓動を高めるくせに、どこかほっとする彼の香りを感じると、体の中からとろんと溶けていきそうで、咄嗟にくっとうなじに回した手に力を入れる。

「お前がいいと言ってくれてよかった」

イサックは美月を抱き上げたくらいでは、重さを感じていないかのようだった。廊下を歩いていく彼の腕の中で、美月はその声を心地よく聞いている。

「……何がですか？」

「昨日お前を抱かずに、一緒のベッドで寝ていたら、美月が欲しすぎて気が狂うかと思った」

自嘲気味の笑みを零し、イサックが美月の頬に唇を寄せる。

「……え？」

欲望に掠れた声で、自分が眠っている間も欲しがられていたのだと言われると、恥ずかしいけれどそれ以上に嬉しくて。

(こんな言葉で喜んじゃうとかって……はしたないと思うけれど、やっぱり嬉しい)

言葉の代わりにぎゅっと抱き着くと、イサックは困ったように瞳を細めた。

「お前は、昨夜はしっかり眠れたか?」

それってどういう意味だろう、と思いながら美月は頷く。

「そりゃ……よかった。それなら手加減せずに抱ける」

欲を隠さない言葉に一気に体が火照ってしまった。これから……きっと彼に激しくされてしまうのだ、と思うと下半身の疼きはさらに高まる。図書室の隣にある儀式の部屋の前まで来ると、美月を抱いたイサックは声をかけた。

「では美月、開けてくれ」

彼の言葉に心の中で、図書館開けて、と声をかけると、カチャリと扉の開く音がする。どうやらここの分館は、王立魔法図書館の本館の人格のように、会話を交わしたり、言葉を返してくれることはないらしい。招き入れるように扉が開くと、イサックは美月の顔を見て柔らかく笑む。

「じゃあ行くか」

そして控え部屋を通り過ぎ、オーガンジーのカーテンが数層にわたって降りているエリアを抜けると。

「……え?」

「…………」

ふたりして思わず黙り込んでしまった。イサックは言葉を失ったまま、美月をベッドに降ろす。

「なるほど。まさしく鏡城の『儀式の部屋』ということだな」

イサックは何とも言えない不思議な声を出すと、小さくため息をついた。美月はベッドの上に座ったまま、呆然と部屋を見回す。

あまり部屋は広くない。感覚的には四畳半もない感じだ。そこにキングサイズより大きなベッドが置かれている。それは奥の壁にぴたりと沿うように押し付けられていた。美月は指で壁に触れる。それはつるつるとした素材で、壁にはふたりの人影が映っている。

(ここで……儀式をするの？)

まるでバレエスタジオのように壁面に飾られた大きな一枚鏡が、美月の前に存在していた。しかも、顔を振って左右を確認すると、同じような鏡が、部屋を取り囲んでいる。そして室内は仄明るく照らされているが、一見したところ部屋の灯りを消す方法はわからない。

「イサック……どうしよう……」

鏡に囲まれたこの部屋のベッドで抱き合えば、間違いなくお互いの淫らな姿態を鏡越しに見ることになる。それでもきちんと儀式を行って、この分館でも新しい『錠前』と『鍵』として認めてもらわないといけないのだ。

イサックは何も言わずにベッドに上がると、美月を抱き寄せた。彼の胸に顔を伏せて、鏡から視線をはずすと少しほっとする。先ほどのキスシーンの続きのように唇を合わせると、美月は目を閉じて鏡を視界から消した。

（こんな風に目を瞑っていたら……大丈夫かな）

冷静にそんなことを考えていると、胸元に温かい手のひらの感触があることに気づく。

「ぁっ……んんっ」

膨らみを確かめるように大きな手で覆われ、指先で胸の頂点を弾かれて思わず声を上げてしまう。

「……感じやすくて、可愛いな」

甘く囁く彼の表情を見たくて、つい目を開いてしまった。その途端、彼の肩越しに鏡の光景が飛び込んでくる。そこには大きな体に抱き寄せられた自らがこちらを見つめていた。しかも瞳は欲望に潤んでいて、目元は微かに赤い。

（なんだか……私、すごくイヤラシイ顔している……）

そう思った瞬間、膝に彼の腕が入り、軽く抱き上げられて、くるりと体勢を変えられていた。奥の鏡にはイサックの胡坐をかいた膝の上に座らせられて、艶っぽい顔をしてこちらを見返している自分がいる。その肩口にイサックが唇を這わせながら、彼女の表情を確認するように、視線を向けた。

「ぁっ……んっ」

紫色の上目遣いな視線と美月の溶けそうな黒い瞳が鏡越しに絡み合う。瞬間ゾクリと甘い感覚が再び体を支配し始めた。そんな美月の様子を確認すると彼は背中から手を前に回し、羽織っていたガウンを脱がせて、薄物越しに胸をゆるゆると揺らす。それだけで胸の蕾が尖っていくのが鏡の中にはっきりと目視できてしまった。

「もう、張り詰めてきたな。ここが……硬く尖っている」

「あっ……ダメっ、そこっ」

感じやすいところを指の腹で転がされて、ぴくんと体が跳ね上がる。背すじを反らして快楽を逃がそうとすると、彼が両方の手で二つの頂を覆い、荒々しく揉みたて始めた。

「……後ろから俺に胸を攻められている時、美月はこんなイヤラシイ顔をしているんだな。普段見られないのが惜しいほど、本当に可愛い」

低く甘い声で囁かれて、ダメだとわかっているのについ自らの姿を鏡で確認してしまう。そこには喘ぎに胸を波立たせ、潤んだ瞳で鏡を見つめている自分がいる。恥ずかしくて咄嗟に顔を俯かせると、頤を掬い上げられて再び唇が触れる。啄むように執拗に下唇を食まれ、開いた唇から舌が入ってきて、ザラリとした舌同士が互いを刺激し合う。親指と中指で胸の尖りを摘みあげられて、人差し指が尖りの上からコリコリと刺激する。既にお腹の奥は充溢感を求めて疼き始めている。

「気持ちよさそうだな。もっと可愛がってやろう」

それだけ告げると、図書館の魔導で服を取り上げられた。突然鏡の前で素肌を曝されて、美月は小さな悲鳴を上げて顔を両手で覆う。そんな様子を見てイサックは楽しそうに声を上げて笑った。

「……何で笑うんですかっ」

拗ねた唇をもう一度キスで奪って、言い聞かせるように囁く。

「もっと……気持ち良くなりたいだろ？　それに上だけじゃなくて、美月はこっちも欲しくなってきていると、俺は思うんだが？」

言いながら美月の腰を抱きかかえると、ひざ裏に手を掛けて、Mの字を描くように大きく足を開かせてしまう。

「やだ、そんなことしないで」

鏡の前でさせられた淫らな恰好に美月は咄嗟に逃げようとするが、イサックの大きな手でしっかり押さえ込まれて、動きを封じられた。

「意地悪、やめてっ……恥ずかしいっ」

身悶えして逃れようとしても、イサックはこの状況に倒錯した様子で、鏡の前ではしたない恰好をさせられている美月の姿をひたすら視姦し、その様子を堪能しているようだった。

「……お前も……ちゃんと儀式を成功させたいだろう？」

彼の言葉に美月は小さく頷く。そのために時間をかけて、こんな山の頂上まで来たのだ。

「いい子だ、見てみろ、俺の可愛い美月はこんなに感じてる」

抵抗する力が抜けた美月の脚をもっと大きく開かせると、人差し指と中指で花びらを抑え込む。

「やだっ、ダメそんなことしちゃっ」

咄嗟に顔を反らして淫らな自らの姿から逃れようとする。

「大丈夫だ。美月、自分がされているのを見たらもっと気持ち良くなる。お前は苛められるのが好きだからな。あぁ……嬉しいのか。入り口がヒクヒクとヒクついている。……蜜が蕩けだしてるぞ。今にも滴り落ちそうだ」

イサックの声が楽しそうに美月の状態を伝えてくる。しかもそれは鏡越しに見える、自分の体の淫靡な変化についてだ。ふと薄目を開けた先には、足を大きく開かれた自分が映っている。胸の蕾は赤く熟れ、視線を下げれば大きく開かれた指で秘所を暴かれて……。花びらの奥が赤く充血し、蕩けた蜜でねっとりと光り、時折ハクハクと物足りないかのように蠢くのを見せつけられた。

「やだやだやだっ……」

それは想像よりもっとグロテスクな光景だった。こんな卑猥なものをいつも彼に見られているのかと思うと羞恥心がこみ上げてくる。けれどイサックはそれを意に介していないように、蜜口に指先だけくぐらせるようにした。何の抵抗もなく、イサックの武骨な指が美月の中に入り、くち、くち、という淫らな水音を立てる。

「ああ……美月が悦んでいる音だな。俺はお前が濡れてくると嬉しい。気持ち良くなってたっぷりと濡れるともっと嬉しい。だから俺に触れられて悦んでいる美月を一緒に見よう」

彼の言葉に再び瞳を開く。目の前の光景にひるんで視線を落とすと、イサックは美月の腰骨に手を置いて自らの体を反らせる。

「あっ……」

臀部に触れるのは、熱を持っている彼自身で、ぬるりと濡れているのは興奮したイサックから先走るモノだろうか……。

「……これが欲しいんだろ？　欲しかったら、素直にどうされてるのか自分の目で見たらいい」

促されておずおずと鏡の中の光景を確認する。自分の中心がよく見えるように彼の指で開かれている。しかも人差し指を使って被膜を引き上げるようにして、赤く充血した快楽の芽を露出させると、ぷっくりとしたそれを指の腹で転がし始めた。

「あぁもう……ずいぶんと我慢させてしまったか？　こんなに大きくなって硬く尖っている……」

「あっ……やっ……ダメそれっ」

ズキンというような鋭い快楽が美月を襲う。思わず身悶えしながら逃れようとしてしまう。

「ダメじゃないだろう？　もっとして欲しいなら内腿を自分の手で押さえるんだ」

蜜で濡れたイサックの手に促されて、自分の手で足を開いた形に固定させられる。まるで恥ずかしい愛撫をねだっているように見えて、美月を密かに興奮させた。

「こっちも……一緒にして欲しいんだよな。美月はここが弱いからな」

自由になった手で彼は胸の尖りも一緒に愛撫し始める。

「上も下も、起ち上がってコリコリと指に当たるな。よく見るんだ。俺の美月は、本当に気持ちよさそうだ」

チラリと開けた瞳で大好きな人に何をされているのか確認してしまう。今自分は、もっと触れて欲しいというように、大きく開いた足を自らの手で押さえている。しかも顔は悦びで歪み、口元もはしたなく半開きだ。絶えず淫らな喘ぎを零しながら、彼に弄ばれる様子に思わず体が震えてくる。

「美月……お前の蜜が溢れて、糸を引いてシーツまで濡らしているぞ。今日はいつも以上によく感じているな」

言われた通り、蜜口の下の方までとろみでぐしょぐしょに濡れているのを見て、ゾクリと快楽がこみ上げてくる。

「ややあっ……だめ、そんなこと、言っちゃ……ダメなのぉっ」

泣き声を上げたつもりが、それは淫靡でねだるような響きを持つ。

「ああ、もうイキそうなんだな。一度イったらいい。この状態ならあと少しだろう？」

ゾワリと一気に悦楽が寄せてくる。胸と下の尖りを擦りたてる指先が激しさを増す。

「ひぁっ……ああっやあっ……ダメ、イッちゃう、イっちゃうのっ」

甘い声を上げながら目の前の鏡に視線がつい行ってしまう。恥ずかしい恰好で喘いで、ヒクンヒクンと体を震わせているのが自分だと認識した瞬間、もう一つの視線を感じる。

（あぁっ……イサックも……）

普段のストイックで精悍な顔が緩み、彼の視線は鏡の中で狂乱する美月を注視している。触れる指先だけではなく、唇でも彼女を感じたいというように、絶えず首筋や肩口に唇を這わせながら、上目遣いに鏡の中の美月の様子をじっと観察しているように見えた。欲望まみれの視線と鏡越しに目線があった瞬間、美月はあっけなく達していた。

「はぁっ……ぁあっ……イサック……意地悪。……もっ……恥ずかし……」

改めて淫らな自分の姿を見て一気に恥ずかしさがこみ上げてくる。頬を涙が伝って落ちる。瞬間、美月を快楽に追い込んだ指が蜜口に入り込んできた。

「ほら……美月。もう中までとろとろだ……」

蜜口の中にイサックの指が第二関節まで埋まると、ゆっくりと挿抜される。そのさまがつぶさに鏡に映される。動かされるたびに、くぷくぷと淫らな音がした。

「だ、ダメです。あの……恥ずかしいから、もう見せない……で」

咄嗟に視線を鏡から逸らし、彼の指を抜こうと手を伸ばすが、イサックの手はまったく動く気配もない。

「もっと欲しいだろ、物足りない顔をしている」

濡れそぼった蜜口は、ぐいと押しこまれたイサックの中指を全部飲み込んでしまう。彼はそのまま指先を曲げて、感じやすいところを擦りたてた。

「ひゃぁあっ……ダメ、あぁあっ、ぁっ、あ、あぁぁあっ。ダメ、またっ……キちゃ……」

ぐちゅぐちゅと淫猥な音が室内に響き、ぬらぬらと濡れた指が挿抜されるのを見せつけられる。

「美月、俺の指で乱れるお前は……本当に可愛い……」

言われた瞬間、喘ぎを零し続け、淫らに開いたままの美月の濡れた唇から、雫がつうっと垂れそうになる。それをイサックが指先で拭い、自らの舌で舐めとるのを鏡ごしに見せつけられた。

続けざまに達して力尽きる美月の腰を抱え上げ、イサックはようやく美月の蜜口に自らを押し当てた。

「美月、今日は鏡のせいでよく感じてるな。もう欲しいだろう？　自分で挿《い》れてみるといい。目の前の鏡でその姿もよく見えるぞ」

既に快楽でクズクズになっている美月は、言われた通り腰を上げて、鎌口をもたげている彼自身を、自らの濡れそぼつ蜜口に当てていた。彼の剛直は青筋を立て、猛々しく美月のソコを喰らい尽くそうとしている。

「無理……こんな……おっきなの……挿入《はい》ら……ない。あっ……イサック、ダメっ……壊れちゃう……」

美月の言葉にイサックは小さく笑う。

「いつも奥までしっかりと挿入ってるから心配するな。お前の中だと気持ち良すぎて、俺はもっと大きくなるが、美月はそのほうが悦ぶしな。あぁ、きゅうきゅうとした締め付けがたまらん」

いやらしいことを耳元で囁かれて、躊躇《とまど》いつつも、美月は体を沈めていく。押し開かれる感覚は痛みより快楽を連れてくる。

「はぁっ……ぁあんっ……なか、アタちゃ……」

蜜まみれの襞を押しこむように進む熱に、美月はびくびくと震えながら、あれだけ大きくて立派な剛直を悦んで受け入れる自分の欲深い姿に、ますます高揚していく。

「美月、上手だ。ほら……見えるか？　お前の中に俺のが全部挿入って行く……」

「あっ……挿入っちゃ……った……」

収まると気持ち良さに思わず腰が揺らめく。彼を逃すまいと、襞が絡みつき、彼の形を確認する。

「ああっ……お前の中はやっぱりたまらない」

艶めいた声で吠えると、逞しい腕が彼女の腰を抱いて、もう一方の手は茂みを手のひらで押さえつけた。イサックはふたりがつながっている部分がよく見えるようにして引き上げ、美月に交わりを見せつける。

「ああっ……も、ダメ。……きもち、いっ……」

鏡の中では、恥ずかしい部分をすべて露出されながら、自ら腰を振って彼のモノを受け入れる姿が映っている。自分が動くたびに、美月に愉悦を与える剛直が、蜜まみれの姿を現す。見事に張り出した頭の部分を引っかけるようにされるたびに、入り口の感じやすいところを擦られて、あっと言う間に悦楽に溺れていく。

「あっあっ……イサックの、すごく……コスレル……のぉ……」

思わず涙声でいやらしい言葉を告げると、イサックはぐいと美月の腰を抱きかかえて、下から激しく突き上げ始めた。

「なら、もっと感じたらいい。俺のでしか感じられない体にしてやる」

欲望まみれで切羽詰まった彼の声を聞くと、美月は全身が彼に貫かれているような気持ちになり、ゾクリと震えを感じる。

「ひぃっ……ふぁっ……奥まで、奥まで来るのっ……ダメぇ、も、また、イッちゃ……」

ガクガクと震えながら愉悦の果てにあっさりと追い込まれる。普段の余裕すらかなぐり捨てて、ひたすら自分を貪る鏡の中の彼に余計、感度が高まる。

「美月、今日は本当にイヤラシイ……な。可愛すぎて……止まらなくなりそうだっ」

腰を押さえ込まれた上、激しい腰使いで下から突き上げられる。ガンガンと攻められて、体がぶつかり合う淫靡な音が室内に響く。追い込まれて美月は自ら動くことすらできなくなっていた。

とっくに書庫の鍵が開いている気配はしているが、イサックはそれで攻めを躊躇することなど一切なく……。

「ね、イサック……抱きしめて」

鏡を見ることばかり優先して、彼の胸にしっかりと抱きとめてもらっていない。それが少し寂しくなってきてねだると、イサックは自身を抜かないまま、美月の膝を抱きかかえる。そのままベッドに横たえて、覆いかぶさった。

「——ちょっ……ダメ、イサック！」

瞬間、美月は声を上げてしまっていた。彼女の様子にイサックは何事かと振り返って天井を確認する。

「……念の入ったことだ……」

見上げた先には天井にまで鏡が張られていて、美月を貪る彼の腰がうねるたびにふたりの交わる様子まではっきり見えてしまう。

「やあっ……この部屋っ」

だが、正常位でしっかり四肢を押さえ込まれてしまっている美月には逃げる手段などない。

「まあ、たっぷりと俺に犯される自分の姿を堪能したらいい」

意地悪く言われ、彼が自由に動き始める。

「あっ……ふぁっ……深……いのぉ……だめ、奥、あたっちゃ……」

イサックの背中がたわみ、緩やかにうねると美月の中に深く突き刺さる。彼の背面の動きがつぶさに伝わる鏡の光景にたまらなくなり、美月はそっと彼の臀部に手を滑らせる。固い筋肉に覆われているそれは、女性のものとはまったく別ものだ。それをぎゅっと摑んで自らの方に引き寄せると、イサックはそんな乱れた美月の行動に、さらに動きを激しくしていく。力強い恋人の腰を抱いているのは自分の手だ。そのことが凄くすごくうれしい。筋肉質の太い足に、自らの白い足を絡ませ、もっと深い快楽を甘受しようとしている強欲さに恥ずかしさと悦びが高まっていく。

あんな逞しく美しい体が自らの体を開き、思うさま貪っているのだ。こんなにも深く執拗に、自らを貫いているのだ、それほど愛されて望まれているのだ、と思うとゾクゾクする感覚がもう止まらなくて。

「イサック……もっとっ……もっと、奥まで欲しいのっ」

イサックが好き。触れ合う肌も流れる汗も、囁く声も、乱れる呼吸も、愛おしげに触れる手も、淫らで優しい視線も、慈しむようなキスも、貪る体も自らを貫く彼自身も、全部、全部大好き。

鏡に映る光景は、自分を欲しがってくれている恋人の姿だと思った瞬間、情欲は一気に悦びに開花していく。

想いを伝えるように、自分を貫く男の動きに合わせて腰を振り、もっと深く彼を受け入れようと鏡の中で踊り狂う。そのうち天井の様子も気にならないほどの、愉悦の果てが美月を覆っていった。

＊　　＊　　＊

「無事、『錠前』は開きましたけど、この分館の図書館は何も言ってくれないんですよ」

最後まで言葉を発することのない分館の人格はよっぽど他人が嫌いなのだろうか。冷静になると鏡張りの部屋は落ち着かない。ふたりは書庫が開くことを確認してから再び閉めて出ると、今度は用意されていたふたりの寝室に戻って体を休めている。

「まあ……シュピーゲルは人嫌いで有名だったらしいからな。弟子も取らず、分館の精霊も使わず、たったひとり幻術の探求をしていたらしい。だからこそ、人の訪れることのないこんな辺鄙な場所に城を建てて、誰に邪魔されることなく生活してたという話だから……」

ふたりの部屋の寝室にも大きな姿見が飾られているが、儀式の部屋ほどの激しい執着は感じない。

「……でもなんで鏡なんでしょうね」

ベッドで抱き合うふたりの姿が微かに鏡に映る。だが室内は儀式の部屋とは違って小さな薄明かりしかないので、茫洋《ぼうよう》としている。

「ん？　……鏡の端に何か書かれているな」

明るい室内では気づかなかったが、鏡の額縁部分にキラリと光るものがあった。イサックは引き寄せられるように、薄物だけを羽織って確認しに行く。

「何かありましたか？」

ベッドから声をかけた美月をイサックはなんとも複雑な顔をして振り返る。窓際の月明かりを背に受けて、鏡にはイサックの端正な横顔が映っている。

「『自らを唯一確認できる鏡ですら、映った姿は既に幻影である。ましてや他の存在など信用できるだろうか？』……だそうだ。幻術の魔導書をあれほど多く編纂した男の、徹底した人間不信と、鏡への執着を考えると何とも言えない気分になるな」

イサックはゆっくりと美月の元に歩み寄ってくると、複雑な笑みを唇の端に刻む。

「確かに人は鏡に映った自分を意識した瞬間、素の自分ではなくなってしまうのかもしれん。見ている人がいなくなった途端、見られていた人間の存在すらあやふやになるのかもしれないが。だからなんだ、と思う俺はシュピーゲル魔導士ほど賢くない人間でよかったのだろうな……」

彼の言葉に美月も頷く。あまり深く考えると現実と幻影の狭間に捕らわれてしまいそうだ。美月は激しい交わりのおかげで、大事な人に抱かれて、余計なことを考えずに安眠できる現実を、改めてありがたいと思っていたのだった。

第三章

彼の家族と望まれない恋人

イサックとの旅は順調に進み、二つ目の分館の儀式も無事済ませることができた。そして最後の目的地があるマルーン公爵領が近づくにしたがって、妙な緊張感が美月の中で高まって行く。

「明日にはマルーン城に着くな。久しぶりに新鮮な魚が食べられそうだ」

美月にとっては、川の魚も湖の魚も同じ淡水魚なのだが、イサックに言わせるとマルーン湖の魚はエサが良いために別格で美味しいらしい。当然のことながら何一つ緊張していないイサックの様子に、美月は自分だけ緊張していることがなんだか納得できていない。

「まあ、城の方にしばらく逗留して、分館にも寄って儀式をしないといけないし、あとはゆっくりと図書館の本館に戻るだけだから、お前は何も心配する必要もないだろう？」

もちろん、イサックと一緒なら旅に関して心配することはない。

（一番心配なのは、イサックの家族から、私自身がどう思われるか、だなんてイサックには言えないし……）

今までの旅がすべて順調で、幸せすぎる毎日だったからこそ、余計に不安になってしまうのかもしれない。すべては美月の杞憂で、彼のご両親は気さくで優しい人で楽しい滞在になるのかもしれない。少なくともイサックはそう考えているみたいだけれど……。

説明に困るような落ち着かない気持ちを抱えて、美月は緊張してマルーン領に足を踏み入れたのだった。

＊　＊　＊

マルーン城の城下町、マリナラは湖のほとりにある素朴な町だ。

城に入る前に、町を歩こうと誘ってくれたイサックと一緒に、美月はのんびりと散歩をする。故郷に戻ってきてもイサックの態度は、図書館にいた頃と一つも変わることはなかった。さりげなく美月を気遣ってくれて、彼女にとって目新しいモノを町で見つけるたび、笑みを浮かべてそれが何か、などを教えてくれる。気づけば美月を力づけるように、イサックは手をつないでいた。そして彼が知り合いに会ったとしても、握られた手は解かれることはなかった。

「美月、ここらで人気の軽食を食べてみないか？」

そう言われて市場で屋台を見て歩く。イサックが美月を連れてきたのは、サンドイッチのようなものを売っている店だった。店主はカラリと揚げた魚に甘酸っぱいソースを掛けた具を、平べったいパンに挟み込んで渡してくれた。

「子供の頃は、町に出るとこういうのを食べるのが楽しみだった」

小さく笑う彼の様子に、なんだか少年の頃の彼を想像し、美月は小さく笑みを浮かべてしまった。

「味の方はどうだ？」

店の前に置かれた小さな椅子に腰かけてテーブル越しに向かい合う。果実のジュースもつけてくれたらしい。美月は勧められて両手に持ったパンを口に運んだ。

「んっ……おいしっ……」

揚げたてのさくっとした衣に包まれた魚は臭みもなく、淡泊だが控えめな脂とうま味がある。フルーティな甘酸っぱいソースが衣と絡んで口の中で混ざり合うと、思わず美月は笑顔になってしまう。そんな美月をイサックは幸せそうに見つめている。

「気に入ったようで良かった」

美月の様子に笑顔を見せ、イサックも同じものを懐かしそうに食べ始めた、その時。

「イサック様、おかえりなさい。いつ図書館から戻られたんですか？」

「このたびは図書館の『鍵』に選ばれたそうですね。おめでとうございます」

店の前でのんびりと会話を始めたふたりに、ちらちらと視線を送ってきていた女性達が話しかけてきた。イサックも瞳を和らげて、控えめに微笑む。

「ああ、今回はマルーンの分館に彼女を連れてきたんだ。王立魔法図書館の新しい司書の美月だ」

どうやら知り合いというよりは、領主の息子を見かけて声をかけてきた町の人々らしい。イサックは気さくに答えると、優しくて温かい視線を美月に向け、そっと彼女を抱き寄せる。

「ああ……貴女が、異世界からいらした『錠前』の方なんですね。美月様、おめでとうございます。おふたり、とってもお似合いですね」

新婚夫婦のような祝福のされ方をして美月はじわりと頬を染めてしまった。確認するようにイサックを見上げると、彼も柔らかく微笑んでいて、美月は自然と彼に笑い返していた。

「小さな頃から存じ上げているイサック様が、こんなに幸せそうで嬉しいです。美月様、私達マルーン公爵領の者達も、貴女のことを歓迎しております」

ニコニコと笑顔を向けられて、美月はすぅっと肩の力が抜けるような気がした。

(なんだか……緊張しちゃって損したな)

軽食を食べ終え、再びふたりで歩き始めると、気軽に声をかけてくれる人は一様にふたりの関係について肯定的だった。イサックの話では、王立魔法図書館の『錠前』と『鍵』の話は、昔から女性達がお気に入りのおとぎ話のようなものだという。特に美月のように異世界から呼び寄せられる『錠前』の話は、『運命の恋人同士』が世界を超えて出会うロマンティックな話として人気らしい。

なんとなく気恥ずかしい気もするけれど、周りの人に好意的に受け入れられていることを美月はありがたいと思う。だがイサックは注目を集めすぎて、ゆっくり町歩きが楽しめないと、美月の手を引いて町はずれの湖畔に足を向けた。

湖畔まで来ると、漁の仕事をしている人影が遠くに見えるくらいで、町中より落ち着いた雰囲気だった。

「ゼファー湖って……本当に大きいんですね」

水辺から水平線を見渡しても、向こう岸を目視することはできない。美月のイメージしていた大きさより、ゼファー湖はずっと大きいらしい。とろりとした穏やかな波を見ていると、まるで海辺にいるような気分になってしまうが、水際に寄っても潮の香りがしないのは、やはり淡水湖だからなのだろう。

辺りには、魚を吊すための台があったり、魚を捕まえるための網が小屋に干されていたりする。杭にロープをかけて、小舟があちこちにつながれていて、森が多いこの国では見かけないような珍しい景色が広がっていた。向こうの岩場では釣り人が釣り糸を垂らしている。舟がいくつも美月が見えない向こう岸に向かって湖面を走っている。水面には、魚を求めて鳥や、よく見ると小さな翼竜も集まっていることに気づいた。

「あの小さな竜は……もしかして、ターリィみたいに大きくなるんですか?」

美月が指差した小さな竜を見て、イサックは破顔する。

「いや、あれも竜の一種だが、飛蜥蜴《とびとかげ》だな。ターリィ達とはまったく別の種類だ。あの大きさで既に成体だしな」

どうやら竜にも鳥のようにいろいろな種類がいるらしい。

「ターリィも魚が大好きだぞ。俺についてマルーンまで来ると、毎回ゼファーで魚を食べているようだしな」

ゆっくりと夕日が沈むのを見ながら、イサックはもう一度竜笛を鳴らした。彼の言った通り、ターリィはすぐに湖面の上を低く飛んでこちらにやってくる。

「旨い魚をたらふく食べたか？」

イサックの言葉にターリィは声を上げて鳴く。くるくると輝く深緑の瞳は、さっきの話を聞いていたからか、お腹いっぱい、と語りかけているように見えた。それを見てちいさく笑いながらも、これから目指す城のことを思い出して、美月は再び不安な気分になっていたのだった。

＊　＊　＊

「父上、母上、ただいま戻りました」

イサックは両親に向かって足を進めると、膝をついて礼をする。広いホールで大事な客人と、息子を迎えたマルーン城主を、美月はドキドキしながら見つめる。

イサックの前には、アルフェ王子と同じような金色の髪、琥珀色の瞳をした壮年の男性と、イサックの姉と言われたら信じてしまいそうなほど若々しい印象の、黒髪紫目の女性が立っていた。

「初めてお目にかかります。このたび王立魔法図書館の司書になりました、美月と申します」

緊張して震える声であいさつすると、美月はイサックに教えられたように、スカートの裾を摘んで膝を深く折り、背すじを伸ばしたまま低く頭を下げて礼をする。

「ああ、イサック、よく帰ってきたな。それに『司書』殿も、分館の儀式のために、わざわざご足労いただいたようで、かたじけなく思う」

マルーン公爵であるイサックの父の声は朗々としていて、イサックの声音によく似ていた。そこに威厳というか、今の美月にとっては威圧に感じてしまう厳格な雰囲気を足したような感じだ。そう言えば出会った時のイサックもこんな感じだったっけ、と美月は改めて思い出していた。

「司書様、わざわざマルーンまでお越しいただきまして、ありがとうございます。私はマルーン公ラウルの妻アリーシャと申します。小さな城ではありますが、ゆっくりとご自分の家のようにくつろいでいただければ嬉しく思います」

イサックの母親に、柔らかい声で深く腰を折って挨拶をされて、自分と同じ仕草をしたはずなのに、その優雅で美しい姿に美月は目を瞠った。

「美月様の部屋は、城内の客間を用意させていただきました。夕刻に歓迎の小さな宴を催す予定ですので、改めてご挨拶させていただきますね。ケイト、美月様をお部屋に案内してくださる？」

アリーシャの言葉に美月と同世代だと思われる女性が歩み寄ってくる。

「ケイト、久しぶりだな」

イサックが声をかけると、ケイトと呼ばれた女性はにっこりと柔らかい笑みを浮かべ、頭を下げた。

「ああ、美月と一緒に俺も部屋にいくが……」

そう言いかけたイサックを見て、父親のラウルは首を横に振る。

「イサックはここに残ってくれ」

もちろん、久しぶりに帰ってきた息子だし、当然話したいこともあるのかもしれない。そうは思うけれども、知らないところでイサックと離れてしまうことが不安だ。咄嗟に見上げると、彼と視線が合う。

「美月、父と話が終わったら、様子を見に行くから、先に部屋で休んでいてくれ」

即座に言われたイサックの言葉にほっとしながら、美月はケイトのあとをついて出て行ったのだった。


「美月様、当城に滞在中は、こちらの部屋をお使いくださいませ」

ケイトと呼ばれた女性は栗色の長い髪を低い位置でまとめ、地味な色のドレスを着ており、エプロンなどはつけていない。掃除、家事などをするような人ではなくて、もう少し高い地位にいる人なのだろう。

ケイトが美月を案内した部屋は、今までイサックと泊まってきた宿と比べ広く、贅沢で綺麗だった。

「あ。あの、ありがとうございます」

緊張した口調で美月が礼を言うと、ケイトは柔らかく目尻を下げた。

「あの……美月様、緊張、していらっしゃいますか？」

直接聞いてくれてホッとした。美月がこくこくと頷くと、ケイトは安心させるように柔らかい笑みを浮かべる。

「こちらは女主人のアリーシャ様のお人柄もあって、公爵家ではありますが、堅苦しい家ではございませんので、気軽に逗留を楽しんでいただければ嬉しく存じます。お着替えや身の回りのお世話は侍女達が居りますので、その者達にお申し付けください」

ではやはりこの人は侍女より位の高い女性なのだ。そう判断した美月は尋ねてみることにした。

「あの……ケイトさんは、どういう立場の方なんですか？」

彼女の言葉に、ケイトはとび色の瞳を細め笑う。

「私のことは、ケイトと呼び捨てくださいませ。……私の母がアリーシャ様の遠縁でイサック様の乳母をしておりました。ですので私はイサック様の乳兄弟という立場になります。そのご縁で今はロザリア様のお世話と教育係をさせていただいております」

「……ロザリア様？」

新しい名前が増えすぎてそろそろ記憶がパンクしそうだ、と思いながら美月は新しく出てきた名前を聞き返す。

「ああ……ロザリア様は、イサック様の妹君です。今年十六歳になられます。イサック様とは十四歳違いますので、少し年の離れたご兄妹ということになりますね」

そう言えばイサックは妹がいると言っていた。イサックの妹はどんな人だろう。美月は自然と自身の妹のことを思い浮かべていた。

「とても愛らしい方ですよ。顔立ちはアリーシャ様に似ておられます。明るくて元気で……少々元気すぎるきらいはございますが」

ふわりと笑った表情は優しくて、きっとこの教育係の女性はイサックの妹姫を可愛がっているの

だと思う。その時、

「ケイト？　どこにいるの？」

という声と共に、ひょいと部屋を覗き込んだストロベリーブロンドの女性を見て、美月は突然のことに声を上げげそうになった。

「ああ、ケイト、ここにいたのね。イサックお兄様はもうこちらにいらしているんでしょう？　ロザリアのところにまだ挨拶に来てくださってないのだけど、どこにいるか知ってる？」

「ロザリア様、お客様の前ですよ」

慌てて彼女を止めるケイトに、ロザリアは首を傾げて、美月のことを改めて気づいた、という顔をして見上げる。

「……この人は誰？」

不躾なものの言いように失礼だと思ったのか、ケイトは美月に向かって慌てて頭を下げた。

「申し訳ございません。この方がイサック様の妹姫のロザリア様です。ロザリア様、こちらは王立魔法図書館の司書になられた美月様です。先ほどイサック様と一緒にこちらにいらしたばかりですのよ。当家の大切な来賓です。きちんとご挨拶なさってくださいね」

なかなかやんちゃそうなお姫様だな、と思いながら目の前の少女に先ほどアリーシャにしたように挨拶する。

「王立魔法図書館の司書になりました、美月です。マルーン城にしばらく逗留させていただくことになりました。よろしくお願いいたします」

「ロザリアよ。そう、貴女が例の『錠前』って人なのね。でも……」

丁寧に挨拶した美月に対して、ロザリアは腰に手を当てて頷いただけだ。

『錠前』だか何だか知らないけど、異世界から来たようなよくわからない人がイサックお兄様の運命の相手とか、そういうの、私、絶対認めないから！」

ヘーゼル色の瞳を尖らせて、ロザリアは美月にそう言い放つ。

「ロザリア様！」

「あとでこっちの部屋に来てよね。ケイト、待ってるから」

それだけ言うと、くるりと踵を返し、廊下を走り去っていった。

「……す、すみません、ロザリア様は、シルヴィア姫と仲が良くていらっしゃるから……私、ロザリア様の様子を見てまいります。それでは失礼いたします」

慌てて部屋を出ていくケイトを見送ると、美月は呆気にとられたまま、置かれていたソファーに腰かける。

(なんだったんだろう……。あれよね、とりあえずイサックの妹さんには私、現時点であまり良く思われてない……ってことかな?)

『異世界から来たようなよくわからない人』という言葉が胸に刺さる。そう考える人はたぶん大勢いるのだろうな。と考えながら美月は今ケイトから聞いた、新しい女性の名前を思い出していた。

(『シルヴィア姫と仲が良くていらっしゃるから』ってどういう意味なんだろう?)

あとでイサックに聞いてみようと思いつつ、嵐のような彼の妹の登場シーンに心を乱された美月は小さくため息をつく。するとほどなく控えめなノックの音が聞こえ、お仕着せのエプロンを付けた若い女性がふたり、室内に入ってきた。

「失礼します。湯あみの準備をさせていただきました。美月様、まずはゆっくりお風呂に浸かっていただいて旅の疲れを癒してから、今宵の宴の準備をさせてください」

美月は侍女の声に、ようやく堂々巡りの物思いから解放されたのだった。

＊　＊　＊

湯あみの世話をすると言った侍女を、美月は恥ずかしいからと何とか断り、自分では何ともならなさそうなドレスの着付けだけ手伝ってもらった。すぐ来ると言っていたイサックにはなかなか会うことができず、『シルヴィア』という女性の正体も不明のまま、気づけば宴の時間となる。

「美月、なかなか来られなくて悪かった」

ようやく宴の直前に訪ねてきたイサックは、改まった衣装に着替えており、白いレースのついた襟元には、紫水晶の飾りが止められている。全体的に華やかな衣装は普段アルフェ王子が身に着けているものに近く、たぶん、貴族的な衣装なのだと思う。

(こっちも素敵だけど……私はいつものイサックの方が好き……かな)

などと思ってしまうのは、先ほどの妹姫の貴族らしい高慢な態度に傷ついているからかもしれない。

「あの、先ほどロザリアさんが部屋にいらっしゃいました」

「ロザリアが？　何かお前に、失礼なことは言わなかったか？」

イサックが瞳を眇めて美月の表情を確認するように覗き込む。

「……あの、はい、えっと……」

なんて答えたらいいのだろう。イサックの恋人として認めないって宣言されてしまったし。それは『シルヴィア姫』と親しいからとケイトに言われたこととか。正直わからないことだらけで、不安を感じていることもちゃんと伝えるべきだろうか。

(なんとなく短時間で、イサックに上手く説明ができる気がしない)

「あとで……ゆっくり話します。これから宴席ですよね。そのかわり……あとで時間を作ってくださいね」

彼女の言葉にイサックは小さく頷く。だが、彼の表情が微かに緊張感を帯びているような気がして、美月は余計落ち着かない気分になる。そっとイサックの手に触れると、いつものように力強く握りしめられ、ようやく息をつくことができた。

「ああ、あとで必ず時間を取る。ふたりだけで、ゆっくりと話をしよう」

その言葉はいつもと変わらないのに、何故か気持ちが落ち着かない。そして、美月は不安な気持ちのまま、宴が行われる場所へと向かった。

小さな宴、とは言っていたけれど、始まってみるとイサックの家族だけではなく、縁者や地域の有力者など二、三十人の人が集まっている晩さん会の様相だった。主賓扱いなのか、美月は一番上座に着席させられ、両側に公爵と妻が座り、テーブル越しの向かいには、イサックと妹のロザリアが並ぶ。あまり弾まない会話をしながらも、美月が辺りの様子を窺っていると、末席に座るケイトを見つけた。美月の視線を感じたのか、彼女は控えめに頭を下げる。やはり彼女は普通の使用人とは立場が違うらしい。

食事会自体は粛々と進み、デザートが饗《きょう》される段になると、食事会の最初からずっと不機嫌そうだった妹のロザリアがイサックに話しかける。

「ねえ、お兄様。私、『錠前』だか何だか知りませんが、シルヴィア様以外、お兄様の相手として認めませんからね」

ロザリアの声は高くて良く通る。その声が聞こえた瞬間、着席していた人達が息を呑んだような気がして、美月はハッと視線を上げる。瞬間、イサックと視線が合い、彼が眉根を寄せていることに気づいた。

(シルヴィアって、さっき出ていた名前の人だ……)

胸の奥にザワリと嫌な感じが蠢くのを感じる。息苦しく不安な気持ちで、次に聞く言葉に備えて唇を噛みしめた。イサックは、自分の横に座り強情な表情を浮かべる妹を見てため息をつく。

「本来であればここで話すようなことではないが……皆さまもいらっしゃる席なので、はっきり言っておこう」

それだけ言うとイサックは美月の顔を見て小さく頷く。見知らぬ人達に囲まれている彼女にとって、真摯な紫色の瞳だけが唯一信頼できるものだった。

「先ほど父上にも伝えたが、正式に王立魔法図書館の『鍵』となったからには、『錠前』との関係が何よりも優先される。以前にどんな約束があったとしても、それは反故にされるのが慣例だ。イスヴァーンにとって、王立魔法図書館の存在は、対内的にも、対外的にも大きな価値がある。その存在は個人の事情より優先されるものだ。それに……『鍵』の常であるように、俺自身『錠前』である美月以外の女性はもう目に入らない。欲しいとも思わない。俺が望んでいるのは美月だけだからだ」

自分以外の女性は望まない、とこれだけの人達の前で宣言してくれたことはすごく嬉しい。イサックの言葉にじわりと胸が熱くなる。けれども先ほどから出ている話が美月は気になっていた。

(シルヴィアさんって人と、イサック。何があるんだろう……)

事情が見えなくて、しかもイサックから何の説明も聞かされていなくて、美月の不安はますます大きくなっていく。

「でもお兄様。シルヴィア姫は、お兄様と結婚する日を楽しみにずっと待っていたのよ。それなのに、今さら『鍵』になったから婚約は破棄だ、なんてそんな裏切りが平気でできるの?」

声を荒らげ、音を立てて席を立つロザリアに、周りの人々の視線が集まる。

「ロザリア!」

鋭い母親の叱責が飛び、それにかぶせるように淡々とした城主の声が聞こえる。

「確かに今日、イサックはシルヴィア姫との婚約破棄を私に申し入れてきた。だが、当家としては王家との婚約の話を即破棄する予定はない。すべての『鍵』と『錠前』が、婚姻関係で結ばれるわけではないしな。それに……美月殿」

突然呼びかけられて美月の心臓は跳ね上がる。

「貴女はもう二十六歳だと聞いた。ということはあと四年を待たず、『錠前』を引退することになる。その時に改めてどうするのか決めたらよいのではないか？　シルヴィア姫はまだ若い。イサックが『鍵』を退く時点で、婚約破棄をしたとしても遅くはない」

父親の威圧的な言葉に、イサックは珍しく怒りをあらわにする。

「俺は美月以外の女性と結婚する気はない、と先ほど申し上げました。それなのに許婚関係を継続することに何の意味があるんですか。向こうに対しても誠実ではないし、礼を欠く」

美月はふたりの会話を聞いて少しずつ状況がわかってきた。

（つまりイサックには元々、婚約者がいて。イサックはそれを破棄してくれるつもりだったけれど、父親は婚約者の実家である王家との関係を重視しているんだ）

——この城に入ってからの何とも言えない居心地の悪さ。そのわけがわかった気がする。美月の存在自体が、この城の住人にとっては厄介事だったのだ。

（でも……私がイサックを諦めなかったとしても、イサックの本当の気持ちはどうなんだろう？）

ふと不安になって再びイサックを見上げると、彼はまっすぐ美月を見つめ返していた。

「……イサック、ロザリア。お客様の前ですよ。みっともないことは慎みなさい」

刹那、ふたりの母アリーシャの声が凛と響いた。はっとロザリアは姿勢を正し、椅子に腰かけ直す。だが、

「……イサックお兄様は、私達家族をとても愛してくださっているから。だから私達を裏切らずに、家族にとって一番良い選択をされると、私、信じていますわ……」

それだけを言い切ると、ツンとすました表情のまま、ロザリアはお茶のカップに手を伸ばす。

旅立つ前、セイラは『イサックはマルーン領も、彼の家族のことも、とても大事に思っている』と言っていた。

(だったら……)

マルーンに来てからの嬉しそうなイサックの様子を思い出すと、ロザリアの態度と言葉が美月の胸に重くのしかかってくるような気がしていたのであった。

＊　＊　＊

侍女に連れられて部屋に戻ってからは、美月の部屋に誰も訪ねてくることはなかった。今までの旅では常に一緒だったイサックが自分の傍らに居なくて、美月は酷く孤独な気分になっている。

(イサックの気持ちはわかったけれど。でもやっぱり身内に反対されているのは、辛いよね。でも私には、イサックしかいないのに……)

ついそんな子供じみたことを考えてしまう。その時、コツンと窓に何かが当たるような音がし

て、美月は不審に思い、窓辺を確認する。

　すると、窓にコツコツと何かが当たる音がして、次いで微かに人の声が聞こえた。慌ててカーテンを開けて窓を覗き込むと人影が見えて、驚きに声を上げそうになる。

『……美月？』

　窓辺に顔を寄せると聞き覚えのある声がした。慌てて美月は鍵を外し、窓を開ける。

「そこをどいてくれ。ここは足場が悪くて危なっかしい……」

　美月が一歩引いた場所に、窓からブーツを履いた足が入り込む。

「……子供の頃の悪戯が、役に立つこともあるな」

　美月の恋人は、そう言うと悪戯っぽく笑った。

「……イサック？　なんで窓から……」

　次の瞬間、大きな腕の中に抱きしめられて、美月は思わずうるりと涙がこみ上げてしまっていた。

「『未婚の女性の部屋を訪ねる時間ではない』とか訳のわからないことを言う奴らがいてな。だが、美月にはあとでちゃんと話をする、と約束したし……」

　イサックは鋭い紫色の瞳を優しく細めて、美月の眦《まなじり》にたまった涙を指先で払う。

「お前を不安にさせてすまない。最初からきちんと話をしておくべきだった」

　イサックはそっと美月の髪を梳り、涙が溢れそうだった目尻に口づける。

「元々王家は身内同士で婚姻関係を結ぶことが多い。領地の数は決まっているし、できるだけ争いは避けたいからな。そんなわけで王弟の父を持つ俺には王家の姫があてがわれた。それがアルフェの妹であるシルヴィアだ」

なんとなく気づいていたことだけれど、はっきりとイサックにそう言われると胸がズキンと痛む。しかもアルフェ王子の妹ということなら、イスヴァーン王国の王女ということになる。

「……本来なら先に、それをお前に告げるべきだったのかもしれない。だが、先ほど話したように、イスヴァーンの慣例で、『鍵』に選ばれた時点で、『鍵』は『錠前』のものになる。それ以前の婚約関係などは反故にされるのが習わしだ。当然俺が望んでもいない婚約関係に関しても、反故になっていると思っていた。そもそも、自分が婚約しているという自覚も碌になかったのだが……」

なんでもないというようなイサックの口調に美月は違和感を覚える。

「え、でも。婚約者なんですよね。アルフェ王子の妹姫で……何度も会ったこともあるんじゃないんですか？　それでも……好きとかそういう気持ちは？」

美月の言葉にイサックは一瞬考えるような表情をして、無意識で美月の髪を梳き、艶やかな髪に指先を絡めるようにした。

「ああ、シルヴィアは俺より十歳以上も年下で、ロザリアの二つ年上なだけだ。俺からすれば、女性というよりロザリアと同じ、年の離れた妹程度にしか思えない。それにお前と出会ってからは、どんな女性が目の前にいても、俺は美月しか見えていない」

小さく笑みを浮かべて唇を寄せると、イサックは触れるだけのキスをする。慈しむような仕草と温かさに美月はじわりとまた涙が浮いてしまう。いくつもの言葉の説明より、彼の想いのこもった強い視線や優しい口づけ、大事なものをそっと包み込むような腕の力の方がずっと説得力がある。

美月は緊張しきっていた体からようやく力が抜けるのを感じていた。

「……父は未だに王家の一族であることに誇りをもっている人間なのだ。だから俺が王家の役割として図書館の騎士になるのは構わないと思っていたのだろうが、それが『鍵』になったことで、自分の中の予定が狂ったのだろうと思う。もののわからない人間ではないから、情を尽くして話をすれば理解してくれるはずだ。美月も心配しないで待っていて欲しい」

「……でも妹のロザリアさんは？」

思わずそう聞いてしまった。美月が思うに、一番厳しい態度を示しているのが彼女だからだ。

「……ロザリアはシルヴィアとは単なる従姉妹というだけではなくて、年齢も近いし、個人的にかなり親しい友人のような付き合いをしているからな。あれも自分の思い通りにいかなくて拗ねているだけだろう。気にすることはない、それよりは父にお前のことを認めてもらわないとな。だが心配しなくていい。誰のどんな思惑があろうとも『鍵』は『錠前』のモノだ。美月が俺を望む限りは、他の者にはそれを妨げることはできない。それは昔気質の父であれば、なおさらどうにもならないことだとわかっているはずだ」

髪を梳られ額にキスを落とされて、ベッドに連れていかれる。イサックはベッドの上に腰かけたまま、美月の頤を持ち上げ、そっと唇にキスをした。

「……しかし、こんな風にお前と無理矢理引き離されると、お前に会いたくて気が狂いそうになる。何を大げさなとお前は笑うかもしれないが、『鍵』の『錠前』への執着は、なったものにしかわからんだろうな」

イサックは美月を抱き寄せ、彼の望みを口にする。

「美月……お願いだ。あまり煩《うるさ》くすると、俺がここにいるのがばれてしまうから、静かに……このまま俺に抱かれてくれないか」

「え……あの、イサック、静かにって？」

紫色の瞳は、飢えたような熱っぽさを増して美月を射貫く。美月を抱きしめたままベッドに押し倒してくる彼に困りながらも、不安な美月にとってはその重みすら心地よく感じられたのだった。


「はぁっ……んっ」

声をこらえてするのは禁忌《タブー》を犯しているみたいで、なんだか妙にドキドキしてしまう。もう薄い寝間着はほとんど美月の肌に残っておらず、代わりに彼の舌が剝き身になった肌を散々弄んでいた。

「もっ……声……でちゃ……あぁっ」

「こら、声が漏れると誰かが来るかもしれないぞ」

耳元で意地悪く囁く声は艶めいていて、耳朶を熱っぽい呼気で打たれるたび、子宮の奥が彼を求めて疼く。ビクンと体が跳ね上がる。

「本当に……美月は感じやすいな」

「ダメっ……声、出ちゃ……」

胸の蕾を舌先で転がされて、咄嗟に声が大きく出そうになって、慌てて手で口を塞いで堪えた。

「……我慢しているんだな。いい子だ。ならばそろそろ……」

散々指と舌に弄ばれて、中までとろとろに蕩けている。必死に声を押さえ込みながらも、既に数度小さな絶頂を迎えている。

「……も、早くっ」

これ以上声の我慢をすることが切ない。けれど彼に快楽を教え込まれた体は、もう彼の楔なしに満足することはできない。足の指がシーツを擦り、自ら膝を抱え上げて、濡れた秘所をさらけ出して彼を誘う。

「ここに、イサックが……欲しい……の」

ああ、どこまで自分はいやらしくなってしまうのだろう。でも不安だからこそ、そこに確かな証拠が欲しい。彼が美月を望んでいる証拠を。

「つたく。お前はどうしてっ」

耳元に『煽りすぎだ』という切羽詰まった彼の囁きと、性急に秘所に押し当てられる熱い剛直。

「も……はや……くぅ」

声を上げた瞬間、ぐいと彼が美月の中を押し開く。

「ひぁあっ……んんんっ」

彼に貫かれる快楽に思わず高い声が上がった瞬間、彼の大きな手のひらで唇を覆われた。

「……声を出したらダメだと言っただろう？」

ごつごつと荒っぽく突かれながら、彼の手のひらの内側で喘ぎを零す。

「んっ……んふっ……ひんっ……」

「仕方ない奴だな。声が我慢できないなら、俺が塞いでおいてやる」

舌がキスと共にぬるりと侵入してくる。全身を貪られるように、深く深く貫かれながら、舌を絡ませて、甘い唾液を受け入れる。ドキドキする鼓動も収まらず、声を上げることもできずに、彼の唇が美月の切ない喘ぎを次々と飲み込んでしまう。奥まで彼が入ってきて、熱いものを当ててゴリゴリと刺激した。そんな荒っぽい抱かれ方をしても、体は素直に反応してしまう。

(気持ちいい……もう溶けそう。奥が当たるのがすごく、イイの……)

彼でないと到達できないところを責められて、言葉を漏らす代わりに愉悦だけ体にため込んでいく。声を堪えているせいで呼吸が苦しい。発散できない分、くつくつと煮詰まる悦楽の中で、美月は酸素を求めて耐え切れずに甘い声を上げてしまった。

「声が堪えきれないほどイイのか？　美月は本当にイヤラシくなったな……」

意地悪に指摘されて、濃厚なキスで蓋をされて、上も下も貪られ、悲鳴のように上がる声を吸い尽くされる。彼のもたらす不自由さに、自分のすべてが彼に奪われているような被虐的な悦びを掻きたてられた。

(もう……イサックがいないと私、ダメな体になっちゃったかも……)

大事な人を逃したくないと、腹の奥が熱く疼く。彼と深い交わりを求めて、蜜壺の中が形を変えていくのがわかる。

「美月、もう限界だろう。イッたらいい。一緒に行くか？」

キスの合間に尋ねられて、美月は必死に自らの手で唇を押さえ、喘ぎを堪えながら頷く。そんな様子を見てイサックは妖艶に瞳を細めた。そっと美月の手を捉えて、唇を寄せ、再び深いキスをする。そうしながら、さらに奥へ奥へと腰を送る。肌が触れ合うたびにすべての場所から発火しそうだった。蜜壺はハクハクと震え、彼を求めて、彼の子種を子宮で受け入れたいと自らの体を変えていく。

ずちゅずちゅと、イヤラシイ音が聞こえる。外に聞こえたらどうしようと思うくらい静かな部屋に淫靡に響き、美月は恥ずかしさに身悶えする。悲鳴に近いような淫らな声をキスの中に抑え込まれ、激しく穿つイサックに、彼女はあっと言う間に大きな快楽の淵に追い込まれていったのだった。

第四章

空回りする想い

明け方にはイサックは来た時と同様に、美月の部屋の窓から出て行った。彼の話によれば、子供の頃、勉強をしたくない時など、こうやってこっそり部屋を抜け出していたらしい。今ではすっかり落ち着いている彼からは想像もつかないけれど、小さな頃は結構やんちゃ小僧だったようだ。そんな幼い彼を想像して美月は小さく笑ってしまった。

「さて、私も頑張らないと……」

イサックは正式な婚約破棄の書状を、国王に送ってもらうように父親に交渉しているのだという。

『鍵選びの時に、候補ではなかった俺を、美月が自分の想いを信じて選んでくれたように、俺の意思を見える形で、美月にも周りにも伝えたい』

部屋を出ていく前にイサックはそう告げてくれた。確かに婚約者の話は前もって教えてくれたらよかったのに、とは思った。けれど、『鍵』となったからには婚約話が反故になる、と彼が思っていたのなら、一概にそれを責めることも難しい気がする。

そして父親を説得したいという彼の意思を尊重して、数日は分館には向かわずにマルーン城内で様子を見ようという話になった。

（だったら私は、ロザリアさんと話をしてみよう）

忍んで来てくれた彼のおかげで、心は落ち着くことができた。でも家族のことを大切に思っているイサックにとっては、美月と家族の間で板挟みのような状況になっていることに関して、切ない想いもあるかもしれない。

だったら少しでも自分のできる努力をしてみよう。きっとそれがイサックのためにも、自分の将来のためにもなる気がする。美月はそう考えていたのだった。

＊　　＊　　＊

「美月様には、どのお菓子を取り分けて差し上げたらよろしいでしょうか？」

トレイに綺麗に並べられた焼き菓子を勧めてくれるのは、マルーン城の可愛いお仕着せの衣装を身に纏った侍女だ。部屋にはイサックの乳兄弟で、ロザリアの教育係のケイトと、不機嫌そうな顔をしたロザリアと、笑顔のイサックの母、アリーシャがいる。

美月はアリーシャから、お茶の時間に誘われたのだが……。

（何とも言えず、居心地が悪い～）

アリーシャは美月に対して、客人を迎えるごく常識的な態度を取ってくれている。ケイトも丁寧で親切だ。だがふたりとも、ロザリアにとても気遣っている様子もうかがえる。

「ではこの黒っぽい果実が載っているケーキをいただいてもいいですか？」

「クラッカね。ロザリアの好物だわ」

「え、じゃあ、違うケーキにしま……」

自分の指差した菓子が、ロザリアの好物だとアリーシャに言われ、咄嗟に美月は手を引っ込める。

「あら、気にしないで。お客様優先ですから。エリー、クラッカのケーキを美月さんへ」

ケーキの傍らで給仕をしている侍女に向かってお茶会の主催者であるアリーシャが言うと、エリーと呼ばれた侍女はケーキを取って、泡立てたクリームを添えて美月の前に置く。ちらりとケーキを見つめるロザリアの視線が気になって、口にすることすら躊躇われる。

(好物だと聞いたら、なんか食べにくい……)

イサックの母アリーシャは愛らしい人だが、どうも若干天然っぽい気質の人らしい。

「うちのコックは料理が上手なの。特にクラッカのケーキは絶品なのよ。是非、ひと口食べてみてくださいな」

そう勧められて、美月がフォークを使ってケーキを口に運んだ途端。

「ねえ、クラッカのケーキはもうないの？」

ロザリアは美月を睨み付けつつ、侍女にそう言い放つ。

「すみません。ロザリア様。クラッカのジャムがもうなくて。じきクラッカの採れる時期になりますから、手に入り次第、今度は生の実を添えて出させていただきます」

「ええ〜。クラッカのケーキが食べたかったのに……」

間が……悪い。もう口をつけてしまったケーキを譲るわけにもいかず、手が止まる。

（ロザリアさんと関係改善を目指しているのに、しょっぱなから好物を取り上げちゃうとか……もう……タイミング悪すぎて）

美月は今日、何度目かのため息をついた。


あれから五日ほど経っているがイサックは、領内のあちこちへ挨拶に行く、という口実で連日、父親のラウルに連れ回されている。まあ今回の逗留自体、里帰りのようなものだし、次期領主であれば仕方ないのかもしれない。こうした外出は泊まりがけになることもあって、そうなると丸一日イサックに会えない日もある。

（なんだか……夫の実家に来て苦労しているお嫁さんってこんな感じ？　いやアリーシャさんはいいとしても、ロザリアさんは……どうしたらいいんだろう）

つい、主婦をしていた司書仲間の『姑さんはいい人なんだけど、ダンナの妹がねえ……』なんていう愚痴っぽい会話を思い出してしまって苦笑すら出ない。

美月がアリーシャに勧められてケーキを食べきったところで、再びロザリアからのじとりとした視線を感じてしまった。

「あーあ、シルヴィア姫だったら、半分ずつにしよう、とか言ってくれるのになあ……」

（自分の友達だったら私もそうするけど……）

この微妙な関係でそれはさすがに……と思いつつ、そうできなかった自分に妙に凹んだりして。

「もう、ロザリアは本当に食いしん坊ね。ほら、ケーキは他にもいっぱいあるのよ。美月さん、お茶のおかわりはいかが？　エリー、私にもお茶をちょうだい」

その後もロザリアは取られたケーキの愚痴を言い、はしたないと母に叱られむくれる。叱られた不満を美月にぶつけては、さらに母に注意されるということを繰り返していた。ケイトは教育係という立場もあって、必死にそれを止めようとしているが、上手くとりなすこともできずに、ただただ手をこまねいている様子が伝わってくる。

（これ、私がいなかったら、家族の穏やかなティータイムだったんじゃないかな……）

そんなことを考えれば考えるほど、美月はいかんともしがたいストレスが溜まる。

「シルヴィア姫はね、綺麗な金髪なのよ。私もこんな赤味がかった髪じゃなくて、お父様とかシルヴィア姫みたいな金髪に生まれたかった。しかもシルヴィア姫って瞳も春の空みたいに綺麗な青色だし。胸も大きいし、ウエストなんてこーんなに細くてスタイルいいし。美人だしっ」

チラチラとこちらを見ながら言われると、『お兄様のお相手は貴女じゃ不足なのよ』と自分とあからさまに比較されているようで、気にしない、と思いつつも自分より十歳以上年下の少女に、がっつり気持ちが傷つけられる。

「ねえ、今年最初のクラッカ、一番に私に食べさせてよね」

などと侍女に頼み込んでいる様子は年相応で可愛らしいけれど。

「ホント、空気が読めない人っているのねえ。というか、図書館も、異世界からわざわざ『錠前』を連れてくるなら、もっと綺麗で性格も良い人を選んだらいいのに。そうしたらみんな納得したのにね……」

「ロザリア！　人を不快にさせる発言は慎みなさい」

さすがに母親が止めに入ったが、それでもロザリアはムッとした視線を向け、美月を睨みつけている。美月はどうしようもなくて小さな笑顔を見せてその場をしのぐより他に、いい方法が見つからなかった。


気を遣うお茶会のあと、美月は部屋に戻ってきていた。きっとロザリアの代わりに謝ろうと思ったのだろう。部屋の前までケイトがついてきている。

「あの……美月様、すみません。ロザリア様は、イサック様のことを大変に慕っていて。しかもシルヴィア様とは親しくしていらして……。おふたりが結婚されるのをとても楽しみに……」

とそこまで言いかけて、ケイトはハッと口を噤む。

（ってそこまで言ってから『しまった』という顔をされてもなあ……）

苦笑しながら美月が首を左右に振る。

「いいえ、私、気にしていませんから」

「あの……あの、いえ。……すみません」

悪意はないのだろうけれど、奥歯にものが挟まったような言い方で謝るケイトの様子に、どうも調子が狂う。それは今のところ、この家の人達全員に覚える感じなのだが。

「あの、ロザリアさんはクラッカが大好きなんですね」

これ以上黙っていると、余計にケイトに謝らせてしまいそうだ。そう思って話を変えると、ケイトはほっとしたように微笑んだ。

「はい、そうなんです。ロザリア様はクラッカに目がなくて。特にこれから旬になりますから、とても楽しみにしていらっしゃると思います」

そんなに好きな果物を使ったケーキなら、不機嫌になる気持ちもわかるかも。まあ好物だと知っていたら、そもそも選ばなかったけれども、と美月は思う。

「ただ、クラッカは人の手で育てることが難しくて、森に採りに行かないといけないのです。そろそろ出始める時期なんですけどね」

「クラッカってこの辺で採れるんですか？」

ふと思いついて尋ねるとケイトが頷く。

「ええ。この地方の特産品ですから。この城の裏の森でもクラッカは採れますよ。料理を担当する者達は、昼食の準備後に森まで採りに行って、午後のお茶の時間にクラッカの入ったものを出してくれるくらい」

ケイトの返答に美月は一つアイディアを思いつく。そうだ、ケーキを食べてしまったことだし、この家では居場所がなくて落ち着かないし。いっそクラッカの実を採りに行ってみようか。結果として、好物のケーキを取り上げてしまったことの罪滅ぼしにもなるかもしれない。


その日の夜まで美月はマルーン城内の図書室で調べ物をした。主にクラッカのことについてだ。

「形状は……大粒のブルーベリーみたいな感じかな。クラッカの木は、腰高の雑木で、一つの枝に多くの実をつける。水辺が好きで、河原などの温かくて日差しが出ているような場所に自生している……と」

調べ終わると、森に出かける予定を立てた。翌日の昼食後、森へ少し散歩に出る、とケイトに告げると彼女は自分も一緒についていくと申し出てくれた。けれど仕事のあるケイトを付き合わせることが申し訳なくて、ひとりで考えごとをしたいから、と断ると心配しつつも快く送り出してくれた。

「あまり奥には入らないでくださいね。城の方にまではまず出てきませんが、森の奥に行くと野犬が出てくることもありますので。ではお気をつけて。日が暮れる前にはお戻りください」

その言葉に美月は笑顔で頷く。森の入り口を川沿いに歩いて、クラッカが見つからなければ、さっさと帰ってこよう。

川は森から城の裏庭に流れていて、城下町で見た湖につながっていると聞いた。であれば、川伝いに森の方に進んで行けば、道に迷わずに、クラッカの実を収穫することができるかもしれない。

（まあ……散歩のついでだと思えば……）

森の入り口に流れている川の周辺は、なだらかで歩きやすそうに見えた。

（本当はこういう時は、ジーンズとスニーカーとかの方が歩きやすいけど……）

美月が身に纏っているのは活動しやすい服を選んだとはいえドレスしか選択肢がなく、靴も固くて歩きにくい。それでもせっかくならクラッカの実を採ってみたい。ロザリアが素直に喜んでくれるとは思わないけど、美味しいものを食べたら人間、絶対に笑顔になるから。

などと考えながら美月は川沿いを歩いて、森の奥へ進んでいく。だがクラッカの木らしきものを見つけても、なかなか実が生っているものは見つからなかった。だが、クラッカの愛らしい桃色の花を見かけると楽しくなる。気晴らしをするように、上流を目指していくと、徐々に木々は鬱蒼と茂り、ところどころ川が分岐し、道は歩きにくくなってくる。

「実が見つからなくて残念だけど、ここら辺ぐらいが限界かな。そろそろ日も陰ってくるし、帰ろうか……」

ふと心細くなって、足を止めた瞬間。

「あ、あんなところに実が生っている」

向こう岸は壁が上方面に切り立っている。その崖の真ん中の辺りにクラッカの木が生えていて、枝の先には色づいたクラッカの実がたわわに実っていた。美月はワクワクしながら川の浅瀬を渡って、向こう岸に出る。

「そうか、日当たりがいいからあそこだけ実が生ってるんだ、きっと」

夕日がクラッカの実を照らしていて、美月は思わずそれを取ろうと手を伸ばす。だが、美月の身長では、少し高さが足りない。つい必死になって壁に伝う弦のような植物を掴むと、壁のくぼみに足を掛ける。

「あと……ちょっとっ」

指先を伸ばすと、何とかクラッカの木の枝に届く。

「うわっ……」

だが意識が手元に向かった瞬間、足を踏み外し、捕まっていたツタは切れ、壁を削りながら下まで落下してしまった。美月のつま先は変な形で地面に着地し、ギクリと嫌な痛みが足首に走った。

「つたあ……」

ジンとしびれるような痛みに涙がにじむ。どうやら思いっきり足首を挫いてしまったみたいだ。

立ち上がろうとしたが、痛みが酷くて一歩も歩けそうもない。痛みが落ち着くまで、とその場に座り込み、怪我した足首を手のひらで覆い、痛みが治まるのを待つ。

だがしばらくたっても痛みは引かず、試しに歩いてみると、激痛が走って再びしゃがみ込んでしまった。そうこうしているうちに気づけば辺りは暗くなり、美月はますます不安な気持ちになる。

自力で戻れないのなら……誰かが探しに来てくれるのを待たなければいけないのか。

（また余計な迷惑をかけてしまうな……）

気持ちは落ち込むが、この状態ではいかんともしがたい。まあ、さすがに夜になれば、美月がいないことに気づいて探しに来てくれるだろう。誰か早く気づいてくれたらいいのだけど。

ウォーン。

どのくらい時間がたったのか、しばらくして何か動物の遠吠えが聞こえた。

（そう言えば実家にいた犬は、夕刻になるとこうやって遠吠えをしていたような気がするなあ）

悠長にそんなことを考えていると、ふと出かける前に聞いた、いやなことを思い出した。

『森の奥に行くと野犬が出てくることもありますので。日が暮れる前にはお戻りください』

もしかしてあの声は野犬の声ではないだろうか。夕日が落ちていくのを見ていると不安が増していく。誰か日没までに迎えに来てくれたらいいのに、という想いとは裏腹に、あっと言う間に日は沈んで、美月は声を上げて助けを呼ぶべきかと、すでに薄暗くなった辺りを見渡す。

刹那、何かの気配を感じて美月は視線を上に向けた。クラッカの実の生っていた崖の上に黄色い光がいくつも集まっているのに気づく。その光は生き物の目の輝きのように見えた。

(ちょ……これって……)

昔、何かの映画とかで見たことがある気がする。あれって……野犬の目？　いや、映画で見たのは狼だった気もするけど……。そんなのはどうでもいい。これって……凄くマズイかも。一気に背すじに寒気が走る。

(犬でも狼でも襲われたら……私じゃ戦うすべもない。ダメ、逃げ出さなきゃっ)

グルグルというような唸り声が、黄色い光の間から聞こえる。咄嗟に立ち上り逃げ出そうとして、ズキンという痛みに体が竦んだ。痛む部分を指先で押さえてどうしようか迷う。彼らは美月の存在にもう気づいている気がする。

(どうしよう……どうしよう、どうしよう)

怯える気配が伝わったのか、様子をうかがっていた黄色い瞳が徐々にこちらに近づいてくる。次の瞬間、黒い塊が崖の上から、次々と河原に降りてきた。ザリと砂利を獣の脚が蹴る音がする。

(――このままだと襲われる)

だが美月が握りしめているのは、弱くて細いクラッカの枝だけだ。これではとてもあの獣達に対抗できそうもない。

では、獣が怖がるものは何かないか、と必死に頭を働かせる。

——銃？　剣？　そんなものは持っていないし使えない。美月が使えるものと言えば……火だ。

ドキドキと震える両手の指先だけを触れ合わせて、旅に出る前に、これだけは覚えておけと、ヴァレリーに教えてもらった、唯一使える呪文を唱える。

「れ、レ・ファータ！」

瞬間、手のひらから火が燃え上がる。咄嗟にそれを河原の端に打ち上がっていた流木に向けた。

（お願いだからカリカリに乾燥してて、上手に火がついて！）

美月の祈りが届いたのか、火はバチバチという音を立てて流木に燃え広がり、降りてきた野犬達は、突然上がった火の手に警戒するように足を止めた。

不機嫌そうな唸り声を上げてこちらを見る様子に、恐怖で体が粟立っていく。この火の威力はどのくらい持つのだろうか。痛む足を引きずって、顔は犬達に向けたまま一歩二歩と遠ざかろうとする。きっと転んだら一気にこちらに攻め込んでくる。そう思った瞬間。

「——うわっ」

不安定な石に足を取られて姿勢が傾く。バシャンと音を立てて美月は川の浅瀬の中に尻もちをついていた。咄嗟に立ち上がったものの。

グアウ。アウッ。

火を避けてぐるりと回ってきていた犬達が、一斉に美月に向かって駆けてくる。

美月が諦めてその場にへたり込んでしまいそうになった瞬間。

(もう……ダメっ……)

「美月！」

大きな声と共に激しい水音が後ろから迫る。咄嗟に美月が後ろに伸ばした腕を掴むと、彼は自分の方に引き寄せる。美月の身を守るように覆いかぶさった刹那、ぐぅっと苦痛の呻きを漏らした。

「……イサック！」

美月を庇った恋人の左腕には何か黒い物体が食いついている。

「この……邪魔だ、どけ！」

そう言いながら彼は腕を振り、右手で抜いた剣の柄を黒い塊に叩きつける。暗闇の中で間近に黄色い目が光り、美月は心底恐怖を感じる。一度叩かれても、獣はこちらをねめつけて、二度目の柄の打撃にようやく鋭い咢《あぎと》を離した。

「イサック、大丈夫？」

いや、大丈夫でないことはわかっている。彼の腕にみるみる血がにじんできているから。それでも咄嗟にそんなことしか尋ねることができない。

「ああ、これくらい大したことはない。お前こそ怪我はないか？」

前にいる獣達に注意を払いながらも、イサックは怪我をしている腕すら気にせず、美月を気遣う。そして危険な状況だからなのだろう、いつもより凄味のある笑顔を浮かべた。

「……森に散歩に行ったまま帰ってないと聞いて、慌てて探しに来た。夜の森は危険なんだ。お前が火を焚いてくれたおかげで、すぐに見つけられてよかった」

犬達も牙を持たぬ柔な獲物が、面倒な敵を連れてきたことにようやく気づいたようだ。安易に攻め立てずに、今度は唸りながら、隊形を整えていく。

「どうやら俺が来ても諦めてはくれないようだな。美月、恐ろしければ目を閉じていろ」

イサックがそう吠えた瞬間、野犬達が一気にイサックに襲い掛かってきた。それは美月のイメージする犬とは全然違う、むしろ狼と言ってもいいくらい危険な獣達だ。

イサックは鞘ごと剣を抜き、一匹目の獣の牙を叩き、腹を打ち払った。剣の鞘に腹を食い込ませて先頭の犬は川の中ほどに飛ばされる。

「イサ……」

声をかけようとした瞬間、残りの二匹が一気に襲ってくる。それを彼は冷静に確認すると、わずかな時間差で迫ってきた右側の犬の喉元を鞘付きの剣の先で突くと、剣を手前に引きつつ左に流して、もう一匹の腹を薙ぎ払った。

それでも犬達は気を失うことなく、身をひるがえし、それぞれの足で再び立ち上がる。だが次の瞬間、目の前で立ちはだかるイサックを確認し、戦意を消失したように尻尾を落とす。そのまま、キャウンというような情けない声を上げて立ち去って行った。

「三匹か。数が少なくて助かった。……と、美月は怪我をしていて動けなかったんだな。大丈夫か？」

普段通りの彼の声に危機が去ったことを実感し、ほっとした瞬間、一気に足の痛みを自覚してガクンと膝が抜けてしまう。

「イサックの方こそ、怪我してるのに」

咄嗟に自分を支えてくれた腕を見れば、二の腕に血がにじんでいる。

「あの、今、止血しますね」

そう声をかけると、彼は苦笑して小さく首を左右に振った。

「いや。血を外に出した方がいい。獣の牙だ。体に穢《けが》れが入っているかもしれない」

そう言うと川に腕を入れ、患部を押しながら血を流しはじめた。

(私、何も知らないんだな……)

きっと痛いだろうに、顔すら顰めず腕の傷を洗っているイサックを見て、美月はますます落ち込んでしまう。

「あの、せめて傷をこれで……」

持っていたハンカチで傷口を押さえ、美月はドレスの帯に使われていたリボンを包帯代わりにして固定する。

「……やはりクラッカを採りに来たのか」

傷の手当てを任せながら、イサックは傍らに置いてあった、ほとんど実のついていないクラッカの小枝を見て目を細める。彼の声にふと視線を上げると、美月はふわりと抱き上げられていた。

「あの、腕の怪我は……」

「別に大した痛みもない。それにその足では歩けないだろう。ここで夜を明かすわけにもいかない。このまま連れ帰ってやる。だが……」

彼女を抱いたまま川を渡り、先ほど採れなかったクラッカの木の下で、美月を抱きかかえて手を伸ばすように促した。

「ほら、届くだろう。採ったらいい」

彼の声に美月は幹に手を伸ばし、たくさんの実が生っている枝を折り取った。

「採れたか？　なら今日はそれで満足しておけ。……帰るぞ。あの犬達が群れを連れて帰ってきたら面倒なことになる……。まあ洗い流したから、血の匂いに集まる厄介な生き物は来ないとは思うが、出血が止まったわけではないからな。警戒しておくに越したことはない……」

さっきイサックが野犬と戦った時に、剣を抜かなかった理由をそれで理解して、美月は素直に小さく頷く。夜の森は城に近くてもやはり危険なのだ。

「イサック……心配させてごめんなさい」

ぎゅっと彼の首筋に縋りつき、震える体を摺り寄せると、イサックはほっとしたように吐息をつき、耳元で囁く。

「いや、お前に何もなくてよかった。俺はお前に何かあるのが一番怖い……。と、お互いにずぶぬれだな。俺はともかくお前に風邪を引かせるわけにはいかない。早く部屋に戻って風呂に入った方がいい。食事も用意してあるからな」

ぽんぽんとあやすように頭を撫でられ、甘やかされて、美月は彼の腕の中で小さく安堵の息を漏らしたのだった。

＊　＊　＊

ふたりが森で負傷して帰ってきたせいで城内は大騒ぎになった。だがイサックは美月が怪我をしていることと、体が濡れて冷えていることを告げると、魔導医が来るまでに体を温めると言って、自ら美月を抱きかかえて風呂に行った。しかも、風呂場で転んでこれ以上足の傷を悪化させるわけにいかないと、強引に一緒に入浴することを主張して……。

(正直、相当、居たたまれないというか……なんというか)

少なくとも未婚のお嬢さんが、衆人環視の前でされるような所業ではなかったと思う。せめて順番が逆だったらよかったのだけれど、風呂を共にした後だとまるわかりの状態で、イサックの部屋でふたりは治療を受けることになったのだ。

「美月様は足首をかなり酷く挫いてはいますが、骨に問題はないようですね。イサック様の方も、毒がちゃんと抜かれているので、問題ありません。傷は残るかもしれませんが……」

「俺はどうでもいい」

入浴後、魔導医に診察してもらうと、イサックだけでなく、傍に居たケイトもホッとしたようにため息をつく。

「お二方とも治療で症状は改善されるでしょう」

そう言って医師が治癒魔法を施すと、怪我をしていた足が熱を持っていく。熱が遠ざかるとともに、痛みがすぅっと引いた。イサックの腕も入浴でまた出血が始まっていたのが、あっと言う間に傷がふさがっていく。

「お二方とも、傷は治しましたが、治癒に体力を使っていますので、明日いっぱいは無理をしないでお過ごしください」

それだけ言って魔導医は部屋を出ていった。


「……今夜から、美月は俺の部屋に泊まらせる。文句はないな」

イサックの部屋に集まっていたアリーシャやロザリア、城の人間達の前でイサックは強引に言い切る。

「あの……美月さんは未婚のお嬢さんなんですよ」

焦ったように発せられた母親の言葉もイサックは肩を竦めて受け流した。

「美月は、俺が守るべき『司書』で俺の『錠前』だ。そもそも、図書館では俺の妻同然の生活をしている」

「妻同然って……イサック、貴方は図書館でどういう生活をしているの」

咄嗟に言い返す母に苛立ちを隠せないようにイサックは美月を強く抱き寄せる。

「何を今さら……」

イサックは紫色の瞳を眇めて、周りを見つめ、儀式が何を意味するのかも知っているだろうに、と呟くと小さくため息をついた。次の瞬間、美月の頤を捉え、キスをする。

「んっ……ふぁっ……んんんっ」

突然人前で熱烈な口づけをされて恥ずかしさに拳を胸に叩きつけても、厚い彼の胸板には何の効果もないらしい。呼吸が苦しいほど舌を絡ませて貪られ、あっと言う間に美月は力が抜けてしまう。

「んっ……イサ……」

唇が離れ、人前での恥ずかしい行為に文句を言おうとした瞬間、今度はぐいと抱き寄せられて、先ほどまで叩いていた胸元に顔がぽすんと埋まってしまう。

「つまりはこういう関係だ。今さら部屋だけ別にしても、俺は毎晩、美月を抱きに彼女の部屋に忍んでいくだけだからな」

あからさまな言葉に顔を上げられずに、真っ赤になった美月の耳を機嫌よさそうに撫でてキスを落とす。

「……ロザリア、美月はお前が好きだと言ったから、今年初のクラッカを採りに山に行ったらしい。土地勘もなく、若干迂闊だったとは思うが、気持ちだけはわかってやってくれ。美月は兄の大切な人だ。お前が兄を大事に思うのと同様に、お前にも美月を大事に思って欲しい。少なくとも、美月はお前のことを大切に思うからこそ、お前の好きなものを探しに、自らの足で森に向かったんだからな」

そう言うと、侍女に明日の朝食にでも食べさせてやってくれと、クラッカの実のついた小枝を渡す。

「ああ。今年初めて見ました。もうクラッカが生り始めているんですね。また近いうちに皆で森に採りに行ってきます」

侍女頭は言葉を返し、頭を下げる。

「…………」

けれども、当のロザリアは何も答えることもなく、不機嫌な顔でふいと部屋を出て行ってしまったのだった。


「……おはよう」

久しぶりにイサックの腕の中で目覚めて美月はほっと笑みを浮かべる。

「いい朝だな。やはりお前を抱いて寝ないと、眠った気がしない」

そっと額へのキスが落ちてきて、美月も彼の腕の中で、久しぶりに安心して眠れたことに気づく。

「足は……大丈夫か？」

美月は確認するようにゆっくりと足を動かしながら、尋ね返した。

「はい、大丈夫です。それよりイサックの腕の方は？」

「こっちはもう傷もふさがっているし、何の問題もない」

イサックの腕の傷は既にかさぶたが治りかかっているような状態まで回復をしている。ただし、獣に噛まれた牙の痕はくっきりと残ってしまいそうだった。

「痕、たぶん残っちゃいますね」

「そんなのは別にいい。それよりお前の足はどうだ？」

「動かしても痛くありません。……魔導医さんって……凄いんですね」

昨夜あれだけ腫れあがって痛かった足は、今日は普通に歩けるほどまで回復している。

「それならよかった。少々強引な手段を使ってしまったが……美月なしでは俺がもう持たない。父にも話を改めてするが、このまま俺の部屋で生活しておけ。しばらくは足も不自由だろうしな」

くすりと笑うイサックに、美月もつい笑みを返してしまう。いや結局はイサックのことが好きでたまらなくて、単に一緒にいたいだけなのだ。ホッとしたふたりは、朝食の時間まで新婚夫婦さながらに幸せいっぱいで散々じゃれ合って、用意された朝食をふたりきりの部屋で取る。

「命がけで採ったクラッカの味はどうだ？」

さっそく朝食の皿に供されていたクラッカを取ると、悪戯っぽく笑いイサックが手ずから食べさせてくれる。苦労して採った果実を美月はゆっくりと噛みしめた。

「甘くて……酸味が心地よくて……美味しいです」

たぶんベリー系の味なのだと思う。ブルーベリーより甘みと酸味が強くて、苺のように果汁がたっぷりで爽やかな風味だ。こんなにおいしい果実が自然に生ること自体が奇跡みたいに思える。ロザリアが好物だというのもよくわかる。

「そうか、それは良かった……それで、お前の体調が悪くなければ、明日には三つ目の分館に行くことにしようか」

突然告げられた言葉に美月はイサックを見つめ返した。

「父に何度も言葉を尽くして説得しているが、どうも反応が鈍い。だったら今回のように一つずつ実績を積み重ねていく方がいいかもしれない。まずは三つ目の分館でも『鍵』と『錠前』として認めてもらおう。そして図書館と、すべての分館できちんと認められたふたりだと、それだけ互いに愛情と信頼関係があると知ってもらおうと思うんだが……美月はどう思う？」

イサックがかなり父親の攻略に苦労しているのは伝わってきていた。だから……。

「そうですね、動いてみることも大事かもしれないですね」

昨日無茶をしてしまった自分自身に、煽られるみたいにイサックも焦っているのかもしれない。けれど、そのおかげで一緒の部屋で過ごせるようになった。彼も多少強引でも、今の状況をなんとかしたいと必死なのだ。

（イサックが、それがいいって思うんだったら……）

＊　　＊　　＊

イサックが宣言したことで、美月の荷物はすべて彼の部屋に運ばれて、同じ部屋で生活をすることになった。彼のマルーン城の部屋は、図書館本館でふたりが寝起きしている美月の部屋よりずっと広い。ふたりで一緒にいることには何の問題もなかった。そんなわけでイサックの部屋に美月がひとりでいるタイミングで、ケイトとロザリアが訪ねてきている。

「昨日は本当に申し訳ありませんでした」

「いえ……私が森へクラッカの実を探しに行ったかもしれないと、イサックに伝えてくださったのはケイトなんですよね」

美月の問いに彼女は小さく頷く。

「この間のケーキの件、ずいぶん気にしていらしたので。もしかしたら……と。でも戻られたイサック様に美月様が何処にいるかと言われるまで、私、美月様が戻ってきてないことに気づいていなくて。……本当に申し訳ありませんでした」

謝罪の言葉に美月は首を左右に振る。

「いえ私も思い付きで行動して皆さんにご迷惑を……」

結局、余計なことをして、ケイトやイサックに面倒をかけたのだ。そう思って謝罪を言葉にした瞬間。

「そうよ、別に貴女がクラッカの実を採りに行かなくても、あと数日もすれば慣れている者達が採りに行ったし。貴女の勝手な行動で家の者に手間をかけさせただけよね。現にお兄様はあんな怪我までさせられて。でもこうやって健気さをアピールしたらお兄様にも好かれるし、周りからもいい人だって思われるし、貴女って結構計算高いことする人よね」

「……え？」

突然ロザリアに言われた辛辣な言葉に美月は言葉を失う。いや言っていることは、何一つ否定できない。現に美月自身、ロザリアとの関係を改善したいと思って、クラッカを採りに行ったのだから。的を射ている分、言葉は鋭い針のように美月の胸に刺さった。

「ロザリア様。そのような言いようは、ケイトは認められません」

「ほら、ケイトだって騙されているじゃない。私はこの人とは違って、人を動かすために、ああいう身勝手な行動はしませんわ」

「そんな言い方をされては……」

「そんな言い方って何？　シルヴィア姫はずっとお兄様が好きだったのに、突然現れた『錠前』のせいで、婚約が取り消しになるのよ。そういうのって身勝手って言わない？　お兄様だって、元々シルヴィア姫のことはとても可愛がっていたじゃない。きっとこの人が現れなければ、私達家族が祝福する中で、お兄様はシルヴィア姫と結婚して幸せになったはずなのよ。この人が邪魔さえしなければばっ」

「――ロザリア様！」

それだけ言うと、必死に呼びかけたケイトの言葉すら無視して、ロザリアは部屋を飛び出していった。ケイトは美月の顔を見て、それからロザリアの後ろ姿を視線で追う。

「すみません、もう一度ロザリア様と話してみます」

ケイトは深々と美月に頭を下げ、部屋を出て行ったのだった。

＊　　　＊　　　＊

その日の昼食時には、イサックの母アリーシャと話をする機会があった。

「イサックが……強引なことをして申し訳ないわ。体は……大丈夫？」

そう尋ねてくれるものの、状況が状況だけに、美月も困ったような顔をして頭を下げることしかできない。

「私が夜の森で迷うことがなければ、皆さんにご面倒を掛けることもなかったし、イサックにも、あれほど心配させないで済んだと思います。私こそご迷惑おかけして、本当に申し訳ありません」

深々と頭を下げる美月の手を取って、アリーシャは首を横に振る。

「イサックも美月さんが大切すぎて無茶ばかり……。元々愛情が深い上に、頑固な子ですから意地を張りすぎているのだと思います。あの子の父親も……どうも頑固な人間同士で互いに譲れないらしくて……」

そう告げてくれる言葉にすら、この家に厄介事を運び込んでしまった自分が、迷惑をかけているとしか思えない。

(きっとアリーシャさんは、イサックのことも、ロザリアさんのことも、夫であるラウルさんのことも、大事なんだよね。この人は……シルヴィア姫とイサックの婚約破棄の話をどう思っているんだろうか。私は厄介なことを持ちこむ鬱陶しい存在なのかな……)

彼女にとって、自分はできれば排除したい人間なのか、それとも息子が望むならば、受け入れたい気持ちを少しは持っていてくれているのか。丁寧な対応に隠された本意はまったく見えない。

美月は落ち着かない気持ちで、翌日を迎えたのだった。

第五章

第三の分館と最悪な事態

イサックが艶やかな金色の髪を腰まで下ろした、スタイルの良い綺麗な女性を抱きしめていた。なよやかな肩のラインも、豊かな胸も、ほっそりとしたウエストも、振り向けば春の空色の瞳をもった美しい女性であることも美月にはわかっている。

(なんで……その人を抱いているの?)

美月は言葉が上手く口から出てこない。そうだ、言葉はこの世界に来るために失ったのだった。喉元からは、ひゅうと息をのむ音だけが漏れる。

「俺が愛しているのは、小さな頃からずっとお前だけだ……」

彼はそう囁くと、金色の髪を指に絡ませながら女性にキスをする。女性の嬉しそうな笑い声が聞こえる。やめてと言いたくても、やはり声は出ない。彼らのところに行きたくても、歩くのだって下手だ。彼に支えてもらわないと、元々尾びれだった足は立ち上がることすらできないのだ。

「だから言ったじゃない。お兄様はずっとシルヴィア姫のことが好きだったの。貴女は単なる『錠前』。……お仕事が終わったのなら、さっさと自分の世界に帰りなさい。泡になる前にね……」

自分をあざ笑うのは、イサックと似た、凛とした顔立ちの美少女。

(ロザリアさん……そこまで私が嫌いなの?)

声にならない美月の問いに、彼女は晴れやかな顔で笑う。

「ええ、貴女なんて大っ嫌い。お兄様に怪我をさせるし、我が家の疫病神だわ。早く消えてしまえばいいのに!」

＊　＊　＊

「やだ……イサック……いなくならないで……」

「美月?　どうした……」

第三の分館に向かう日の夢見は、史上最強に悪かった。人魚の自分が、お姫様に王子様を奪われる夢。それは苦しくて切なくて……。

足の痛みはだいぶマシになったものの、代わりに全身に緩やかな痛みが残っている。ふわふわしているような感覚は朝になっても消えていなかった。

「美月、昨日はよく眠れなかったのか?」

案じるような言葉に、美月は微かな頭痛をこらえながらも、咄嗟に笑顔を見せて首を左右に振る。

(これ以上、イサックに迷惑をかけたくない……)

そうでなくてもイサックは、自分と家族の板挟みになって辛い思いをしているに違いないのだ。

（夢は夢。現実のイサックはこうやって私を大切にしてくれている）

……いつまで変わらないかはわからないけれど。

ふと思ってしまったことを慌てて心の中で否定する。大丈夫、イサックはそんな人じゃない。

「足の調子はだいぶよくなったようだな。怪我が長引かなくてよかった。体調次第だが……今日、分館に行っても大丈夫そうか？」

やはり自分もイサックも焦っていたのだろう。でもその時は、それが一番いい方法のように思えたのだ。なにか形が見える結果が欲しかったのかもしれない。

「はい、大丈夫です。一緒に……行きましょう。三つ目の分館に」

笑顔で答えた美月の頤をそっと上げて、イサックの優しい口づけが降ってくる。苦しい夢のあとだから、それが切ないほど嬉しかった。

＊　＊　＊

マルーン分館は、ゼファー湖に浮く小島の一つにあるという。薬学の魔導を修めていたメイデンは、元々マルーン生まれの上級魔導士だった。病が流行った時には、彼が発見した術式で数千人の命を救ったと伝えられている。だがその成功は他の魔導士達に妬まれ、最終的に彼は自分の研究した魔導書を持って、結界を張った小島に引きこもり、孤独な一生を終えたという。

「だから今でも彼が望まなければ、その者は島に近寄ることすらできないと言われている」

イサックはそう説明したが、特に迷うことなく、ターリィは無事メイデンの小島を見つけ、浜辺に降り立つ。どうやらふたりはメイデンに受け入れてもらえたらしい。

「ありがとう、ターリィ。また笛で呼んだら迎えに来てくれ。この辺りは良い漁場があるだろう？旨い魚をたらふく食べてこい」

イサックの声にターリィは再び空に舞い上がる。美月はその光景を見て、改めて自分の世界とは遠く離れた異世界に来てしまったのだな、と実感していた。

「さて、すこし……島を見てまわるか？」

誰もいない場所で、イサックとふたりきりになるのは久しぶりだ。もちろんすぐに儀式を行ってもいいのだろうけれど、こうして気遣ってくれる気持ちが嬉しい。

「足は……大丈夫か？」

「はい。ここの分館は……どこにあるんですか？」

美月が見上げると、島の中央は小高くなっており木々が覆い茂っている。パッと見た限りでは、どこに図書館があるのかわからない。

「ああ……ここから見てもわからないと思うぞ。ゆっくりとこの辺りを散策したあと、案内してやる」

＊　　＊　　＊

昼過ぎまで辺りを探索し、用意してもらった昼食を取った。ふたりきりの時間は美月にほんの少し自信を取り戻させてくれた。いやそもそも、美月もイサックの愛情を疑っているわけではない。ただここにきてから、みんながイサックのことを愛しており、イサック自身もそうした人々を大切にしているのだということを改めて認識しただけなのだ。なのに自分は単に『錠前』という立場であるだけで、彼の愛情を独り占めしてしまっていることに不安が募る。というか……彼の愛情が、自分ひとりに向けられて当然だと、根拠もなくそう思い込んでいたことと、現実とのギャップに怯えているのかもしれない。

「さて、それでは分館に行くか……」

柔らかく髪を撫でられて、はっと視線を上げると、額にキスが落ちてくる。

「体調は大丈夫そうか？」

このところに比べれば、今日はイサックと一緒にいられて、だいぶ落ち着いた気分だった。

「はい、大丈夫です……ってどこに行くんですか？」

島の中心部、森の方向に向かうと思っていたのに、イサックは美月を連れて水辺を歩いていく。差し伸べられた手を握ると、イサックは何故か楽しそうに小さく笑った。

「たぶん……お前が予想しないようなところだ」

明るい日差しの中、イサックは美月の手を引き、岩が露出していて歩きにくい場所を避けて先導していく。

「……これ、洞窟ですか？」

小舟が置かれている。先に舟に乗った彼に手を引かれて、美月が乗り込むとそれはゆっくりと動き出した。小舟は岸壁にポカリとあいた青い口を開けたような洞窟に吸い込まれていく。

「もしかして洞窟の中に分館を作ったんですか？」

ありえない。湿気はどうなっているんだろうか、と咄嗟に常識的な考えが頭の中に湧き上がるが、もしかしたらそういうことは魔導でどうにでも対処できるのかもしれない。

どこからか日の光が差しこんでいるらしい。洞窟内は青い光がゆらゆらと水面を揺らしている。入り口は自然なものだったが中は広く、人の手が入っていることがわかる。

「ほら、降りてきたらいい」

イサックが一足先に舟を降り立つ。均《なら》された道があり、そこから先はまた普通に歩けるようだ。横穴には立派な扉がつけられ、それが一つ一つの部屋になっているようだった。

「王立魔法図書館司書の美月様、美月様の『鍵』で騎士のイサック様、初めまして。王立魔法図書館メイデン分館にようこそ」

美月が薄暗い洞窟内に作られている廊下内を見渡していると、突然頭上から声が聞こえる。

「……え？」

咄嗟に見上げると、バサリという羽音と共に美月達の前に黒い塊が落ちてきた。

「……お前は何者だ？」

イサックが美月を庇いながら尋ねると、ふっと小さな灯りがともり、お互いの状況を確認することができた。

「やっぱり『鍵』の騎士の人は怖いね。剣とか出さないでよ。ボクはこの分館を守る精霊。フレダーって呼んでくれたら嬉しいな」

「うわ、ねずみ？　……フレダー？」

ちょうど美月達の目の高さに浮いているのは、くりくりとした大きな黒い瞳と三角の耳をつけたネズミのような生き物だった。手には小さなランプを持っている。

「どっちかというと……コウモリ、だな。なるほど、ここの分館の守り魔か」

あまりに可愛らしい姿に毒気を抜かれたらしいイサックは、美月の言葉にそう答えた。

「そうだよ。ちなみにボクはこの分館ができる前からこの洞窟にいたからね。ボクの方が先住者なのさ。ちなみにネズミなんかと勘違いしないでほしいなぁ。ちゃんと羽も生えているしね」

ふたりに見せるように、バッと羽を広げると、鳥の翼とは違って、やはりコウモリらしく見える。ただ羽は飛ぶために必要なわけではなく、魔導の力で羽を閉じていても空中に浮いていることができるらしい。そうしているとフレダーはまるで正装した紳士みたいで、なんだか執事にお迎えしてもらったような気分になる。

「はじめまして。フレダー」

慌てて美月が挨拶すると、マルーンの分館の精霊は、大きな目でじっと美月を見返す。

「今回は礼儀をちゃんと知っている司書でよかった。十年位前に来た新米司書は、ボクへの挨拶もそこそこに、ずっと『鍵』の騎士と喧嘩しててさ。それなのにいざ儀式ってなったら、あっさり

『錠前』開けて帰って行ったんだけどね。行きは喧嘩してて、帰りはイチャイチャしながら出て行くって……ここだけの話だけど、相当面倒くさい客人だったよ。……完全にボク無視されちゃったしね。まあいいんだけど」

ぷんすか怒っているフレダーは可愛いけれど。

「それって……」

「間違いなくセイラとジェイだろうな。あいつら昔も今も変わらないな……。悪かったな。うちの先代『錠前』が迷惑をかけたようだ」

思わず謝ってしまったイサックを見て、フレダーはくすっと笑った。

「今回の『鍵』の騎士さんも、話が通じる人でよかった。いいよ、全然。とりあえずここの分館の主も、分館自体も風変わりだからさ、案内するね。案内……いるよね？」

美月がコクコクと頷くと、フレダーは嬉しそうに笑顔を見せ、今度はコウモリらしく、羽を広げ、左右にジグザグ飛行しながら先導する。


フレダーの案内で、美月達は不思議な洞窟の中を探索する。

「どうやら入れる部屋とそうでない部屋があるようだな」

扉を開けて確認すると、洞窟の形を生かした部屋がいくつか確認できた。中にはダイニングもあり、寝室もあった。

「今日ここに泊まるかどうかはわからないけど、一応、ここがゲストルームだから使ってね」

そのうちの一つの部屋を案内されて、イサックは手に持っていた荷物を部屋に置く。窓がない以外はベッドが二つに、机と小さなソファーがあり、ごく普通の居室といった感じで、洞窟の中にあるとは思えない。室内の湿度はそれほど高くなく、適温で心地いいくらいだ。ふたりが部屋を確認すると、フレダーの案内でもう一度、洞窟の入り口に戻り、反対側の廊下を進んだ先に、大きな扉があった。

「これが、当分館自慢の図書室だよ」

室内は明るく、ホールほどの広さがある。こんな湿度の多い場所でどうやって本を管理しているのだろうと思っていたのだが、そこにはそもそも本棚がなかった。図書室内の本は、本棚に収まっておらず、一つ一つが何かシャボン玉のようなものに包まれて宙に浮いている。

「…………」

なんというか……図書館の概念すらふっとびそうな不思議な光景に美月は言葉を失う。

「試しに一つ見てみる？」

美月が頷くと、フレダーの意思に従っているのか、すいっと空中を一つのシャボン玉が飛んでくる。それに触れると割れて、本がそのままゆっくりと美月の手の内に落ちてきた。

「はい、『初級薬学魔導入門』だね。これは魔導士見習いが最初に勉強する薬学の魔導書だよ。ちょっと見てみる？」

フレダーに言われてページをめくると、基本は化学の教科書のような、でも合間には未知の魔導に関する説明文が載っていて、とても興味深かった。

「そうか、このシャボン玉みたいなので、本を守っているのね」

美月の言葉にフレダーは嬉しそうに頷いた。イサックは胡乱な目で周りの光景を見つめながら、近くにあるシャボン玉をつつく。

「なるほどな。本が落ちてきた」

「そっちの本は何？」

覗き込むとどうやら魔導薬の中毒性に関する書物らしい。

「あの、戻すにはどうしたら？」

「元の場所に戻せばいいだけ」

内容が高度すぎて理解できない本をあった位置に戻すと、勝手に手から離れていき、再びシャボン玉に包まれた。

「……メイデンがどういう人間だったか定かではないが、少なくとも既成概念にとらわれる男ではなかったようだな」

イサックが苦笑交じりに言うと、フレダーはパタパタと空中を移動し、イサックの前にやってくる。そして嬉しそうににっこりと笑った。

「メイデン様は既成概念にとらわれないからこそ、素晴らしい治療薬をいくつも発明されたんだ。なのに世間の奴らは……」

つぶらな瞳が一瞬曇る。

「……何が……あったの？」

美月のセリフに、はっと表情を戻して、コウモリのような精霊はにっこりと笑みを浮かべて見せた。

「なんでもないよ。そろそろ夕刻だね。夕食の準備をするから、美月達は部屋に戻って少しのんびりしてて」

次の瞬間、フレダーは姿を消す。イサックは肩を竦めて美月の手を取った。

「夜は儀式を行うにしても、もう少し本を見たら、部屋で休ませてもらうか……」

美月は他の本に手を伸ばしながらも、イサックの言葉に頷いたのだった。


部屋に戻ると既に温かいお茶が用意されている。精霊はとにかく働き者なんだな、と美月はうさぎの耳と猫のような目をもった図書館本館の精霊、ミーシャを思い出していた。

「……そういうわけで、マルーンが生み出した最も有能な魔導士、それが薬学の天才魔導士メイデンだ。だが、メイデンの評判はこの国全体ではあまり良くはない」

メイデンについて尋ねると、イサックはそう答えた。けれど、なんだか少し怒っているような口調で話していて不思議な気がする。

「優秀な魔導士なのに、なんで評判が良くないんですか？」

美月の言葉にイサックは小さく肩を竦めて、彼女の横にドサリと座った。

「メイデンはいくつもの流行病の特効薬を作って、天才魔導士として国中から功績を称えられ、人々から誉めそやされた。だが彼の優秀さを妬んだ者達に『自分で病を発生させ、それを流行らせてから、その治療を行った』という性質《たち》の悪い噂を流されたんだ」

「……そんな……酷い」

「彼は王都での生活を諦め、最終的に生まれ故郷に戻ってくるところまで追い詰められた。最後はこの誰も訪れない無人島に自分の居を移して、晩年はここに独りで籠《こも》り、研究を続けていたらしい。さっき、ここの使い魔が言いかけたのはそのことだろう……」

イサックの口調がいつもと違うのは、同郷出身の魔導士に同情しているのかもしれない、と美月は思う。

「一時は功績をもてはやしていたのに、なんで……人の気持ちって変わってしまうんでしょうね」

「さあ……それにメイデンの婚約者は、彼の功績に目がくらんだ権力者の男に誘われて彼を裏切り、メイデンの術式を許可なく持ち出してその男の元に走ったらしい。そのことをきっかけに、彼は決定的に人を信じられなくなったのだと言われている」

イサックの言葉を聞いた瞬間、美月は脳内に何かの意識が入り込むような感じを覚え、顔を顰めた。

——ええ、そうです。人の気持ちは変わるのです。どんなに愛していると囁いても、くだらないきっかけで人の想いなど簡単に翻る。信用に値しません。

突如頭の中で鳴り響いた言葉に美月ははっと辺りを見渡す。

「……どうした？」

そんな美月に気づいて、イサックは心配そうに尋ねる。美月は咄嗟に首を横に振った。

「あの……なんでもありません」

――貴女の目の前の男は……生涯変わらぬ愛情を貴女に注ぎ続ける男なのでしょうか？

美月の脳内に語りかけてくる声の主は、この分館の人格であるメイデンなのではないか。ざわざわと心を騒がせる声に逆らうように美月は心の中でその声に答えた。

(私はそうだと信じてます)

――そうですか。ならばあとで儀式の部屋に来たらいいでしょう。私自ら貴女達の愛情について確認して差し上げましょう。それが信用するに値しないものであれば……。

次の瞬間、ふっと消えた気配に、美月は何とも言えない不安な感じを覚えたのだった。


夕食後、フレダーは精霊の常で姿を消した。たぶんミーシャと同様、夜は日の光が消えると共に、眠りにつくのだろう。夜行性のコウモリの姿を模しているわりには、昼行性なのかもしれない。

「美月……儀式の部屋はこっちだ」

食事を終えて、しばらくしてから、美月はイサックに誘われてホール横の扉の前に立つ。今までの分館でそうしてきたように美月は図書館の主に声をかけた。答えるのは、さっきの男だろうか。

(図書館、儀式の部屋を開けて)

美月の心の声に、不機嫌そうに鼻を鳴らす音がする。

――やはり来たのですね。本当に後悔はしませんね？　この試練を乗り超えられなければ、貴女は大事なものを失うかもしれませんよ？

いきなり頭の中で響いたセリフに美月は言葉をなくす。

「どうした？」

イサックに問いかけられて、美月は慌てて笑みを浮かべた。

「はい。お願いします。儀式の部屋を開けてください」

きっと、イサックとなら大丈夫。自分に言い聞かせながら声をかけると、カチャリという音がして扉が開いた。

——ならば、審判を受けたらよろしいでしょう。

丁寧でどこか温度のない男性らしき図書館の声と共に、儀式の部屋に足を踏み入れた途端。

「…………」

「…………」

ふたりして、そこに見えた幻想的な光景に絶句してしまう。そこは図書館ホールよりずっと奥行きがあり、自然のままの洞窟の光景が広がっていた。しかもゆっくりと首を振って見上げると棚田のような、白い石灰石でできた階段状のリムストーンが、明るく輝く青い水を満々と湛えている。

「驚いたな……これは……温泉だ」

一番手近なリムストーンに手を入れたイサックが声を上げる。なるほど上の方では、間欠泉のように湯が噴き出しているのが見えた。

「なるほどな、ジェイが『マルーンの分館は驚くぞ』と言ったのは……これか」

くすくすと笑うイサックに、ふわりと子供を抱くように抱き上げられて、美月は高い位置からイサックを見下ろすことになる。

「どうする？　せっかくなら温泉に浸かってから、儀式を始めるか？」

美月は楽しそうなイサックの顔を見つめて、それから改めて辺りを見渡すが言葉が出ないままだ。その時、頭の中でまたさっきの声が聞こえた。

――この荘厳な光景の中で、『鍵』の男と抱き合って、真実の愛がそこにあると、私に証明できるのですか？　不安で揺らぐ思考のままで。

脳内の声はどこまでも冷たく、美月を突き放すかのようだ。それはやはりこの分館の図書館の主である、メイデン自身の声なのだろうと美月は確信していた。

――人は熱病に侵されるように誰かを愛し、熱は悪い病気が治る時と同じく、あっと言う間に冷める。そしてその時の自分をあっさりと忘れてしまう。恋とは、そういうものです。今貴女が信じていると思っている男は、本当に貴女のことを一生愛し続けてくれるのですか？　貴女は何を犠牲にしても、彼を一生愛し続けられるのですか？

図書館の声はこのところ不安を感じ続けている美月の心をじわじわと追い詰めていく。

「美月？　大丈夫か？　せっかくだ、風呂に……入るか？」

彼の言葉に美月ははっと現実世界に戻ってくる。イサックには図書館の声は聞こえていない。

「そう……ですね」

先ほどから散々遊びまわって汗もかいている。これから彼に触れられるなら綺麗な体で、と思っているのは本心だ。

こくりと頷いた瞬間、『鍵』の魔導で美月の服と彼の服は一瞬で姿を消した。一糸纏わぬ姿でイサックは美月を抱きあげ、ゆっくりとリムストーンに湛えられた湯の中に体を浸す。

「……しかし、すごい光景だな……」

イサックは湯船に身を沈めながら、上まで続く、湯がたっぷりと満ちた階段を見上げた。美月も視線を上げて、素晴らしい光景に思わずため息が零れる。上では熱湯に近いような湯が湧き出しているのだろうか、湯気がもうもうと上がっている。気が遠くなるほど長い時間をかけて、この光景はできあがったのだろう。そんなところで……愛し合う？　まだ出会ったばかりで、彼の家族に認められていないというだけで、これほど不安になってしまうほど小さな存在の自分が？

イサックは美月を湯の中で抱き寄せて、そっと額にキスを落とす。

「美月、いろいろ不安な想いをさせて悪いが、俺は誰が何と言おうと、お前だけを愛してる。お前以外の女はいらない」

熱っぽく告げられ、唇を寄せられる。

彼がそう本気で思ってくれていることはわかっている。

――でも、それは今だけの想いではないかと貴女は疑っているのではないのですか？　貴女達の想いは、本当に永遠に続く真実の想いなのですか？

頭の中で響く声がそう尋ねる。

今は愛を囁いていても、気持ちがぶれた時に、彼は家族や身内を裏切ってしまったことを、後悔しないのだろうか？

唇が寄せられて、甘く口づけをされる。体が彼を覚えているから、それだけで彼に応えるように美月は緩く唇を開き、彼の舌を受け入れる。ゾクリと甘いさざ波が起こり、次に来る悦楽の予感を体に知らせる。

微かに水の滴り落ちる音だけが聞こえる空間で、彼が姿勢を変えるたびに小さな水音が辺りに響く。深く口づけられて、溶けるような舌遣いに、ちゅくりという淫らな音が辺りにこだまする。なんだか落ち着かない。周りの景色が凄すぎて、目の前の彼に集中できない。

——所詮その程度の気持ちだからではありませんか？

ああ、頭の中の声がウルサイ。こめかみがずきずきと痛む。

「美月……」

イサックが切なさそうに美月の名を呼ぶ。こんなに……イサックが大好きなのに。もう彼がいない世界なんて考えられないのに。今までの日本での生活より、彼と一緒に過ごす異世界での生活を選びたいほど、既に心は彼に向かっているのに。それなのに彼がその想いを違《たが》えてしまったら私はどうなってしまうのだろう……。不安な気持ちのまま、美月は彼の体に縋りつく。パシャリと水音が聞こえる。湯すら互いの体を妨げることが心許なくて、隙間がないほどぴたりとその胸に自分の胸を擦りつけると、イサックは微かに体を震わせて、きつく美月を抱き返した。湯の中でイサックの膝の上に乗り、体を摺り寄せるような淫らな恰好になると、彼の猛りはじめた熱を下腹部で感じて、またじわりと欲望が湧く。

「イサック、ずっと……私のこと、好きでいてくれる？」

思わず尋ねると、イサックは彼女をしっかりと抱きしめる。

「ああ……俺はお前のすべてに魅了されている……きっとお前が思っているよりずっと……」

「……本当に？」

（イサックの大事な人達が、一緒にいることに反対しても？　私を選んだら、すべてを失うとしても？　私は全部を向こうの世界に置いてきてしまった。イサックがいるからこちらの世界にいるのに……貴方はそれだけのことを私にくれるの？　信じるだけ信じさせて、裏切られたら……）

自己中心的すぎて、呆れてしまう。

――でも、それが貴女の本音ではないのですか？

そう、それが本音だと美月は思う。自分は向こうの世界にすべてを残したまま、彼ひとりを選んでいるのに、彼は何も失っていないことに不条理さを感じている。

「……イサック、頭が痛い」

頭が割れるようにガンガンと痛む。意識が白く濁っていく。こんな自分が嫌だ。イサックのことだけが純粋に好きでいられたらいいのに。

――ならば、いっそ全部忘れてしまえば楽になるのではないですか？　些末なことに振り回されて、貴女だけ苦しむことはないでしょう。

（全部忘れてしまったら、私は純粋にイサックの事だけを好きでいられる？　それでもイサックは私を選んでくれる？）

壮大な景色の中で醜い心を持つ自分の姿に美月は逃げ出したくなる。

――彼への恋情すらなくしてしまえば、彼に対する身勝手な執着もなくなるかもしれませんね……。貴女が彼を忘れてしまっても、再び彼を愛し、彼から愛されるのなら、それが真実の愛、なのかもしれません。

（今、私とイサックの間にあるのは……）

――さあ、すべてを忘れてしまいなさい。

言い聞かせるようなメイデンの声が脳裏に刻み込まれたまま、美月の意識は緩やかに落ちていく。焦ったような男性の声が聞こえる。

「美月？　美月っ」

その声を聞きながら、美月は完全に意識を失った。

「……美月？　大丈夫か？」

気遣うような誰かの声に、美月ははっと目を開く。

途端に飛び込んできたのは夜明け色の瞳。

「ああ、やっと目が覚めた、よかった。突然気を失うから心配したぞ」

そう言うと裸の男が美月を抱き寄せた。

（……裸？）

美月は驚きながら自分の姿を確認する。濡れた肌は衣類を何ひとつ纏っていない。裸のまま、逞しい男性の体に抱きしめられている。

「ちょ、ちょっと、何してるんですかっ」

「何って……入浴中にお前が気を失うから、慌ててベッドに運んできたんだが……」

男の焦ったような声。はっと美月は辺りを見回すと、そこはどこかの旅行雑誌で見たような、見事な洞窟の景観が広がっていた。

(わ、私なんでこんなところで男の人と裸で抱き合っているの？)

現実がするりと脳内に入り込んだ瞬間、美月は悲鳴を上げて、目の前の男性の体を押しのけて逃げ出そうとする。

「ちょっ……美月、気を失ってたんだから暴れるな」

だが逆にぎゅうっと太い腕に抱きしめられて、美月は振り払おうとしても彼の腕の中に押さえ込まれてしまう。

「やだ、助けて。誰か、誰か助けてっ！」

「美月、大丈夫か？　俺だ。イサックだ」

余計きつく抱きしめられてしまって、どうしていいのか困ってしまう。大きな男性の体に包まれて暴れても暴れても男性は美月を解放してくれなくて。

「美月、落ちつけ」

そう言われた瞬間に、唇が寄せられキスされてしまう。冷たそうに見えた唇はとても熱くて、触れた瞬間、今まで感じたことのない感覚が湧き上がり、体がゾクリと甘く粟立つ。それが……凄く怖くて……。

「やだっ。やめてっ」

力いっぱい胸を突くと、男性は唇を離し、傷ついたような顔をして彼女の顔を見つめる。

（私……どうなっているの？）

薄ぼんやりとした記憶の中で男の声が聞こえた。

――忘れてしまえばもう、貴女は恋の苦しみを感じることはなくなりますよ……。

朦朧としている美月は、その言葉の意味を理解する前に、再び気を失ったのだった。

＊　＊　＊

「先日からの疲れがたまっていらしたのでしょう。山で体を冷やした時に風邪を引かれたのかもしれません。いずれにせよ、体の機能としては大きな波動の乱れはありません。ただ……」

一瞬言葉を止めて、それから男は言葉を続けた。

「ただ？」

「いえ、脳の方は少々波動が乱れている様子が見られます。起きられてから少しお話などが通じにくくなっているかもしれません。ゆっくりと回復されるとは思いますが……」

何かあればお知らせください、とだけ言うと男は部屋を出ていく。

（なんだろう、夢の続きかな……）

誰かが話をしている。美月は朦朧としたまま、意識の覚醒に合わせてそっと瞳を開く。瞬間、目の前に見えたのは……。

「……美月、目が覚めたのか？　悪かった。お前の体調が良くなかったことに、気づいてやれなかった……」

ズキンという頭を締め付けられるような痛みと共に、目の前の光景を確認して、美月は絶句する。

（男の人？　紫色の瞳？）

普段見慣れない瞳の色に思わず目を瞬かせた。そのまま顔が近づいてきて、何故か、いたわるような唇がそっと額に触れた。

「きゃ、きゃああああああああああああっ」

突然のことに、悲鳴が上がる。目の前の男性が悲しそうな顔をして、美月の顔を覗き込んだ。

「美月、大丈夫か？　お前、マルーン分館の儀式の部屋で意識を失って……」

「——貴方、誰？」

目の前の鋭い目をした男性が、平然と美月のパーソナルスペースに入り込んでいて、本能的に彼女は恐怖を感じる。咄嗟に体を引いた男性の周りを慌てて見回す。さすがにさっきのような荒唐無稽な光景は広がってはいなかった。美月はほっとため息をつく。

部屋の中はクラッシックでアンティークな家具が据え置かれている。夜なのだろうか、ベッドサイドのランプがオレンジ色の光を零す。さっき医者っぽい人が話をしていたけれど、ここは病院ではない気がする。

「ここ……どこ？」

まるでヨーロッパとかにありそうな高級なホテルみたいなインテリアだ。何かの写真集で見たことのあるような光景に、美月は首を傾げる。少し体を離した男性を見て、事情を確認するため、彼女は布団を抱え込んだまま、ひとまず横臥していた体を起こそうとした。

「いたっ……」

瞬間、鋭い頭痛にこめかみを押さえる。

「魔導医が脳の波動が乱れていると言ったな。大丈夫か、美月。痛むようならもう一度医者を呼ぶが……」

なんだか本当に気の毒になるくらい心配そうな表情をして、こちらを覗き込む紫色の瞳の男性。でも体は大きいし、目つきが鋭くて正直怖い。何でこんな状況になっているのだろう？　美月はゆっくりと昨日の記憶を呼び起こす。

(私、騙されて既婚クズ男と付き合ってしまったショックで、散々飲んで酔っ払って、最後のバーを追い出されて……そのまま……どこかのホテルに泊まり込んだのかな……)

「ちょ……ちょっと待って！」

咄嗟に布団の中で自分の服を確認した。夢の中と違って、ちゃんと何かしら身に着けているようでホッとする。どうやら酔った勢いで、どこかの外人の男性を引っかけてホテルで一夜、なんてことをしでかしたわけではないらしい。だとしたら、この男の人は誰だろう？

部屋の外は暗いからきっとまだ夜は明けていない。仕事は午後からだから大丈夫。ほうっと息を吐いて、頭痛をこらえベッドに座り直す。

（うわ、この人、すごくカッコいい……顔はやっぱり怖いけど）

落ち着いて目の前の男性を見つめる。彼は黒く長い髪を、後ろで一纏めに括っていた。鼻筋が通った端正な顔立ちで、口元は意志の強さを表すように引き結ばれている。目は珍しい紫色の瞳で鋭くてきつい。今は心配そうに眉を下げているけれど。体は鍛えているのだろう、コスプレみたいな不思議な恰好だが、それがなんだかすごく似合っていて、まるで海外映画のヒーローみたいに見える。一瞬、容姿の良さに見惚れそうになりながらも、美月は我に返って慌てて頭を下げた。

「あの、きっと、貴方にご迷惑をおかけしたんですよね。すみません。私、中条美月と言います。貴方のお名前は？」

＊　　＊　　＊

「どうやら美月様は記憶が混乱しているようですね」

魔導医の言葉に、イサックは顔を顰める。マルーンの分館で突然意識を失った美月が無事目を覚ましてほっとしたのだが、何故か、彼女はイスヴァーンに来てからの記憶をすべてなくしてしまっているらしい。つまり彼女にとっては、自分は初めて会ったばかりの男で、彼女が異世界に飛ばされ、王立魔法図書館の司書になった経緯も、すべて忘れているようだった。『鍵選び』の儀式やそれに関わる様々な事件も、最終的にイサックを選んだことすら何一つ覚えていないらしい。

「……美月の記憶は……元に戻るのか？」

イサックの言葉に魔導医は困ったような顔をする。

「脳の波動は乱れていますが、異常はないのです。ですから私達が治療できるようなものではなく。美月様の記憶の混乱が落ち着けば、自然と様々なことを思い出す……かもしれない、というようなことで。……ただ、もしかすると、儀式の途中で記憶を失ったのであれば、儀式がなにか美月様の脳内に影響した可能性もあります。だとしたら完遂することで、記憶が元のようにつながるかもしれません」

そう言われてイサックは苦い顔をする。昼まで一緒に過ごしていた美月は自分のことを深く愛していて、優しい瞳で見つめ、自分の腕の中で幸せそうに微笑んでいた。それなのに。

『やだ、やめてっ』

さっきは華奢な体で力を振り絞って胸を突き、自分から逃げ出そうとした。怯えた瞳で恋人である自らを見て、誰、と尋ねた。

(美月……何故……)

自分のことは本当に忘れてしまったのだろうか。あんなに狂おしい夜をいくつも過ごして、ようやく互いの想いが通じ合ったのに。あれだけの苦悩の結果、自分を選んでくれたことも、それから共に過ごした日々のことも、すべてを……。

「……イサック様?」

心配そうに見つめるケイトの顔を見て、無意識にため息をつく。昔から近くにいるこの乳兄弟にはつい、弱った顔を見せてしまう。

「悪い、美月の様子を見てやってくれ。俺は知り合いの魔導士に相談してみる」

イサックの言葉にケイトは小さく頷いた。

「記憶を失ってしまうなんてこと……あるのですね。また何かのきっかけで思い出せるといいのですけど……」

労わるようなケイトの言葉にイサックは誰にもぶつけようのない焦燥感を覚える。咄嗟に奥歯を噛みしめて堪えた。

「ああ……俺も美月にはすべてを思い出してほしい」

不安で仕方ない。情けないが、美月に触れて愛情を確認したい。記憶と共に、自分への愛情まで彼女の中から消えてしまったのだろうか。運命的な僥倖があって、手に入った最愛の恋人は、今、自分のことを見知らぬ他人だと思っている。それどころか、まずはこの世界に使命を受けて召還されたのだという事実を、彼女に受け入れてもらわないといけない。

(記憶を失って、誰より不安な気持ちになっているのは美月だろう……)

自分の欲を優先して、抱きしめたいなどと思ってはいけないのだ。少なくとも彼女が自分に触れてもらっても構わない、と言うまでは。またはすべての記憶を取り戻し、再び自分を恋人として望んでくれるまでは……。

「正直、あまり頼りたくはないが……」

イサックはため息をつくと、マルーン城で働く魔導士を部屋に呼び、ヴァレリー上級魔導士と遠話をつながせた。たぶん、マルーンまで来てもらった方がいいだろう。もれなく……もうひとりの賑やかな、元『鍵』候補もついてくるだろうと思いながら……。

＊　　＊　　＊

美月は呆然としながら、天井を見上げている。とにかく混乱していらっしゃるだろうからゆっくり寝てくださいと、医者に言われ、何かの薬をもらい、それを飲んでこんこんと眠り、朝、目覚めたところだ。

「美月様、よく眠れましたか？」

そう尋ねてくれるのは茶色の髪にとび色の瞳をした、落ち着いた印象の女性。と言ってもたぶん日本人ではない。というかどうやらここはどこかの外国なのかもしれない。

「あの……私、なんでこんなところにいるんですか？」

「ここはイスヴァーン王国のマルーン城内です。美月様はここしばらくの記憶を失っていらっしゃるのですよ。イサック様のことは覚えていらっしゃいますか？」

彼女の言う王国名も、人の名前も全く記憶になくて、美月は首を傾げる。

「いいえ、全然……。あの、私、日本にいたと思うんです。仕事、どうしたんだろう」

彼女は傍に居たメイドのような恰好をした女性に目配せをする。その女性は横たわっていた美月の背中を抱えて座らせてくれた。そしてベッドの上に簡易なテーブルを置いて、お茶を飲めるように準備をする。

「あ、ありがとうございます」

どういう経緯があって、こんな状況になっているかはわからないけれど、十分に親切にしてもらっているらしい。美月が驚きながらも彼女達に笑顔を向けると、彼女達は視線を落としたまま、どうぞ、と囁く。美月は気持ちを少しでも落ち着かせようと、お茶をごくんと一口飲んだ。

（……何のお茶だろう……）

日本茶でも、紅茶でも、烏龍茶でもない。美月の知っているどのお茶とも違うのに、どこか懐かしくて優しい味がした。自分の好みにぴったりのお茶の味を美月が不思議に思った時、控えめに扉が開く音がする。

「美月が目覚めたと聞いたが……」

部屋に入ってきた大柄の男性を見て、美月は顔をこわばらせた。たぶん昨日、美月の傍に居た男性だろう。印象的な紫色の瞳を覚えている。咄嗟に腰かけていたベッドから降りてその場に立って彼を迎えた。

「美月、大丈夫か？」

当然のように自分のことを呼び捨てにする男性。彼は何者なんだろう？

「少し……思い出したか？」

疲れた様子の男性は、前髪が一筋額に落ち、微かに目元が落ちくぼんでいる。目つきは鋭いけれど、視線は優しく感じられた。

「やはり美月様の記憶は、こちらに来る手前のところで途切れたままのようです」

茶色の髪の女性がそう告げると、男性は美月の傍に寄ってきて、ためらった後、そっと手を伸ばす。美月は一瞬緊張するものの、彼の手が美月を怯えさせないように気遣っているのに気づいて、触れられるのを受け入れた。

「もう頭痛はないか？」

怖そうな雰囲気のわりに、柔らかく美月の額を撫でて、さりげなく髪を梳《くしけず》る。何故か優しい指先に少しだけ安堵感を覚えた。

「あの……貴方は？」

美月が問いかけると、周りの人達はふたりの会話を妨げないように、さりげなく美月のベッドから距離を取る。だから今、近くにいるのは彼だけだ。

「そうか、まだ記憶が戻ってないんだな。俺はイサック。お前の……恋人だ」

その言葉に美月は目を瞬かせた。確かに彼はすごく素敵な人だとは思う。だけど……全然自分の好みのタイプではない。自分はもっと優しくて穏やかそうな人が好ましいと思うはずだ。こんな鋭い瞳をした男っぽい人は苦手なはずなのに。

「恋人……ですか」

「ああ……」

ピンと来ないけれどもとりあえず言葉を返すと、彼は美月の髪を撫で、そのまま美月のことを抱き寄せていた。知らない男性に黙って抱きしめられたことにびっくりして、体を強張らせると、それに気づいたように彼は手を離し、そっと距離を取る。

「ああ悪い。ついくせで……スマン」

　男性の気遣いを嬉しく思いながらも、美月は気になることがたくさんあった。

「あの、今日は何日ですか。私、どのくらいの間の記憶を失っているんだろう。あのもしかしてこの国ってヨーロッパのどこかですか？　イスヴァーン王国って……聞いたことないなあ」

　イサックという名の、紫色の瞳の男性は、美月の疑問に一つずつ答えてくれた。今日は、最悪な失恋をした日の翌日のような気がしていたが、実際はあの日から一ヵ月半以上経っているらしい。そして美月はあの日、異世界にあるこの国の図書館に迷い込み、それ以来こちらで生活しているのだと、まるっきり冗談にしか思えないことを告げられる。

「そんなことっ……」

　正直まったく理解できない。混乱する美月にイサックは彼女が異世界に来てから今までの経緯について簡単に説明した。

「ちょっと待ってください」

　少なくとも今の自分は、失恋のショックからまだ立ち直ってないごくごく普通の人間で、そこに訳のわからない異世界だの、図書館だの言われても、理解が全然追いつかない。考えすぎて頭痛が酷くなってきたと訴えると、再び薬をもらって少し横になる。美月はとにかくこの場から逃げ出したい一心で調合された薬を飲み、そのおかげで再びぐっすりと眠りについたのだった。

　目覚めると既に空は暮れていて、気づくと丸一日以上寝ていたようだった。コンコンと扉を叩く音がして、咄嗟にハイ、と声を返すと、ゆっくりと扉が開く。

「みーつき。なんか倒れたんだって？　大丈夫？」

「……元々体調を崩していたそうだな。だから旅に出る前に言ったんだ。騎士殿は細かい気遣いは苦手そうだからな……」

扉から入ってきたのは男性ふたり。後ろから慌ててケイトがやってくる。美月は驚きながらもベッドの上に身を起こした。

「あの、アルフェ王子様、ヴァレリー上級魔導士様、美月様は今、体調を崩されていますので……」

「お、王子様？　魔道士？」

ケイトは突然の闖入者から美月を庇ってくれているらしい。だがふたりは、何が起きているのかわからなくて混乱している美月への配慮をまったくせずに、傍に寄ってくる。

「触るぞ」

そう言うと銀髪でブルーグレイの瞳に眼鏡をかけた、理知的な印象の男性が美月の額に触る。なんとなく雰囲気が医師のように感じられて、美月は黙って彼の手を受け入れた。

「ふむ、波動は乱れているが何か外傷を得たとかではなさそうだな」

「じゃあやっぱりヴァレリーが気にしていたみたいに、分館での『錠前』の承認が上手くいかなかったせいなの？」

「まあ……その可能性が一番高いな。手っ取り早い方法は、もう一回、記憶の混濁が起きたマルーン分館内の儀式の部屋に行ってみたらいいと思うのだが」

銀髪の男性が魔導士らしい。彼にピンと額をはじかれて、美月は目を丸くする。目線が合うと、彼はニヤリと笑った。

「それで『儀式の部屋』であの男に抱かれて絶頂に達してくることだな」

「だっ……抱かれ……っ……絶っ……」

今さりげなくセクハラどころではない、すごい卑猥なことを言われた気がする。

「何をびっくりしている。イサックはお前の『鍵』だろう？　お前もこの一ヵ月半で散々あの男と情を交わして、今はしっくり体が馴染んだ頃だと思っていたが。あれだけ通じていれば、儀式の部屋で抱かれたら、感じやすいお前は容易に達するだろうし、それで記憶が元に戻る可能性が高い。別に減るもんじゃないし、試してみたらいいだろう？」

（私が、あの人と？　情を交わすって……エッチするってこと……だよね？　一ヵ月半の間、エッチなことをいっぱいして、あの人と体が馴染んでいる？　私、今まで一回しか男の人とシタことないのに？　あんな体の大きな人と散々……しまくり、みたいな？）

瞬間、パンと頭の中で何かがはじけたような気がした。

「そっ……そんなこと、してませんっ」

乱暴な男の言い方に美月は頬を染めて咄嗟に否定する。

「……美月、大丈夫？　ヴァレリーの言っていること、一応は間違ってないかもだけどさ、今は記憶を失っていて、すごく不安なんだよね」

隣にいた男性は金色の緩い巻き髪に琥珀色の瞳。柔らかい声音も含めて、品の良さを感じる典雅で綺麗な男性だ。王子だと言われても素直に納得できる。

（でも、やっぱりこの人も……）

出会う人出会う人、明らかに日本人ではなさそうなのに、全員流暢すぎる日本語を話しているようにしか美月には思えない。それ自体が、ここが異世界であり、魔導が介在している証拠だとイサックは言っていた。

（確かに知らない文字のはずなのに渡された本も普通に読めたし……）

そう考えると、見るもの聞くものすべて知らないものだらけで、ここが異世界であることは否定できない気がした。なにより魔法が普通に存在していて、ここのすべてが現代社会ではありえないことばかりで常識的じゃなさすぎる。男女がエッチして開く書庫の鍵とか、魔導書を収めた図書館とか。密かにそんなことを思いながら、目の前のアルフェ王子を見つめていると、

「って僕のことも忘れちゃっているんだよね。だったら、もう一度、きちんと挨拶をしないとね」

少しだけ寂しそうに笑みを浮かべると、彼は腰かけている美月の前にひざまずいた。

「……え？」

琥珀色の瞳を細めて、そっと美月の手を取る。そのまま顔を伏せて彼女の手の甲に口付けた。

「イスヴァーン王国第三王子アルフェより、美しき月の女神へ祝福を捧げます」

そっと唇を離すと、艶っぽい流し目を送られて思わずドキッとしてしまう。その上、おし抱くように両手を包むように握られて、美月はうなじまで熱がこみ上げてきた。なんだかすごく王子様っ

ぽいかもしれない、この人。

「ふふ。照れてる？　記憶を失っても美月は美月だ。ホント初心《うぶ》で可愛いね。なんだか本当に、最初に会った時みたい」

そう言うと彼は妖艶に瞳を細めた。

「心配しなくても大丈夫。ちゃんと全部、記憶は戻るから。君はね、この上級魔導士と僕を振ってイサックを選んだんだよ。美月がすごくイサックが好きなのは伝わってきた。だから僕達も納得したんだ。イサックも深く美月のことを愛してる。安心してイサックに身をまかせたらいい。顔は怖いけど心は優しい奴だからさ」

美月の手を握ったまま、彼はゆっくりと立ち上がる。彼の穏やかな言い方と微笑みにホッとさせられた。その時。

「――アルフェ……美月に何をしてる？」

突然不機嫌な声が飛んでくる。部屋に入ってきたイサックは、大股で歩いてくると、そのままアルフェの手を捉え、美月の手から外させた。

「ほら、怒った。イサックは美月が好きすぎるからね。他の男が彼女の手を握っているのなんて絶対、許せないんだよ」

アルフェはくすくすと笑うと、美月に悪戯っぽくウィンクを飛ばす。王子の様子を一歩離れたところで見ていた魔導士は、苦笑を唇の端に刻みつつ、イサックに話しかけた。

「騎士殿。前回の『錠前』の騒動から気になって、俺もいろいろ調べてみた。どうやら、異世界から『錠前』として召喚された人間は、前の世界の記憶を失っている場合が多いようだ。美月のように記憶を保持したままこちらに来る『錠前』は実はかなり珍しい」

ヴァレリーの言葉にイサックは眉を寄せて難しそうな顔をした。

「とはいえ、先ほど確認した限り、美月の脳の波動に大きな乱れはない。特に理由がないようであれば、もう一度儀式のやり直しをすることで記憶が元に戻る可能性が高いと思われる。というかそれ以外の方法が現時点では思いつかない」

ヴァレリーの言葉にイサックは小さく頷く。

「確かに魔導医も脳波の乱れは一部で大きなものではないと言っていた。なら……儀式で美月の記憶は戻るのか」

「……まあ、可能性が高い、というだけで絶対にそうだとは言えないが……」

「それならば……美月の体調が落ち着いたら、一度儀式をやり直してみるか……」

イサックの言葉に美月は絶句してしまった。儀式、儀式ってさっきから平然と言っているけれど、それは……この人とエッチなことをシちゃう、っていうことで。

「あの、やめてください」

こんなことをあけすけに話されることも、当の本人がやっつけ仕事みたいにそんな話をすることも、しかもその相手がまったく知らない男性だなんて……。

「絶対無理です。知らない人と……なんて……」

なんだか不安で瞳が潤んで、泣きそうになってしまう。

「……知らない、人……か」

美月の表情を見て、イサックは低くそう呟く。彼の声は不機嫌そうで、記憶を失ったままの美月に対しての苛立ちを含んでいるような気がして、心臓がドキリとしてしまう。

「イサック。今の美月には、ふたりが恋人だって言われてもピンとこないんだよ。別にイサックが嫌いとかそういうことじゃないと僕は思うよ。ただ……今は思い出せないだけで」

アルフェ王子は美月の顔を見てにこりと笑う。

「だから美月、焦らないでいいよ。好きな人はきっと何度出会ったってまた好きになるから。美月は素直な気持ちでいたらいい」

王子の言葉に救いを得て、美月はほっと息を吐き出した。

「はい……」

アルフェ王子は優しい人なのだと思う。なんで自分はこんな優しい人を振って、あの怖い人を選んだのだろう。だけど……。

(怒っているのかと思ったのに……イサックさん、なんだか苦しそうな顔をしてる)

王子の言葉で少し冷静になった美月は、イサックの切なげな表情を盗み見て、胸にぎゅっと締めつけられるような痛みを感じる。

(それだけでなんで……私までこんなに胸が苦しいんだろう……)

美月は無意識に浮かぶ涙や、胸の奥を掻き回されるような感覚が怖くて、そっと彼から視線を逸らしたのだった。

第六章
戻らない記憶と意外な再会

それから数日は特に変化もなく過ぎていった。最初はここに来てからの記憶を忘れているだけなら、いっそ元々自分のいた世界に戻ればいいのでは、と思って魔導士に尋ねてみた。彼の答えは、決して戻れないわけではないが、そうするにはいくつか条件があり今はそのタイミングではない、というものだった。しかもこの国において大事な役割が、美月に課されているらしい。もし記憶を失ったとしても、以前自分が納得して、その仕事を引き受けると了承したのなら、それを放棄して帰るなどという無責任なことはできない。何より記憶が一部欠けたままというのはどうも気持ちが悪い。

だが記憶を探るにも美月の恋人だというイサックは父親に連れられて、マルーン領地内を移動することが多いらしく、城内に居ないことも多い。魔導士のヴァレリーは調べたいことがあると言ってマルーン分館へ出かけている。イサックの家族も気を遣ってくれているのか、あまり近寄ることもなく、城のみんなが美月のことを持て余している空気が流れていた。

「このまま記憶がすぐに戻らないようなら、一度、王立魔法図書館の本館に帰ってみるっていう方法もあると思うよ」

結局美月の相手をしてくれるのは、アルフェ王子とケイトくらいのものだ。アルフェの提案にケイトは頷きながら別の案を考えてくれる。

「それもそうですが、まずは城下町を歩いてみるのはどうでしょう」

「いいねえ、気分転換になりそうだ」

そして、三人で町に出掛けてみようという話になったのだが……。

*　*　*

「あの、アルフェ王子はどうしたんでしょうか？」

その日、城下町に向かうための馬車が仕立てられ、美月はケイトと一緒に馬車に乗ったのだが、一緒に出掛けようと約束していたアルフェ王子はその場にいなかった、

「……何か突然ご用事が入られたということで、今日は私がご案内させていただきます」

美月は彼女の言葉に少しだけ違和感を覚えたのだが、マリナラ生まれのケイトが案内してくれるのなら、せっかくだから楽しもうと考え直す。

「あの……そういえばイサックさんってどんな人なんですか？」

恋人と言われたものの、あの日以来、あまり彼は自分のところには近づいて来ない。元々美月は

彼の部屋で寝ていたようだが、イサックが近くにいるとどうしていいのか、困惑する美月の様子を見て、彼は別の部屋を用意してくれた。代わりに、美月が話をしやすいケイトを傍に置いてくれて、少し離れて様子を見てくれている雰囲気は伝わってくるのだが……どうも恋人だったというほどの熱の高さは感じない。

「イサック様は……」

ケイトは一瞬そう言って言葉を止める。それからふわりと柔らかい笑みを浮かべた。

「イサック様は本当に優しい方です。図書館の騎士として勤められるようになってからは、かなり体も鍛えていらっしゃいますし、大柄で怖い印象を持たれることも多いですが、心遣いも細やかで、とても誠実な方です。私のようなものにも、他の人と態度を変えることなく、いつでも親切にしてくださいますし」

なんとなく言い方に熱がこもっていて、美月は不思議に思う。よほどこの女性にイサックは信頼されているのだろうか。

「ケイトはイサックさんと親しいんですね」

「ああ……今の美月様はご存知なかったかもしれないですね。私の母はイサック様の乳母をしていて、もったいないことですが、イサック様は私の乳兄弟なのです」

小さな頃から知っているからこその、思い入れなのだろうか？

「そうなんだ。私は……なんでイサックさんのことが好きだったんだろう……」

ぽつりと零してしまうと、ケイトは何か言いたげな表情をする。

「少なくともイサック様は美月様を大事にされていました。身を挺して美月様を守り、代わりに怪我を負われたくらいですから」

「え……？」

ケイトの言葉に美月は目を瞠る。だが。

「……さて、町に着いたようですよ。何をご覧になりますか？」

馬車はマリナラの町に着き、ケイトに促され、詳しいことを聞くチャンスを失った美月は馬車を降りる。彼女の案内で、美月は観光旅行のように、町の中をいろいろと歩き回った。城からも見ていたけれど、町のはずれにあるゼファー湖は海と見間違うくらい大きい。湖畔に立ち、美月が水辺を見渡していると、ふと右手の丘の上に、白くて綺麗な建物を見つけた。

「あの建物はなんですか？」

美月の言葉にケイトは柔らかく微笑む。

「あれは教会です。イスヴァーンの民は信心深い者が多いので、どんな小さな町にも教会があり、司祭様がいらっしゃるのです。行ってみましょうか？」

そう言うと、ケイトはそちらに向かって歩き始める。ケイトも教会の熱心な信者なのだろうか。まっすぐに歩を進める彼女を見ながら美月は不思議に思う。

「ねえ、教会ってどういうことをするの？」

美月の世界での、キリスト教の教会に近い雰囲気なのだろうか。

この異世界での会話は、美月の知っている現代日本語に近い言葉に翻訳されて聞こえるようだから、教会と聞こえていても、美月の考えるそれとまったく同じものではなさそうなのだけれど。

「普段は礼拝をおこなっています。そしてそれ以外にも司祭様は悩める方の話を日々聞いてくださいます。信者ではない方でも、いつでも教会は訪ねてくるものを受け入れてくださいますし、告解を聞いてくださるのです」

その話に美月は自分の漫然とした悩みも聞いてくれるのだろうかと思う。自分は何のためにこの世界に来たのか、イサックに対してどう行動するべきなのか。そしていつか、自身が住んでいた世界に戻れるのだろうか。

身勝手かもしれないが、今は向こうに戻って、あの既婚男に会いたくないという気持ちが強い。だからもう少しぐらいはこっちにいてもいいかな、とも思っている。記憶がつながるまでは、安易に向こうに帰るのも怖いし、それにあの男にばったり会ったりしたら、気持ちを掻き回されそうで嫌なのだ。

（でもみんなの話だと、こっちにきて一週間くらいで私、イサックさんと付き合い始めたらしい。しかも本来、選ぶべき人じゃないのに、私がどうしてもって選んだみたいなこと言ってたし。もしかしてイサックさんの方から口説かれたとか？　でもそういうタイプには見えないし。『鍵選び』の儀式の間に、いろいろあったのかな……）

でも少なくとも、他の人を好きになったのなら、あの男を吹っ切れて良かったのかもしれないし、だからこそ自分もそういう風に行動したのかもしれない。今となっては記憶がないから何一つ真相はわからないけれど。

（このまま、何も思い出せなかったらどうなるんだろう……）

先が見えない不安感が常に付きまとう。もし彼の立場だったら、想いが通じていたはずの恋人に突然冷たくされたら、さすがにショックなんじゃないだろうか……。

（でもあの人モテそうだしな。別に私なんていなくても大丈夫な気もする。毎日どこかに行っていてほとんど会ってないし……）

などと思うと、少しだけ面白くない気分になる。それは彼が自分のことを恋人だ、と言ったくせに、それにふさわしくない扱いをされているような気がするからだろうか？　美月が物思いに耽っていると、あっと言う間に教会までたどり着いていた。

「……こんにちは。司祭様はおいでになりますか？」

ケイトが入り口で声をかける。相手はまだ若い男で白い服を身に纏い、何かの意匠のついたネックレスを首からかけている。

「はい、おいでになりますよ。告解をされるのですか？」

ちらりと視線を送られて、美月は目を瞬かせた。

「え、いえ……」

「ああ、そうですね。美月様、司祭様に告解されるとよろしいですよ。思い悩んでいることをお話しするとスッキリとするかもしれません」

気づくと愛想の良いふたりに両手を取られ、教会の告解室に連れていかれてしまう。そこは、よく海外の映画などで見る、キリスト教の告解室のイメージとは違って、ゆったりとしたソファーが置かれたカウンセリングルームのようなところだった。

「私は席を外しますので、安心してすべてを司祭様にお伝えください。司祭様の言葉は神のお言葉に等しいのですから」

それだけ言うとケイトは部屋を出ていった。

「あの……」

立ち去る背に何かを告げようとした瞬間、反対側の扉から声をかけられた。

「こんにちは。お茶でもいかがですか？」

目の前に座ったのは、すんなりとした明るいプラチナブロンドを肩に下ろした、神秘的な黒い瞳の男性だった。

「あっ……あ、はい」

「初めまして。私は司祭のエルラーンと申します。エル、と呼んでくださったら嬉しいです。以後お見知りおきを……」

胸の前で印を切り、この出会いに聖なるご加護がありますように、と囁く。

「――っ」

その男の端麗な姿と優美な仕草に、うっかり美月は見惚れてしまっていた。もちろん記憶を失っている美月は覚えてはいなかったが、以前この男に出会って同じような態度を取ったことがある。

だが元『鍵』候補の男はそんなことは一切素振りにも見せず、清らかな笑みを唇に浮かべてみせた。

「緊張なさらずに。もし何か話したいことがあれば、私に聞かせてください。告解室でお伺いしたことは、神に浄化されすべてが消失します。……さしつかえなければ、貴女の名前をお尋ねしてもよろしいですか」

エルラーンの言葉に美月は頷いて自らの名前を告げた。

＊　　＊　　＊

「――そうだったんですね。それでは美月さん、ひとりで異世界からこの世界にいらして……さぞかし不安だったことでしょう。しかも記憶を失われたと」

エルラーンは久しぶりに会った『錠前』を見て小さく笑みを浮かべた。自分を撥ねつけて、あの男を選んだ強い瞳は、すっかり影を潜めている。たぶん、図書館付きの騎士への愛情は新しい記憶の中ではまだ芽生えておらず、その分御しやすそうに思えた。

そっと優しく手を握りしめると、美月は頬を染めて視線を逸らす。そう、今は『鍵選び』の儀式の時のように、彼女を闇に引きずり込み、快楽に溺れさせることが目的ではない。じっくりと自分に好意を抱かせ、こちら側に引き寄せていく。気づいた頃には好意は恋情と紙一重となり、不安と恐怖から逃れる代わりに自分を求めるようになる。

「ああ、忘れてしまった記憶についてですが、無理に戻そうとされない方が良いと思います。必要な時に、神の導きがあることでしょう。それに貴女が望んでいないのに、無理にその男性を受け入れなければならない、ということもないでしょう。本当に愛しているなら、貴女の想いが自分の想いに添うまで、その男性も待ってくれます」

じわりと言葉に毒を垂らしこむ。騎士の男と『錠前』の間に生じた亀裂に疑いの気持ちが入り込み、不信が芽吹くように……。そして美月は自分にとって耳障りのいいエルラーンの言葉を疑いなく信じた。

「そうなんですね。だったら私、今まで通りでいいんでしょうか」

「はい、その方がいいと思いますよ。逆に無理強いをするのであればその人は貴女の本当の恋人ではないのでしょう……」

「…………」

何か考えるように黙り込んでしまった彼女に、エルラーンは柔らかな笑顔を向ける。

「困ったことがあればお気軽に教会へお越しください。求める者のために教会の扉は開いております。……ところで美月さん、お茶のおかわりはいかがですか？」

緊張していた美月が、一杯目のお茶を完全に飲み干したのを確認して、彼は瞳を細めた。

「あ、いえ、司祭様。ありがとうございます、もう結構です」

そう言うと美月は指先で唇を覆い、こっそり欠伸を噛み殺す。魔導薬を入れた茶を疑いもせずに飲んだ結果、その効果が徐々に出始めているらしい。

「あれ……おかしいな……」

かくんと首がうなだれるのを見て、エルラーンは柔らかい笑みを浮かべる。

「お疲れなのですね。やはり目が覚めるように、新しいお茶が必要なようですね」

彼はそう言うと席を外す。司祭が姿を消してホッとしたのだろう。数分もせず美月はソファーにもたれかかりうとうとし始めていた。

「相変わらず無邪気ですね、貴女は。……罪作りなほどに」

当然飲まれることのない茶の用意もせず、エルラーンは彼女の隣に座り込み、ソファーの肘かけの部分に頭を預けた美月の頬をそっと撫でる。

『鍵選び』の儀式で、怯えながらも自分の手の中で悦楽に堕ちかけていた、淫らな姿の『錠前』を思い出すと、ゾクゾクとするような愉悦がこみ上げてくる。きっと失われた記憶と共に、儀式のことも忘れているのだろうが、その分警戒心がなくて助かる。

(あの男に邪魔をされなければ、媚薬と玩具を使って美月を快楽漬けにして教会のものにできたのに……)

だが記憶を失った今なら『錠前』を手に入れることはたやすいように思えた。

(今度こそ確実に貴女を手に入れて、じっくりと時間をかけて、再び肉欲の蜜獄に落として差し上げましょう……)

エルラーンはあの儀式の日々から、自分を緩やかに狂わせるような『錠前』への執着を、自身の敗北と共に忘れられない記憶として体に刻み込んでいる。シェラハン司教が勝手な行動を起こさなければ、『錠前』は予定通り自分のものとなっていたはずなのに。王立魔法図書館の『鍵選び』の儀式で、不正を働こうとしたシェラハン司教のせいで、エルラーンが立てていた計画を潰されたことを、彼は未だに寛恕《かんじょ》できていない。

儀式に関しては後悔の念が多すぎて、時がたってもまったく腑に落ちない。『鍵』候補の『錠前』への執着はこんなに激しいモノなのかと、改めて思い知らされる日々だ。

だが、そうだとすれば、一度『錠前』を手に入れた『鍵』の騎士は、今、記憶を失った『錠前』への執着にどれだけ狂おしい思いでいることだろうか。つつけば無理を重ねて彼女の信頼を壊してしまうほど、追いつめられているのではないか。

(再びこんな好機が訪れるとは思ってもいなかった。神も私に味方しているのですね。美月……今度こそ、貴女の正統な『鍵』となって、魔法図書館もその書庫にしまわれた秘術が載った魔導書も……貴女自身も、すべて私が手に入れましょう)

美月の記憶喪失は、またとないチャンスだと、エルラーンは思っていた。分館の『錠前』と『鍵』の承認が終わっていない今ならまだ、自分の思い通りの形で進まなかった『鍵選び』の儀式のやり直しができる。

分館での儀式の失敗で、美月がこちらに来てからの記憶を失ったと、マルーン城から届いた知らせを聞いて、彼は即座にマリナラまで移動した。信心深いというあの騎士の乳兄弟を教会に呼び寄せ、困っている者を見つけたら、教会に連れてくるように諭した。

『それでしたら……私、美月様を教会に連れてまいります』

ケイトのような思い込みの強い女性を動かすのは、教会で好きなように人を動かしてきた彼にとっては至極簡単なことだった。そして今度こそ『錠前』を手に入れるべく、ようやく美月を手元に引き寄せたのだ。

「――さて。美月。貴女をこのまま攫《さら》ってしまいましょうか？　それとも……ここに聖なる印が出るまでは、あの男の元に置いておきましょうか？　そうですね。それまでに貴女を私の元に迎える準備を整えておきましょう」

エルラーンは妖艶に口角を上げて、美月の左の手を持ち上げると、手首の内側にそっと唇を寄せたのだった。

＊　＊　＊

「まったく父上にはいい加減にしてもらいたいものだ」

イサックは、美月の元に戻すまいとする父親を言いくるめ、マルーン城に戻ってくると、美月を探し始めた。

連日必要もない用事を言いつけられて、ほとんど城にはいられない。記憶を失った美月は、相手ができない自分の代わりに、アルフェに面倒を見てもらっているような状態だ。今朝もダイニングで顔を寄せ合って、ふたりで仲良く話をしているところを見たところだ。

『鍵選び』の儀式の時。美月と恋人のように語り合っていたアルフェの姿を思い出す。どうしようもなく胸の奥に湧くのは嫉妬の炎だ。抑え込めはしない。その炎はじりじりと我が身を焼き尽くす。せめて美月に触れたい、そっと抱き寄せて存在を確認したい。だが自分から触れて拒まれた

ら、心まで粉々に打ち砕かれそうだった。結局保身のために、美月に近づきすぎないよう常に自分を律している。

美月が記憶を失って以来、イサックはジリジリとする焦燥感を身の内で感じていた。そうでなくても、美月が手に入ってからずっと気が狂いそうなほど、彼女が愛おしくて、そして何度でも欲しくてたまらないのだ。それが突然こういう形で奪われて、もし彼女の失われた記憶と共に、彼女からの愛情を失うことになったら自分はおかしくなるかもしれない。


『イサック、元々「鍵」候補はアルフェ王子だったと聞いたが……』

昨日交わした父との会話を思い出す。

『司書殿と、アルフェ王子は仲が良さそうだな。いっそあのまま王子が「鍵」になられた方が良いのではないか？　アルフェ王子であれば、現時点で跡を継ぐべき家もないだろうしな』

半分冗談のように言っていたが、父はむしろ本心でそう思っているのだろう。父にとっては王立魔法図書館の騎士になることは名誉なことだと言いながらも、さらに『鍵』として跡取り息子が奪われて、縁談まで壊されたことに、良い印象を抱いているわけがないからだ。

そして確かにああやってアルフェ達が親しげにしているのを見ると、一概に自分が美月の『鍵』でよかったとは言い切れない不安な気分になる。

『美月の情緒を不安定にさせた記憶はないか？』

今回の件で、マルーン城までやってきたヴァレリー上級魔導士に、開口一番にそう尋ねられた。

言われてみれば、あの日、美月はいつもと少し違っていたような気がする。ロザリアが酷い態度を取っていたことは、ケイトから聞いていたが、気まぐれな妹のことだ、時間が解決するだろうと自分から何かしようとはしていなかった。それでも美月は、ロザリアが好きだと言えば、森までクラッカの実を採りに行き、受け入れてもらおうと必死だったのだ。

(俺が……悪かったのか……)

父の気持ちを翻意させることばかり考えていて、美月とロザリアの関係にまで思いが至らなかった。そう思えば思うほど失ったものは大きく、取り戻せるかどうかもわからない。だが記憶を失った美月の方が、自分よりずっと不安を感じていることだろう。

(美月は今、どうしているのだろう……アルフェのところにいるのか？)

廊下を走り抜け、アルフェが逗留している部屋を覗きに行く。

「アルフェ、美月は一緒じゃないのか？」

のんびりと窓から外をのぞいている姿を見て、イサックは声をかけた。

「ああ、ようやく来たのか。話があるというから僕は待っていたのだけれど？」

「……は？」

意味がわからなくてイサックは、太平楽なアルフェの顔を見返す。

「イサックは僕に何か話したいことがあるんだろ？　ケイトがそう言うから、僕は出かけずにお前の帰りを待っていたんだ」

「いや、特にお前に用事はない。なら……美月は今どこにいるんだ？」

イサックの返答にアルフェは眉を寄せる。

「本当は今日、美月とケイトと一緒に、マリナラの町歩きをする予定だったんだよね。けどイサックが僕と話をしたいと言っているって、ケイトに言われたから、僕は町に行くのを取りやめたんだ」

「……そんなことは、ケイトに頼んでない」

「じゃあなんでそんな話を僕にしたんだろう。ケイトは」

アルフェの応《いら》えを聞いてイサックは何とも言えない嫌な感じを覚えた。

「話はあとだ。ヴァレリーに連絡が取れるなら城に戻るように言ってくれ。俺はこのままターリィで町まで飛ぶ」

走り出そうとするイサックの背中に、アルフェが声をかける。

「あのさ、ケイトって信心深いの？　教会の教義の話を散々されてさ。……もしかしてだけど、マリナラの教会にいる可能性もあるかも」

嫌な予感はますます強まる。そういったことは先に言えと、アルフェを怒鳴りつけたい気持ちを抑え込みながら、イサックは竜笛を鳴らし、窓から外に飛び出した。

＊　＊　＊

「ケイト、こんなところで何をしているんだ！」

教会の中で熱心に祈りをささげている乳兄弟を見て、イサックは声を荒らげた。

「……イサック様？　なんでここに？」

「美月はどこだ？」

驚いた顔をしているケイトを見下ろしながら、イサックはそれだけを尋ねる。

「告解室で、司祭様に告解をされていらっしゃると思います」

彼女の言葉を最後まで聞かずに、イサックは告解室に飛び込んだ。

そこにはソファーで眠り込んでいる美月と、机の前で聖典を読んでいる見たこともない若い司祭の姿があった。

「美月っ！」

イサックは、くたくたと膝が崩れ落ちそうなほどの安堵を感じる。咄嗟に気合いを入れてみっともない姿は見せなかったが。

「……貴方は？　告解中に、こちらへお入りいただいては困ります。……とはいえ、美月さんはこのところ夜中よく眠れていなかったようで、告解をされてホッとしたのか、そのまま寝てしまわれて……。あの失礼ですが、ご家族の方ですか？」

尋ねられてイサックは頷く。

「俺はマルーン城主ラウルの長子、イサックだ。彼女は当城の大事な賓客だ。俺が連れて帰る」

イサックの言葉に、司祭はほっとしたように笑みを浮かべた。

「美月さんは、ぐっすり眠ってしまっているようで、起きてくださらないのです。身内の方がお迎えに来てくださってよかった。あの女性では連れ帰ることは難しいだろうと思っていましたので」

司祭の言っていることはどうやら嘘ではないらしく、美月は小さく寝息を立てて、それでも目を覚ますことはなさそうだった。眠ってしまって力の入らない体を抱き上げて、イサックはこんな際なのに、全身が震えるほどの喜びを感じる。

（お前と最初出会った時もこんな感じだった……）

あの時は酒に酔っていて、眠りながらも散々泣いて、どうしたらいいのかと思いながらも、零れる涙に既に魅了されていたのだ。

ケイトには行きに使った馬車で帰ってくるように告げて、自らはターリィを呼び、愛竜の背に乗って眠ったままの彼女を抱きしめる。そっと首筋に顔を埋めて、数日ぶりに彼女の肌の香りを嗅ぐ。とてもじゃないが他の人間がいるところでは見せられないような醜態だろう。それでも彼女の香りで胸をいっぱいにしてようやく生き返った心地がする。

「……美月……」

こんなに……彼女に触れなかったことは、出会ってから一度もなかったかもしれない。

こうやって抱きしめているだけで、馬鹿みたいに頬が緩む。涙腺すら弱まりそうで必死に唇を引き締めた。そっと風に靡く長い髪を指先で絡め、唇で艶やかな髪を食む。本来ならば髪の一筋では到底我慢ができない。閉じている瞼に、愛らしい頬に、誘うような花色の唇に触れたい。いや、彼女のすべてを貪りたい。だが今の美月にはそんな自分などおぞましいばかりだろうとイサックにはよくわかっていた。

（我ながら……病んでいる……いやいっそ、狂っているな……）

旅の間、町や森、山をふたりで手をつないで歩き回り、いろいろな景色を見て語り合い、ターリィの背でキスを交わし、夜ごと愛を確かめ合った。そんな幸せな時間が、永遠に続くものだと思い込んでいた。

「美月……」

いつものように幸せそうな笑顔で自分を見つめて欲しい。抱きしめると面映ゆい表情で眉尻を下げて、自らの名前を甘く呼んで……。

だが他人になってしまった自分が焦って無理に距離を縮めれば、美月に怯えられ、こっぴどく撥ねつけられるのだろう。

今日、何があったのかは後で聞かなければならない。だが、美月の意識が戻るまでは、このままふたりきりの時間を一緒に過ごしたい。せめてもう少しの間……。

「ターリィ、湖が見たい。少し寄り道をしよう……」

イサックの言葉にターリィは小さく鳴き声を上げて答える。緩やかに速度を落とし、方向を変えゼファー湖の上を目指し、ターリィは自らの羽を大きく広げた。

西に傾き始めた日は、美月の頬を赤味がかった光で染め上げる。艶やかな唇からは微かな寝息が零れていた。イサックは彼女に触れる代わりに、自らの指が美月の頬に落とす影をじっと見つめていた。

＊　　＊　　＊

ふと目が覚めた。なんだか普段の目覚めと違ってぼうっとしている。だからここはどこだろう、と思うより前に、目の前の人に意識を奪われた。

夕暮れの赤みを帯びた光の中で、彼はずっと遠くを見ている。すんなりと伸びた背すじ、引き締められた口元、そして切なげな色合いを浮かべながらも、強い意志を持ってまっすぐ前を見据える苛烈な紫水晶の瞳。

美月は声をかけることも忘れ、魅入られたようにその姿を見つめていた。次の瞬間、

「……目が覚めたのか？」

深く柔らかい声が降ってきた。怖そうな人だけど、この人の声音はいつだって心地よい。

「……暴れるなよ。今は竜に乗って、空を飛んでいるところだからな」

彼の言葉にはっと美月は辺りを見渡して、緊張で体を硬くする。けれど……。

「……綺麗……」

眼下に見えるのはオレンジ色に染まる水面だった。空は夜の気配を告げる深い蒼と、昼の名残を残す微かな明るい青に挟まれて、暖かな色合いを映している。美月の唇から洩れた言葉に、彼は小さく笑った。

「相変わらず好奇心が恐怖心に勝つんだな、お前は」

のどの奥を震わせて笑う声は、美月に快い感覚を起こさせる。

「相変わらずって……」

もちろん彼の腕に抱かれていることにも気づいたが、そのことはもう不安でも怖くもなくて、ただ優しくて穏やかな腕の中にいることに微かな幸福感すら覚えていた。再びゆっくりと視線を上げて、自分を横抱きにしている人の顔を見上げると、彼は鋭い目を細め目尻を柔和に下げている。

「……どうした？」

不思議そうに美月の顔を見つめ返す、暁の空のような瞳の色に、美月はドキッと胸を高鳴らせる。自分に向けられた視線はとても暖かくて、ふと脳裏に『愛おしげな』という形容詞を思い浮かべてしまい、じわじわと頬に熱がこみあげてくる。

(わ、私……ちょっとおかしい)

急にスイッチが入ったみたいにドキドキする。胸の鼓動の高まりは抑え込むことができない。ふとアルフェ王子の言っていた『好きな人はきっと何度出会ったってまた好きになるから』という言葉が頭の中を駆け巡る。

(うわ、どうしよう……やっぱり……私、変だ)

理屈じゃなくて体が勝手に反応する。甘い熱が全身に回っていくようだった。目元が熱い。それでも彼を見つめていると、ふとイサックは美月から視線を逸らす。

「……そんな顔で見られると……困る」

「なんで……困るんですか？」

尋ねる声が掠れて、甘く響いた。

「まあ、いろいろと……」

苦笑い交じりの声音も心地いい。うっとりと瞳を細めると、彼の耳がじわりと赤みを帯びる。

(夕日の……せい？)

「……美月」

「はい」

「ほんの少し、ほんの……一瞬だけ、お前に触れても構わないか？」

唐突に言われて、さらに鼓動が跳ねあがる。

「……ど、どうぞ」

そう答えた瞬間。

「ふぁっ……」

顔が寄せられて、額に暖かなものが触れる。次の瞬間、額にキスをされたことに気づいた。熱は一瞬で遠ざかり、切なげな指が唇のあとを追うように美月の頬を撫でる。

「……ありがとう、美月。……さて、もうじきマルーン城につくぞ……」

照れ隠しのようにふいと逸らされた彼の視線を追い、マルーン城を視界に入れる。彼の腕の中で抱きしめられながら見る、夕陽に彩られたマルーン城はとても美しかった。美月はほんの……少しだけ、城にたどり着いてしまうことが惜しいような、そんな不思議な気持ちになっていた。

＊　＊　＊

「なるほど。まだ少しぼうっとした感じが残っているんだな……」

向かい合わせで椅子に座った上級魔導師のヴァレリーは美月の顔をじっと覗きこむ。黒く塗られた彼の爪先が、目の前でひらひらと動くのを美月は目線で追いかけた。それを確認して、彼は改めて美月の傍らに立つイサックを見上げる。

「まあ、問題はなさそうだ。で。お前の乳兄弟とやらは今日のことはなんて言っているんだ？」

「朝、自室のドアの下に、俺の名前の書かれたメモが置かれていたと。メモには『美月には内密で、アルフェと話をしたいから、今日の午後、美月を外に連れ出して欲しい』と書いてあったらしい。筆跡が俺のものと似通っていたから疑わなかった。教会に連れて行ったのは、美月が建物に興味を持ったからだと」

イサックの言葉にヴァレリーは頷く。

「なるほどな。そして結果として、美月は教会の告解室で寝込んでいる状態で見つかったと。ところで美月、誰と何を話したのか覚えているか？」

美月は首を横に振る。誰かと話していた記憶はあるが、相手が誰だったのか覚えていないのだ。それに内容も。

「記憶に関しては、この間のことがあったばかりだから、不安定なこともありうるんじゃないの？」

アルフェの言葉を、ヴァレリーが否定する。

「いや、また新しく脳の波動が乱れているからな。何か記憶に作用するできごとがあったのは間違いないだろう。意図的なものかどうかは判断できないが、以前のものとは違う波動だ」

だが、これ以上細かく精査をすると、以前の記憶にまで影響してしまう可能性があるため、それは勧められないと彼は言う。

（私……何か少しずつ、おかしくなっているのかな……）

じわりと不安な気持ちがこみ上げてくる。自然とイサックの顔を見上げていた。

「……すまなかった。俺がもう少し早く戻っていれば」

咄嗟に謝る彼を見て、美月は首を左右に振る。彼は少しも悪くないどころか、恋人だという彼のことすら忘れてしまった美月に対して、十分親切にしてくれていると改めて思う。

「まあしばらくは俺も分館に行かずに、美月の様子を見張ることにする。城外に美月が出るようなことがあればできる限り、俺達の誰かが付き添うようにしよう」

「美月ごめんね。僕がもっと警戒していればよかったよ。でも無事でよかった。イサックのおかげだね」

イサックだけでなく、魔導師のヴァレリーも、アルフェ王子もみんな優しい人ばかりだ。きっと例の『鍵選び』の儀式というのは大変だったのだろうけれど、こんな風に助けてもらって乗り越えられたのだろう。

「じゃあ夕食まで少し休んだらいいよ」

そう言うと彼らは部屋を出ていく。入り口まで見送った侍女は、振り向くと美月に話しかけてきた。

「よろしかったら温かいお茶でも淹れてきましょうか」

美月が頷くと、エリーという美月の部屋付きの侍女がお茶の準備をしてくれる。

「……美味しい……」

今日、町でもお茶を飲んだけれど、いつも出してもらうこのお茶ほど美月の好みのお茶ではなかったと思う。ここで美月に出されるお茶は別格なほど美味しいのだ。

「あの……お茶を淹れるのがお上手なんですね」

美月がそう言うと、エリーは照れたような笑みを浮かべる。

「ありがとうございます。私、お茶を淹れるくらいしか得意なことがなくて。でも……このお茶が美味しいのは、イサック様のおかげだと思いますよ」

「……イサックさん？」

突然出てきた名前に美月は首をかしげる。お茶と彼と何の関係があるのだろうか。

「美月様が気に入られていたお茶の銘柄を、わざわざ王都から取り寄せているんです。マルーン城内で少しでも安らげるようにって……。美月様の好みの温度も淹れ方も、イサック様自ら指示してくださって。美月様は本当にイサック様に大事にされていらっしゃるんですね」

その言葉は温かいお茶と一緒に美月の胸に優しい気持ちを連れてくる。

「…………」

「自分みたいな大柄な人間がそばにいると、男性に慣れてない美月様が緊張するからとおっしゃって、こちらにはなかなかいらっしゃらないのですが、城に戻られると、美月様はどうされていらしたか、毎日私にお尋ねくださって……」

彼女の話にイサックの気遣いを感じて、美月はじんわりと胸を熱くした。

「……そう、だったんですか……」

放置されていると思っていたのに、緊張させないためにと離れたところからずっと見守ってくれていたのだ。そう思うとますます幸せな気持ちが込みあげてくる。

(不器用な……人なのかもしれない)

いつでも心配しているし、貴女のことを気にしているよ、と言えばいいのに、それができない人なのかもしれない。気づかれないようにそっと優しい気持ちを自分に向けてくれるような……。

(だから私は彼のことを好きになったのかな……)

などと考えてしまった瞬間、さっきみたいに鼓動が速くなり始める。額へのキスを思い出して、全身がぽうと熱を上げていく。

「あの……美月様、顔が火照っていらっしゃいますね。部屋が暑すぎるのでしょうか？　今、少し風を入れてまいります」

気遣ってくれるエリーに申し訳ないと思いながら、美月は窓から入り込む夜気に、火照る頬を沈めてもらっていたのだった。

第七章

陰謀と『錠前』とメイデンの術式

「でね、僕は『アルフェ王子なんて知らないよ』って言ったんだけどさ、結局どこからかバレちゃって……」

「それで……どうなったんですか？」

興味津々という顔をしてケイトが続きを聞きたがる。美月も胸の前で手を握りしめ、アルフェ王子の見事な話術に引き込まれているようだった。マルーン城の客間《サロン》。そこに集まっているのは、美月とケイトとアルフェ、そして少し離れたところで、魔導書を手に彼らの会話を聞いているのは上級魔導士のヴァレリーだ。それはいつもと変わらない光景に見える。

（だが、あれ以来、美月は少しおかしい気がする……）

ヴァレリーは本を読むふりをして美月を観察していた。教会の告解室で見つかってから、すでに数日が過ぎている。念のためと言って自分も美月の傍を離れないようにしているのだが、じきに彼女の様子が普通ではないことに気づいた。

「あれ？」

きょとんとした顔をした直後、ふっと眉根を寄せる。先ほど飲み干して、おかわりはいらないと言ったはずのカップの中身を見て首を傾げる。

「どうしたの、美月？」

「ううん、なんでもないの……」

と言いつつもう一度カップの中を覗き込んだ。そんな彼女に慌てて侍女がお茶のおかわりを用意する。その様子を見て、ヴァレリーも眉根を寄せていた。

（どうも記憶の保持が上手くできてないように思える……）

現状の彼女に関する違和感は、日常の小さなことを忘れがちになっている程度だが、うっかりにしては少々頻発しすぎている。美月は好奇心こそ強いが、生真面目で几帳面な性質で、何かに夢中になっても目の前のことを見落とすことが少ないタイプだ。

「……ん？」

ふとカップを持ち上げた美月の左手首内側に、気になるものを見つけた。

「美月、ちょっといいか？」

ヴァレリーは声をかけて、彼女のところまで歩いていくとカップを取り上げ、彼女の左の手のひらを捕らえる。

「え、あの？」

手首の内側、静脈が青く走るその上。

「……いやなんでもない」

そこに小さな赤いクロスを確認し、ヴァレリーは興味を失ったような顔をして美月の手を解放する。

（さて……どうしたものか）

だが眼鏡の奥のブルーグレイの瞳は自然と、思案を深めるように揺らめく。美月の左手首内側にあった特徴的な発疹は、めったに発生しないメイデスティグによるものに非常に似通っている。メイデンが偶然見つけてしまった記憶を奪う禁断の病を起こす術式。それは発現する症状を利用したいと考えた者によって、メイデンの元から盗まれ、密かにある組織に持ち込まれたとも言われている。一説によれば、それは当時急激に勢力を伸ばしていた教会だったという話もあり……。

（どちらにせよ、このまま放置しておけば脳に術式が広がり、記憶の保持ができず、記憶は歯が抜けるように欠けていくだろう……）

メイデスティグならば、秘術扱いされているはずだ。治療方法はメイデンの分館の書庫にしかあるまい。

（また面倒な時に、さらにやっかいなことに……）

だが仕方あるまい。まずは、あの男に相談してみるより他ないだろうな、とヴァレリーは深いため息をついた。

*　　　*　　　*

（このところ、なんだかおかしい）

美月はひとりで窓から夕陽を見つめていた。ふと先ほどのティータイムのことを思い出す。まだあると思っていたカップのお茶が消えていた。ほんのしばらく前に話していた話の内容が記憶から飛んでいてわからなくなる。普段ならうっかりで済むはずのことが頻発しすぎていた。

（さっきなんて……ケイトの名前すら出てこなかった）

こちらに来てからの記憶を失っているらしい、と理解してから、記憶という物に酷く敏感になっている。また……いろいろなことを忘れてしまうのではないか。もし自分が元々いた世界の記憶すら失ってしまったら、自分はどうやって生きてきたのか何一つわからなくなってしまう。しかも自分が元の世界にいたことを証明できるものだって何もないのだ。親のことも妹のことも、友人達とのことも、何も思い出せなくなり、ヴァレリーが言っていた故郷に戻れる機会が整っても、誰に会っていいのかすらわからなくなってしまうだろう。

それは言葉にすることすら恐ろしい、足元が崩れていくような恐怖だった。

（どうしよう……）

相談するべき相手すら思い浮かばない。誰を信用して、誰を頼っていいのかも……。

その時、美月の部屋の扉がノックされる。

「……あの、貴女。ここに来てからのこと全部忘れちゃったってホント？」

部屋に突然顔を出したのは、イサックの妹、ロザリアだった。今までほとんど美月に近づいてくることのなかった人物を、美月は驚きながらも部屋に招き入れた。

「どうも……そうみたいです」

以前この少女に、どれだけつらく当たられていたのか覚えてない美月は、困惑したような笑顔を向けながら、彼女の質問に素直に答えた。

「じゃあ、お兄様のことが好きだったことも？」

「……ええ。何も覚えていません」

「あんなにべたべたしていたのに？」

近づいてきたロザリアは首をかしげるようにして美月の顔を覗き込む。ヘーゼル色の瞳は美月の言うことが本当かどうか確認しているようだった。

「……そうなんでしょうか。今の私にはそんな風だった自分が不思議なくらいで……」

「ふーん……じゃあ、貴女とお兄様は単にお役目のためだけに、一緒に居ただけだったのかしらね」

どこか投げやりなロザリアの言葉に、町からの帰り道、竜の背の上で優しく落とされた額へのキスを思い出し、何故かズキンと胸が痛む。だとしたら役目のためだけに、彼はあんなことをしたのだろうか。

「……そんなにこの国では『錠前』の役割って大事なんですか？」

「そりゃね。お兄様は真面目だし、お役目となったら必死で務めるでしょうね。まあそのわりに、結構恥ずかしいこと、みんなの前でしたくらいだから……わかんなく、なっちゃったけど……みんなの前でキスとかって……」

ぼそぼそと話すロザリアの言葉は、最後は聞き取れなくなった。だがそれ以上に美月の心の中では、自分を大事にしてくれていたかもしれない彼と、役割のためだけにそう振る舞っていたかもしれない彼の、どちらも否定できなくて、落ち着かない気持ちになる。

「ロザリアさん、私、すごく……不安なんです。誰が本当のことを言っているのか、誰が嘘をついているのかも今の私にはわからないんです。私、イサックさんのこと、本当に好きだったんですか？　彼は私のこと、大切にしていてくれたんですか？」

咄嗟にロザリアの手を握りしめると、彼女は困ったような顔をして美月を見上げる。

「……わ、私は知らない」

「ロザリアさんはなんだか嘘をつかない人のような気がして……。教えてください。貴女のお兄様は私のことをどう思っていたんでしょうか？」

美月の言葉にロザリアは動揺したように視線を揺らす。美月は気持ちの発露が抑えきれなくて、ロザリアの手を引き寄せてしまい、至近距離で話していたことに気づき、はっと手を放した。

「ご、ごめんなさい。また……いろんなことを忘れちゃいそうで怖くて……」

美月の言葉に、ロザリアは顔をゆがめて一言呟いた。

「私になんて訊かなくても、今のお兄様の態度を、ちゃんと見ていたらわかるんじゃない？　お兄様の傷を見せてもらったらいいわよ」

「……傷？」

「知らない。……もういいわ」

それだけ言うと、彼女は来た時と同じように静かに部屋を出て行った。

＊　　＊　　＊

夕刻、自分を呼び出した男に、イサックは何とも言えない複雑な感情を抱えている。正直この男に関していい印象はない。まあ、半分以上は美月絡みの嫉妬だが。

「で。なんだ？」

警戒して必要以上に無愛想になるが、そのことすら面白がっているようでそれも不快だ。しかし今日の魔導士の目からは、特徴的な皮肉さが影を潜めている。刹那、彼の話の行方が気になった。

「美月のことだが、たぶんメイデスティグに罹患《りかん》している」

「……何？　なんだその……」

「メイデスティグ。別名『メイデンの聖痕《せいこん》』だ」

魔導士の言っている単語の意味がわからない。目を眇《すが》め、無意識にヴァレリーを睨み付けた。

「まあ、一般的には知られてない病だからな。マルーンに分館を持っている薬学の魔導士メイデンが、流行病の予防薬を作成している際に偶然発見した魔導薬の術式だ。なので正確に言うと病というべきかどうかもわからない。ただ、メイデスティグの術式を体に埋め込まれると、脳の記憶層が徐々に破壊されていく」

記憶、という言葉に思わず敏感に反応してしまう。

「まあ、わかりやすく言えば、どんどんいろいろなことを忘れていくのが主症状だ。関節の内側にクロス状の、小さな赤い発疹が現れるのが特徴で、それは手首であることが多い。今日、美月の左の手首にクロス状の発疹をいくつか見つけた。俺が先日まで入り込んでいたメイデンの分館でそれに関する書籍を読んだのだ。昨今はまず見かけることもない病だが……」

淡々と語るヴァレリーの言葉に思わず息を呑む。

「つまり……教会でうつされたのか？」

どこかで術式を埋め込まれた、というのなら、きっとそれは教会だろう。

「……わからん。たまに……ごく稀に伝染病のように自然発生することもあると聞いたことがある。ただ、メイデンの術式を持ち逃げした奴が教会に持ち込んだ、教会はそれを今も洗脳に使っている、という噂は昔から連綿と存在し続けてはいるが」

「魔導士殿。……シェラハンはもう処分されたんだったな。だったら……エルラーンの奴は、今どこにいるか確認できるか？」

美月と関わりの深い司祭の名前を挙げた途端、ヴァレリーは眉を寄せる。

「エルラーンというと……あの『鍵』候補の男か。……わかった。魔導士ギルドに問い合わせしてみよう。それより騎士殿。たぶん……メイデン分館の書庫には術式の対応策が載った魔導書があると思うぞ。もう一度……書庫の『錠前』を開けたらいい。事情を話せば美月も理解するだろう。上手くやれば、儀式の失敗で欠けてしまった美月の記憶も戻るかもしれない」

美月を抱けと勧めるヴァレリーの瞳は複雑な色を帯びているように思える。イサックは自分の中にある執着と同じものが、彼の瞳にあるのかと覗き込みそうになった。

（いや、そんなこと……考えている場合ではないか）

「そうだな……いや」

ふと、今朝聞いたケイトの話を思い出し、イサックは顔を顰め、首を左右に振る。

「なんだ？　さすがに美月も病のことを知れば、お前に抱かれる方を選ぶだろう？」

彼の言葉にイサックは顔を歪めた。

「あくまで、それは可能性の問題だろう？　そもそも、本当にメイデスティグとやらの術式で記憶がおかしくなっているかもわからないし、書庫を開けたからといって元に戻るかどうかは微妙だ。書庫の中に病の対応策があるかどうかの確証もない。それなのに美月に『記憶を失う病になっているかもしれないから、分館の書庫を開けるために、今から俺に抱かれろ』というのか？　それでは美月の精神的負担が強まるだけだろう……」

「……だったら……騎士殿はどうするんだ？」

尋ね返す魔導士に苛立ちを感じる。だが彼女に負担を掛けずに治療を行うためには、他に方法がないのだとイサックは結論に至っていた。

「俺が俺の責任で儀式を行う。美月には何故そうしなければいけないのかは説明しない」

「……説明しないでどう行うんだ？」

「方法はいくらでも」

イサックは酷薄に唇をゆがめた。

「美月はこちらに来てからの記憶を失って酷く不安がっている。彼女に今回の事情を説明しようとすれば、さらに記憶を失う病に罹っている事実を伝えざるを得ない。進行する病ということで、今まで以上に恐ろしい思いをさせることになる。儀式自体も記憶を失っていることもあって恐怖があると思う。そこに不確定なことを伝えれば、美月をもっと動揺させてしまうだろう。前回より悪い形で儀式が失敗するかもしれない。それならいっそ何も告げずに、儀式を強行してしまう方がいい」

イサックの言葉に、ヴァレリーはゆっくりと眼鏡の奥の瞳を瞬かせた。

「美月の意思は……いいのか？」

「余計なことに気を回して精神状態が不安定になれば、儀式の成功率が下がる。であればあとのことは、病が治ってから考えればいい」

「……そうか、覚悟はあるということだな。ならば方法については貴殿に任せた」

ヴァレリーは小さくため息をついた。

「魔導士殿、今から分館の書庫を開ける。開いたら即、書庫の中を調べてもらえるか？」

思いがけないイサックの言葉にヴァレリーは瞠目する。

「今から？」

「一刻も惜しい。今からだ」

「……なるほどな、それがイサック殿の選択する、美月への愛情の示し方、ということか……」

何が正しい愛し方なのか、などという複雑なことはよくわからない。だが。

「ああ……今回、俺はそれだけの失態を犯したからな」

（結果として彼女を失うことになったとしても……）

せめてこれからの記憶だけは彼女に残してやりたい。

「わかった。書庫が開けば、俺がすぐにでも対応策を探す」

「頼んだぞ」

険しい表情を浮かべ部屋を出ていくイサックの背中を、何とも言えない表情でヴァレリーは見送ったのだった。

部屋を出て行きながら、イサックは昨日ケイトから聞いた話を思い出していた。

『ここ数日、美月様は小さなことを忘れることが増えているような気がすると、おっしゃってました。このままいろいろなことを忘れていってしまったら、故郷にも帰れず、ご両親にももう会えなくなるかもしれないと……』

昨日ケイトから告げられた言葉。そして今日の魔導士の話。不安なことがあっても、自らの胸にとどめて口に出すことが下手な美月が、ケイトにそんなことを漏らしたのなら、ヴァレリーの予想以上に症状は深刻なのだろう。

——記憶を失うことはどれほどの恐怖を覚えさせるものなのだろうか。

イサックは想像してみる。記憶はその人間を作り上げる根幹だ。美月のように異世界からこちらに来たのであれば、記憶だけが元いた世界と彼女をつなぐ絆なのだろう。忘れてしまえばもう自分の親や幼馴染み達に会うことも、そういう存在があったことすら思い出せなくなってしまうのだから。誰も知らない世界で記憶を失うことは、想像するだけで底知れぬ恐怖を感じさせるだろうと思う。

（ならば、今、俺ができることは……）

これ以上の不安を抱かせずに、病を治してやることだ。それには美月の協力が必須だが……。今から自分がしようとしていることを実行すれば、彼女の意思を無視することになり、確実に嫌われるだろう。

以前、悩みながらもあの過酷な儀式をこなした美月だが、周りの状況に流されたわけではなく、自分の中で決めたことだからこそ、やり切ったのだとイサックは思う。

人のためなら躊躇いなく突っ走るところがあるが、自分のこととなると途端に動きが鈍くなる。それが彼女の魅力でもあるが、納得できないことでは、どれだけ反発するかわからないのが美月だ、とイサックはため息をつく。

不安定な気持ちで儀式に臨めば、次は何が起こるかわからない。だが怒りの感情は純粋だ。少なくとも余計な不安が入り込む隙は無くなるはずだ。

「……これ以上、彼女から記憶を奪ってくれるな……」

ヴァレリーにはああ言ったが、彼の診立ては間違っていないとイサックは確信していた。記憶はその人間を作り上げている。つまり自分がたまらなく惹かれ愛している彼女の本質は、彼女の記憶でできあがっているのだ。対処が遅れれば、その分、彼女の記憶は砂の城が崩れていくように、徐々に欠けてしまう可能性が高いだろう。

そうすれば再び積み始めた自分との記憶すら失ってしまう。この間の夕暮れ、ターリィの背で以前の美月のような表情を浮かべた彼女も。

……その事実にイサックは、心底凍り付かされた。

＊　＊　＊

「――美月」

ノックもせずに入ってきた男に、美月は目を見開く。それは紫色の苛烈な瞳を持った彼女の恋人だと名乗る男性だ。

「……ついてこい」

あれ以来、ほとんど自分に近づいて来なかった人間が、それだけ言うと、美月の手を握り歩き始める。そのことにほんの少しだけドキッとしてしまう。

(私、なんかこの間からイサックさんに対して妙にドキドキしちゃっておかしい……)

「ちょ、ちょっとどこに行くんですか」

声を荒らげて抗議をしても、彼は振り向きもしない。強引な背中に不安と期待で胸が淡くざわめく。

「…………」

言葉もなく、彼は城内の廊下を歩き、すれ違う侍女達は慌てて足を止めて、彼の姿を見送るように頭を下げる。当然止めてくれる人はいない。美月の手を摑んだまま、手近にある扉から中庭に出ると、彼は笛を持ち、それを高く長く鳴らした。

（笛？　……どこに行くの？）

彼の背中が怒っているみたいに見えて、美月は声をかけるのを躊躇う。握られている手は痛くはないけれど、彼女を逃がさない程度の力は込められていた。体の大きな彼に行動を制限されるとやっぱり怖いのだ。せめてこの間みたいに柔らかく笑ってくれたらいいのに。

ほどなくこの間乗った竜が舞い降りてくる。イサックの愛竜だ。

「ターリィ、悪いな。マルーンの分館に連れて行ってくれ」

「あの、分館って……」

尋ねる美月を無視して、彼は彼女を荷物のように軽々と抱き上げる。そのまま竜の背に乗せられて次の瞬間、竜は夜空に再び舞い上がった。

「あのっ、なんで分館に？」

「……暴れるなよ、落ちるぞ」

距離を取ろうと抗う美月にそれだけ言うと、彼は唇を引き結ぶ。美月は、下をそっと見下ろした。あっと言う間にゼファー湖まで飛んだターリィの背から見る水面は、宵闇に溶けて、底が見えない深淵を広げているようだった。美月は思わず怯えて体が竦む。

「そうやって大人しくしておけ」

言い放たれたイサックの言葉は冷たくて固い。美月は目の前の彼の本意が掴めず、余計な言葉を発せなくなっていた。

ターリィは相当なスピードで飛んだらしく、あっと言う間に一つの島に降り立った。イサックは美月をそこで降ろすと、ターリィに後ほど迎えに来てくれとだけ告げて、美月の手をつなぎ、また歩き始める。

「あの……説明……してもらえませんか？」

美月の言葉にイサックがじろりときつい瞳で見返す。

「…………」

だが返事はない。美月は理不尽な彼の対応に苛立ちを感じる。

「私、行きません」

そう言って足を止めた美月の方を振り向いて、イサックは真正面から対峙する。大柄な彼が目の前に立つと威圧感があって、美月は思わず身を縮めた。

「……嫌われてもいい。今だけは、俺の言うことを聞いてくれ」

だが、そんな彼から発せられたのはどこか傷ついたような声音。はっと視線を上げた瞬間、美月は彼に抱き上げられていた。

「あの、歩けます」

「また立ち止まられると、ややこしい」

言い捨てると彼は美月を抱き上げたまま小舟に乗せた。舟は月に仄かに映し出され、水面に浮かび上がっているように見える洞窟の中へと進んでいく。

「……これって……」

分館というのは図書館の分館のことだと聞いた。けれどこれは……とても図書館なんて思えない。そう思った美月だったが、青白い光に照らされる洞窟の中の光景に絶句してしまう。

「こ、ここで……何をするんですか？」

光景の荘厳さに、声が震える。その声が洞窟内にこだまする。

「……今から儀式をする」

それだけ言うと、彼は美月の手を取って船から降ろした。

「……儀式？」

光景に意識を奪われていて反応が遅れた。次の瞬間、儀式が何をすることなのかを思い出す。

「ちょっ……なんで？」

儀式、というのが『鍵回し』の儀式であるなら、今からこの人に抱かれるということだ。

（以前の記憶のある頃の自分だったら別かもしれないけど、今の私は気持ちが全然伴ってない。なのに……）

そんなことは嫌だ、と咄嗟に逃げ出そうとした美月を、子ウサギでも捕まえるようにイサックは引き寄せ、ひょいと荷物のように肩に抱え上げた。突然背の高い彼の肩に腹部を押し当てて抱き上げられる恰好になり、目の前に見えるのは彼の背中だけだ。その背中をパスンと拳で叩く。

「やめてください。私の意思は……」

「……それは尊重してやれない。一刻が惜しい。説明している時間もない」

そのまま彼は無言で洞窟内を歩き、とある扉の前で足を止める。

「もう日が落ちたから、フレダーもいないのか。ならいい。美月、儀式の部屋を開けるように図書館に言ってくれ」

「――嫌です」

何も説明されていないのに、無理矢理この人に抱かれるために、この扉を開く気はない。美月がそう思って答えると、彼は小さくため息を落とす。

「メイデン、聞こえるか。緊急事態だ。メイデスティグが発生した。至急、書庫を開けたい」

――その状態で、『錠前』は開くのですか?

冷静な声が美月の脳裏に響く。たぶん……会話の成り行きからいって、この分館の主、メイデンの声なのだろう。脳裏に直接届く言葉はなんだか違和感だらけだ。

「どんなことをしてでも開ける。美月の体を絶頂に追い込むだけならいくらでも方法はある」

メイデンとの間で会話になっているのかなっていないのか。彼の口から漏れるのは、冷たい、冷たい言葉。

(私は……イサックさんと今までどういう関係を築いてきたんだろう)

何も覚えていない自分が怖い。記憶があった頃の私は、この人と愛し合って恋人になったのかもしれないと、ようやく最近、思えるようになりつつあったのに。あの日、触れてもいいかと尋ねて、そっと額にキスをしてくれた人……。

(今のこの人は……あの日の夕刻の彼とは別人みたい……)

だがそんな美月の想いとは裏腹に、ガチャリ、と扉の鍵が開く。

——なら証明してみせたらよろしいでしょう。

イサックはドアノブを引き、そのまま荷物のように美月を抱え上げたまま、部屋に入る。彼女には、彼の足元しか見えない。次の瞬間、そっと何か柔らかい物の上に降ろされた。はっと視線を上げるとその先には。

「ここっ……この前の……」

夢ではなかったんだ。記憶を失った直後に一瞬見た気がした光景が目の前に広がる。改めて自然が作り上げた絶景に美月は絶句していた。リムストーンプールといって鍾乳洞などで見られる階段状になっている水たまりだ。美月は半身を起こしながら呆然と目の前の光景を見上げる。次の瞬間、足元に荷重が掛かり、彼がそこに膝をついて体をこちらに寄せる。刹那、枕元に押し付けられたのは男性の太い腕。至近距離で見るイサックの瞳は先ほどまで冷たかったのに、今は発情したかのようにどこか熱を帯びている。そのまま顔が近づき、唇を寄せられる。

「……嫌です」

咄嗟に、美月は迫る彼の顔を押し返そうとする。キスは好きな人とするものだ、と誰かに教わったことがある。春をひさぐ商売をする人でも、好きな人以外とはキスをしなかった、という話を聞いたこともある。この人は自分の恋人だったのかもしれない。それにこの体格差だ、儀式で必要とされ、どうしても彼がすると決めたのならそうされてしまうのだろう。そもそもそういう関係もあったようだから、抵抗感は少ないだろう。でも自分はそうされることに納得していない。だから……せめてもの抵抗だ。

「そうか……。だがお前が嫌がっても儀式の中断は認めてやれない」

熱を帯びたまま、紫色の瞳は美月をきつく睨めつける。体の奥底に怯えと……理解不能な甘い愉悦が湧いた。唇を奪うことを諦めた彼は、美月の白い首筋に吸い付く。無意識にビクンと美月の体が震える。冷静であろうと努めているのに体が悦びの悲鳴を上げる。

(怖い……)

思いがけない反応をする自分の体が怖い。彼の薄い唇に口づけを落とされるたび、体の奥底がゾワゾワと歓喜に震える。

「なんで……こんなことっ。無理矢理しても、気持ち良くなんて……」

「さあ、それはどうだろうな。お前は忘れているんだろうが、俺は過去に何度もお前を抱いている。感じやすいお前はいつも俺の腕の中で容易に達していたからな」

そう言うと彼は美月と視線を合わせて、空虚に笑む。美月の腰に巻かれていた飾り用のリボンを解き、するりと抜いた。美月はますます貞操の危機を感じて、身を固くする。

「……俺はいつも通り、お前の体を絶頂に追い込みたいだけだ。素直に受け入れれば、気持ちいいぞ。そして『錠前』も開くだろう。だから抗うな。抗うだけ無駄だからな」

「やだっ……やめて……」

冷たい言葉を吐き出しながらも、熱をおびる唇が美月の鎖骨を滑る。そして溶けそうなほど熱い吐息。いやだと思っているはずなのに、触れられる唇に、愛撫する指に体は素直に反応している。

イサックとの記憶を失った美月にとって、今までの男性との経験はこの異世界に来る前に向こうで行った一度きりだ。それなのに、その時と全然違う感じ方をしていることが、自分でも理解できない。

「ダメ、オカシイの。そんなの……ヤダ！」

咄嗟に彼を押しのけようと厚い胸を押し返したけれど、一ミリも動いてくれない。

「こんなか弱い手で、俺に抵抗しようとしても何の意味もないぞ」

するりと手が伸びてきて、美月の両手を掴むと、片手で一纏めにして頭上で固定されてしまう。腰の下辺りを両足で挟まれ、下半身を押さえられてしまうと、もう動くことすら困難だった。

「やだっ……やめて……」

「お前の動きなど、片手で封じられる」

言い聞かせるように瞳を細めて、美月の頰を空いている手の甲でなぞる。イサックが顔を寄せ囁く言葉に、言い返すことができない。

「もう……諦めろ」

次の瞬間、互いの服が消失し、美月は何が起きたのかわからなくて、ただ恥ずかしさに体が火照る。触れ合う彼の肌は自分よりも冷たくて、一方美月の肌は酷く熱を帯びている。それほど感じている自分に声を失ってしまった。鎖骨の辺りをさまよっていた彼の唇は、明確な意思を持って白い頂を這い上がり始める。

「ひゃっ……ヤダ、そこ、ダメっ」

首を左右に振って腕から逃れようとしても、彼は微動だにせず、そのまま空いている手を美月の胸元に移動する。

「ちがっ……ゃあ、ぃや」

やわやわと下胸を揉まれ、頂を登りつめた舌がツンと立ち上がったそこを掠める。

「嫌なわりに、もうしっかりと硬くなっているな」

胸をぐっと握られたまま、ねっとりと舌先で先端を舐め上げられると、つい声が漏れてしまう。

「ぁあっ……ゃんっ……」

いやだと思っているのに、そうされるとジンと頭まで痺れるような気がする。舌先で既に硬く尖った蕾を転がされて、唇で吸い上げられ、甘く歯を当てられた。

「……美月は胸をこうされるのが大好きだよな」

「あっ……いやぁっ」

カリと蕾を甘噛みされて微かな痛みと共に、ヒクリと下半身が収縮するのを感じる。

(なっ……何?)

お腹の奥の方が熱い。一度しか男性を受け入れたことのないはずの場所がきゅっとうねる。

(何？　絶対に……私オカシイ。怖いっ)

うるりと涙が浮き、瞬きと共に零れ落ちた。

「安心したらいい……痛いことや苦しいことはしない」

零れた涙に気づいた彼が、武骨な指でそれを拭う。ようやく聞けた優しい言葉に美月は少しホッとして、イサックを見上げる。けれど彼の顔に表情はなく、想いは何も読み取れない。

「お前が今、俺のことを好いていて抱かれているわけじゃないことは、よくわかっている。だが義務だろうが何だろうが、書庫の『錠前』を開けるためには、お前に深く達してもらわないといけない」

心を砕くような冷たい言葉に美月は再び心が凍る。結局この人は『錠前』を開けたいだけで、優しさから先ほどの言葉を言ったわけではないのだ。そもそも恋人になった理由も、『鍵』としての役割のためだけだったのかもしれない。

「…………」

押さえ込まれて動けない自分にも、そういう状況に追い込んでいる目の前の男にも、腹立たしい気持ちが湧く。黙って彼を睨み返すと、小さく肩を竦めて、そのまま手を美月の下腹部に滑らせた。

「ひゃっ……なに、するんですかっ」

咄嗟に足を閉じようとしたのを、彼の長い指がこじ開けて中に入り込む。その感触にすら体が跳ねてしまう。

「ひっ……やだっ」

無理矢理指が挿入されたら、皮膚同士が擦れて痛みがあるかと思ったのに、それはねっとりとした蜜に包まれて、信じられないくらいするりと中に入り込んでしまった。驚きに息を呑むと、指はゆっくりと感触を確かめるように内襞を擦る。くちくちという水音と共に、深く挿し入れられて、何度も挿抜された。敏感な部分を掻かれるたびに腰が淫らに揺れてしまう。

「ぁあっ……やめてっ……」

「……ほら、見てみろ。もうお前のここは、たっぷり濡れてる。少し責めただけなのにな」

わざと指に蜜を纏わせてから引き抜き、美月の目の前で見せつけるように、中指と親指を合わせ、ゆっくりと広げて見せる。二つの指はねっとりと糸を引いた。

「………」

「美月、これがなんだかわかるか？　お前の中はたっぷりと蜜を蓄えているぞ。嫌だと言いながら、本当はこんなに感じているんだな」

からかうように囁くと、イサックは指先を拭うように口元に運んだ。彼は艶めいた視線をこちらに送りながら、赤い舌を出し、蜜で濡れた指先を丁寧に舐めとる。

「やっ……やめて……そんなのっ」

「お前の蜜は甘い……あとで蜜があふれているところを、たっぷりと舐めさせてもらおうか」

たっぷり舐めるとかって……。言われた言葉の恥ずかしさにじわりと体が熱を持つ。そんなものを口にするなんてこの人は絶対オカシイ。

「……へ、変態っ」

投げつけられた言葉に、彼はすぅっと瞳を細め、唇で笑顔のような形を作る。

「否定はしない。お前の体は素直で可愛いからな。いくらでも責め立てたくなる。だからもうあきらめて俺に抱かれろ。お前も体の感覚に従えばいい。毎晩のように俺に抱かれて、触れられたら感じる体にとっくになっているんだからな」

「――っ」

そう言われた言葉に、かぁっと怒りとも羞恥心ともつかない気持ちがこみ上げてくる。納得できなくて足をばたつかせて逃げ出そうとした。けれど。

「無駄だ。だが……これだと片手が使えなくて不自由だな……」

イサックは最初に美月から奪ったリボンを手に取り、彼女の手首にくるくると巻き付ける。

「何するんですかっ」

あっと言う間に美月の両手はリボンで括られてしまった。

「さあ、これで両手が使える。試しに逃げてみるか？」

美月が慌てて彼の体の下から逃げようと体を捩った瞬間、イサックは暴れようとした美月の腰を摑み、そのまま上に持ち上げるようにする。彼女の腰の下に自らの膝を差しこみ固定すると、後腿を腹部の方に押すようにする。

でんぐり返しの途中のような姿勢で苦しい。

「いい光景だな……」

「やっ……何してるの、苦しい……やめて」

気づくと美月はイサックの顔の前に、恥ずかしい部分を露出した状態になっている。逃れようと足をパタつかせると、彼は両方の足首を摑んで左右に大きく開き、その状態のまま膝裏を肘で押さえ込む。慌ててもう一度上半身を動かそうとしても、不自由な姿勢で手を伸ばそうとしても、自分の体に邪魔されて抵抗することができない。彼を苛立ち紛れに叩くこともできなくなっていた。

「やだ……なんで……こんなこと……」

「ここを舐めてやる、と言っただろう？　こうすればやりやすい」

「この姿勢、苦しい……やめてっ」

「少しぐらいの不自由さは却って快楽に結び付くだけだろう？　本当にイヤラシイな、お前は」

（この人は……私の何を知っているのだろう）

自分の知らない私を知っているんだろうか。そのことが悔しくてたまらない。自分のモノであるはずの記憶すら自分で呼び出すことができないなんて。

「ほら、こうされてさらに蜜が溢れてきている。お前は恥ずかしいと余計に感じる、淫らな性があるんだ」

囁きながら美月の花びらの奥に舌を伸ばす。

「ひぁっ……やっ……めて、お願いっ」

熱っぽくて柔らかいものがぬるりと、美月の秘裂を下から上へゆっくりなぞっていく。刹那、ぞわりと粟立たせる快楽が背すじを走り、淫靡な感覚が脳をジンとしびれさせる。抑えようとしても、息を吐くたびに甘い喘ぎ声が上がる。

じゅる。じゅぱ。じゅっ。

次の瞬間、粘りけのあるものを啜られるような音がして、美月は目をさらに見開いた。

「やだ。もうやめてっ……」

男の人が女の人のそんなところを、こんなに執拗に舐めるなんて。ショックを受けて無意識で涙が零れ落ちる。それでもイサックの淫らな舌は美月の秘所を弄び続けた。感じたくないのに、ぞわぞわと甘い感覚が上がってくる。きゅんと中が震えて止まらない。美月は湧き上がる苛烈な愉悦を、一つも抑え込めないことに不安を覚える。

「そんなに嫌なら、一度舐めとってやったらもう濡れてこないな？」

「えっ？」

意地悪く言うと、彼は美月の花びらの奥、花芯を集中的に舌で嬲り始めた。

「ひぃぁああっ……やぁ……やめて……」

彼の舌が美月の感じやすい部分を責めると、自然と体がうねる。抗おうとしていた上半身はもう力が入らない。ただ彼の淫らな愛撫に感じてしまって、勝手にヒクンヒクンと跳ね上がるだけだ。

(無理矢理されてるのに……なんでこんな風になっちゃうの)

彼の舌を感じている部分にジンと熱が集まっている。舌で弾かれるたび、しこってコリコリに硬くなっているのが自分でもわかる。

「ああっ……ぁやぁっ……ぁ」

「蜜がどんどん溢れてくるな。無理矢理されて嫌だったんじゃないのか？」

言われたセリフに怒りがこみ上げ、涼しい顔をしてのぞき込む紫色の瞳をキッと睨み付けた。

「……ああ、やめてくれ。そんな快楽に溺れた目で睨みつけられたら……ただひたすら、そそられるだけだ」

口の端だけ持ち上げて、酷薄な笑みのような形を唇で作る。イサックの唇は美月の蜜で淫らに濡れている。

（もう頭がおかしくなりそう……）

激しく水音を立てて、感じやすい芽を丹念に舌で転がされ、甘噛みされてたまらない感覚が上がってくる。

「あっぁ、ああっ……あぁ……も、だ、ダメぇぇっ」

ヒクンと内襞が収縮する。ゾクンゾクンと愉悦に体を震わせると、白い感覚が押し寄せて、美月はただただ瞳を見開きそれを受け入れることしかできなかった。

「……とりあえず、一回イったな……だがこっちは、全然足りてないだろう？」

ツプリという感覚と共に、異物がゆっくりと入ってくる。

「も、やだ……やめて……」

抗う言葉は甘くねだるように響いて、美月はそれが悔しくてまた涙を零す。

「泣いても無駄だ。ほら美月、嫌がっていても、いつもより濡れているくらいだ。お前、もしかして無理矢理されるのが好きなのか？」

自らの柔襞の中に入り込む長く節くれだった指は、焦らすように美月の内壁を擦りたてる。

「あぁあああっ」

「指一本じゃ足りなさそうだな。もう一本増やしてやる。ほら……お前はここが弱いんだ、覚えてないのか？」

そんなこと知らない。だが、イサックの知りきった指が、的確にそこを擦りたてると、体は彼の言う通りに素直に反応し、びくびくと体が跳ね上がり、彼女は声を上げて啼いてしまう。縋りつくための手がリボンで拘束されていて、快楽を逃すことができない。あっと言う間に先ほどの白く浮き上がるような感覚が上がってくる。

「やっ……ぁあっ……あ、ぁあっ」

執拗に繰り返される愛撫の合間に、愛情を示す言葉も、キスさえないことが悲しいと思う。快楽だけを追求するイサックの責めに啼きながら、美月は先ほどよりもっと早いペースで愉悦の淵に落とされていく。

(こんなの……間違っている。いやなのに……オカシクなる……)

美月は彼に翻弄されて乱れ、切ない涙を零した。

＊　　＊　　＊

気づけば美月はイサックの腕の中で淫らに啼いていた。

(馬鹿な奴だ……)

嫌がったってお前の体は何度も抱いた自分が一番良く知っている。だが……。

(本当に馬鹿なのは、お前じゃなく、俺の方だ……)

美月はおっとりしているように見えて、自分の志は曲げない。納得できないことは絶対に譲らない。だから彼女の意思を無視してこんなことを行うイサックを決して許さないだろう。

「……そろそろ、抱くぞ」

絶望感と甘い期待を込めて告げると、美月は身を震わせて力なく頭を左右に振る。

「嫌っ……ダメ、もうイヤ……」

自分を拒絶する言葉に酷く胸を抉られるような気持ちを感じながら、抗う力を失った美月の腰を抱え、この状況でもいきり立つ自身を彼女の蜜口にあてがう。

「やっ……イヤぁぁあぁぁ……」

彼を受け入れた瞬間、まるでイサックの非道さを責めるように美月は悲鳴を上げ、そのくせ蜜に塗れた熱い内襞で受け入れる。リボンで戒められたままの力のない両手が、とん、と彼女の悔しさを伝えるように、イサックの胸を突いた。

「やだっ……も、やめてっ……」

いやだやめてと言いながら、美月はもう何度達したことだろう。今も言葉とは裏腹に中はきゅうきゅうと締め付けて、いつもと変わらずイサックを捉えている。

「嫌だと言うわりに……中は好さそうだな」

素直にただ、愛している、とそう伝えてやればいいだけなのに。キスさえ拒否されて、自分の存在を決して受け入れようとしない美月にイサックは既に心が折られていた。

「やだっ……好く……なんてないっ」

ずちゅ、ずちゅ、と蜜音を響かせながら、美月は甘く啼き続ける。緩やかに抽送する動きを、徐々に奥まで押し付けるような動きに変えていく。

「お前は、ここが……大好きだよな」

体の最奥。一番美月が深く感じる部分。そこをじっくりと責め立てる。溶けそうな愉悦に互いに呼吸が乱れる。自分の悦びの高まりに、呼応するように美月が絶頂を極めて激しく喘ぐ。

「あっ……ぁあっ……ダメ、ダメなのっ。あぁぁぁあ、ああ、あ、ああ」

「ダメと言いながら、またイったな……」

自分の腕の中で美月は涙を零し、口元を緩ませて淫らに啼き、彼の楔を体に受け入れた状態であっさりと絶頂に達した。

瞬間、カチャリと書庫の鍵の開く音がする。

「──美月？」

儀式が成功したのなら、美月の記憶が戻るかもしれない。そうわずかな希望を持ってかけた声に、美月は朦朧としたまま視線をこちらに向ける。

「やだっ……も、ヤダから……イサックさん……やめて」

だが漏れるのは、自分を否定する言葉ばかりだ。

（……記憶は戻っていないな……）

思わず崩れ落ちそうなほどの失望感を覚えた。どこかで……儀式さえ成功裏に終えられれば、美月の記憶が戻るかもしれないと、期待していた自分に気づく。

「……ここまでしても思い出さないのか……」

その呟きを聞いて美月がハッと目の力を取り戻す。

「ごめん……なさい」

イサックを拒否しながらも、自分に非があると思えることには律儀に謝る美月が切なくて愛おしい。小さな応えに、気持ちを取り直す。否、悪いのは自分だ。

(美月、愛してる……)

記憶を失っている美月にそう告げれば戸惑わせるだけだろう。術式の探求はあの魔導士に任せておけばいい。メイデンの書庫が開けば、きっとあの男が美月の病を治すだろう。だから、それまでの時間は……。

「まだ……イケるな?」

イサックの言葉に美月はふるりと身を捩る。瞬きと共にまた、一つ涙を零した。逃げ出そうとする柔らかい体を捕らえ、彼は妄執の欲のまま美月を抱く。

「やぁっ……ひぁっ……ふかっ……いのっ。ダメ、しちゃ……やぁああっ……」

愉悦の淵で美月は抗いながらまた一つ達した。

「も、やめて……ゆるして……」

「美月は本当にイヤラシイな。……もう、どこまでも堕落してしまえ……」

記憶を失ったままでもいいから、快楽に弱い体ごと堕ちてしまえばいい。いや、真に地獄に堕ちるべきなのは自分だ。そうイサックは思いながらも、新たな歓喜に震える美月を容赦なく追い込んでいく。達し続けて、美月は苦しげに涙をぼろぼろと流し、唇を淫らに開き、激しく喘ぐたびに唾液が銀糸を引く。

今までの記憶がなくても、無理矢理抱かれても、自分の愛撫にここまで狂ってしまう美月が愛おしい。永遠に抱いていたい。少なくとも、今だけは美月は自分のモノだ。

美月が愛おしすぎて、たぶん、自分はもう狂っている。

「美月、美月……」

愛を告げる言葉の代わりに熱っぽく名前を呼び、激しく貫く。幾度も絶頂を極め、美月は焼き切れるように意識を落とした。それを確認し、ようやく美月の中に欲望の迸りを流し込む。一度達した後も、意識をなくしている彼女の中に自らの体液を何度も注ぎ込み、キリがないと苦笑を浮かべる。そして最後に自らが美月に架していた理不尽な戒めを解いて、贖罪《しょくざい》のキスを指先に落とした。

「……すまない、こんな……」

その時、何故か気を失っていたはずの美月は、戒めの解かれた手を伸ばし、イサックを抱き寄せるような動きをした。

「……美月？」

声をかけても反応はない。

(抱きしめ……られた？　まさかな)

何と都合のいいことを考えるのかと自嘲した。だがそれでも、優しい美月が赦しを与えてくれたように、イサックは感じていたのだった。

第八章

ふたりの心はすれ違って

「――っ」

柔らかい水音が聞こえて意識が戻る。

「ここ……どこ？」

次の瞬間、何かに包まれている気配がした。

「……目が、覚めたか……」

耳元で掠れた声が聞こえる。それは美月を分館に連れてきて、好き放題に蹂躙した人の声だった。

「きゃっ……」

裸で男と湯に浸かっていた自分に気づいて、美月は慌ててその場から離れようとするが……。

「無理だろう？　動けるわけがない」

四肢に悲しいほど力が入らない。そんな風になってしまうほど、彼に貪られたのかと、美月は何ともいえない気持ちになる。

（私……さっきおかしかった）

思い出しただけで恥ずかしくなり、その場から逃げ出したい気がする。

(無理矢理されて……あんな風になるとかって私、いろいろ感覚がおかしくなっちゃっている……)

初めての時はこんな風にはならなかった。最後まで理性は美月の中に存在し続けていた。今回のように、自分が自分でなくなる感覚はたまらなく怖い。

「あの……離してください」

このまま彼と接していたら、望んでないのに……この人を受け入れてしまいそうな気がした。イサックによって強制的に奪われた体を満たすのは、心地よい疲労と幸福のかけらのような充実感。何でそんなものが自分の中に残っているのか、理性は絶対に納得できないと美月に主張していた。

「……わかった。お前はもう少しゆっくりと浸かるといい……疲れが取れるだろう」

それだけ彼は言うと、湯から立ち上がる。美月は咄嗟に彼から視線を逸らそうとした、その時。

(あれ……この人、腕に怪我をしている)

左の二の腕辺りに、何か獰猛な獣にでも噛まれたような傷跡が残っていて、思わず視線が止まる。しかも傷跡は白く肌になじんでおらず、完治してさほど経っていないように見えた。

(なんでだろう……胸が痛い)

美月はその痛みを確認するように彼の傷に手を伸ばしそうになる。だが、その前に彼は一瞬で服を身に纏っていた。

「え？」

思わず声を上げると、彼は向こうを向いたまま、小さく苦笑する。

「そうか忘れているんだな。『鍵』は分館内であれば、服を自由に消したり、着せたりすることもできる。お前の服も着せてやるから、風呂を出たら声をかけてくれ」

その後、彼は美月と一定の距離を取り、湯に浸かる美月を見ないように気遣いながらも、同じ空間で時を過ごしていた。正直、彼の存在は気になっていたが、それより疲れ果てている体を休めたい気持ちの方が強かった。結局かなり長い間湯船に浸かって、美月はようやく少し動けるようになる。

「服、着たいんですが」

何とか起ち上がれそうだ。体の力の戻りを確認して声をかけると、見たりはしないから風呂を出てそこに立ってくれ、と言われる。躊躇いながらもその通りにすると、次の瞬間、美月はいつも通りの衣装に戻っていた。

「確認したいことがある。ついてこい……」

そっと差しのべられた手を無視して、力が入らなくて不安定な足を、ギクシャクと一歩ずつ動かしながら、美月はイサックのあとをついて行った。


「ああ、ようやく来たか」

書庫の扉を開けると、ヴァレリーは持っていた本から目を上げる。

「記憶は戻ったか？」

端的に聞かれた言葉に美月は首を左右に振った。もしかして記憶が戻ればこのいたたまれない気持ちから解放されたのだろうか。イサックもヴァレリーも表情を変えずに美月の言葉を受け入れる。

「そうか、ところで儀式の失敗で失くした記憶はともかくとして、最近、それ以外に記憶の不安定な部分を感じてなかったか？」

ヴァレリーの淡々とした問いに、美月ははっと視線を彼に向けた。

「たぶん、それはこの書庫の魔導書で何とかなるはずだ。こっちに来い」

眼鏡越しの視線は、ちらりと美月を確認するとそのまま本に落ちた。美月は力の入らないふわふわとした足取りで彼の傍らに立つ。

「美月、左手を貸せ」

言いながら美月の手を取り、手のひらを上に向けるようにして固定させる。彼は片手に魔導書を持ち、もう片方の手で美月の手首の辺りに手のひらを乗せた。

「……メイデンの名において、この人間からメイデスティグ術式を排除する」

宣言すると、ヴァレリーは美月の左手首の内側を撫でる。すると、黒く蠢くものが美月の手首から顔を出す。

「やっ……何それ……っ」

彼がそれを摘むようにすると、何かが美月の手首から引きずりだされていく。それは何か黒い糸の塊のようにも見え、線虫のように蠢いていた。凝視すると黒いものは幾千もの文字が重なり合っていることに美月は気づいた。

「これが美月の体に入り込んでいた呪文《スペル》だ。メイデスティグはなかなか強力な術式でな。美月の記憶層で悪さをしていたんだが、メイデンの魔導書のおかげで、影一つ残さず綺麗に抜けたな。これで少なくともここ数日の記憶の不安定さは解消されるはずだ」

ふっと安心したように瞳を細めたヴァレリーを見て、美月は自分に入り込んでいた悪意ある呪文が、たった今解呪されたことを知った。

「あの……イサックさん？」

先ほどまでの儀式も、そのことと関係があるのだろうか、そう思って書庫内を見回したが、既にイサックの姿はなく……。

「……あの男に施術のあと、お前を城まで送ってくれと頼まれている。じきにアルフェ王子が船で迎えに来る。一緒に戻るか……」

イサックはどこに行ってしまったのか。きょろきょろと辺りを窺う美月の様子に、彼は小さくため息をついて、肩を竦めてみせたのだった。

＊　＊　＊

その日以来、イサックは美月の前にほとんど姿を見せなくなった。だから美月は自分の身に何が起きていたのか、彼の口から聞くことすらできていない。

（力で敵わないからって……無理矢理あんなこととか、絶対に許せない）

あの時の絶望感や悔しさは、今でも美月の胸の中にあって、少し優しい人かもと思った直後だったから、余計に彼の裏切りは未だに美月の中で尾を引いている。

けれど、例の治療後、ヴァレリーからイサックの一連の行動が、美月が罹患していた病を治療するためだったという話を聞いて、再び美月は気持ちを揺り動かされている。

（もしそれが理由だったら、申し開きぐらい……したらいいのに。それともそんなことを言う気も起こらないのかな）

そう思うと、なんだか妙に切ない気持ちになる。彼は美月のことなど何とも思っていないのかもしれないのに、自分ひとり、彼の言動に振り回されることが……やっぱり悔しくて切ない。


「だからさ、美月はイサックのこと、怒っていいと思うよ。だって美月の気持ちを無視してああいう形で儀式を行ったわけだし」

サロンのソファーで優雅にお茶を飲みながら、何故か美月より強い怒りを表明するのはアルフェ王子だ。

「そう……ですよね……」

美月はもやもやした気持ちのままあいまいに頷く。

「そうだよ。僕ならちゃんと説明する。愛している人になら、なおさら丁寧に。まあイサックは口下手だから、変な説明になって余計トラブルになったかもしれないけどさ。いっつもあいつは言葉が足りないんだよ」

言葉の足りなさ加減は、美月も今回の件で、深く同意するところだ。

「でも……イサック様が説明されない時は、大概、理由があるんですよね……」

ぽそり、と庇うようにケイトが呟く。

「イサック様は相手を傷つけないためだったり、不安にさせないように、何も言わずにひとりですべて背負ってしまうところがあるんです……あと、嘘を言うこともすごく嫌うので、上手に誤魔化して……とかそういうこともできないし」

じっと見つめられて、美月は返す言葉に困る。

「まあ顔も怖いし、無愛想の上に、不器用だよね。てかあそこまで来ると、いっそ周りに迷惑をかけるレベルだから反省して欲しいけど！　そうだ美月、イサックになんでこんなことしたんだって食ってかかって殴ってやったらいいよ」

ケイトのフォローを無視して、アルフェ王子は未だに憤慨している。だが何故かアルフェ王子が怒れば怒るほど、美月もイサックを庇いたいような気分になってしまうのだ。

(あぁ、私、なんかいろいろ変だ)

美月の意向を無視してああいうことを強要したのはすごく納得できない。絶対に許せない。けれどそれが自分を病から救うためだったのなら、ちゃんと理由を説明してくれたらよかったのに、とも思う。納得していたら自分の意思をないがしろにされたという悔しさは感じなくて済んだかもしれない。だけどそれも全部『鍵』としての役目のためだったのなら……美月の想いなんて別に配慮する必要もなかったのだろうかとも思う。

「ごめんなさい、私少し疲れたみたい」

混乱する気持ちを落ち着かせたくて、そう呟くと、ふたりははっと顔を上げて、笑みを浮かべた。

「うん、しばらく休んだらいいよ」

「ありがとう、ふたりはお茶も残っているし、もう少しここでゆっくりしていって」

彼らに声をかけ、美月は部屋を出ていく。

廊下には柔らかな光が燦々と差し込んでいる。あちこちに置かれた花瓶には、季節の花が美しく飾られていた。季節は夏に向かい、風の色ですら華やかさを増しているように思えた。窓から見える空は青くて心地よい。ふとゼファー湖の水は今日も綺麗な青に輝いているのだろうか、と思う。

その時。

パタンと扉の閉まる音がして視線を上げると……。

「あっ……」

「……体調はどうだ？」

誰かと会っていたのだろうか、向かいの客間から出てきて、美月を見下ろして尋ねる暁色の瞳は、何も感情を映さない。先ほどまで彼の気持ちを推し量っていた美月は、その人の瞳の無感情さに胸がズキンと痛んだ。

「おかげさまで……」

「そうか、ならいい……」

それだけ言うと、イサックは眉を寄せた怖い表情を浮かべ、その場を立ち去る。

(最近顔を合わせると、毎回こんな感じ……)

遠くなる背中を見送りながら、美月は何故か自分ひとり、置いて行かれたようなそんな気分になっていた。儀式は成功したらしいのに、記憶は戻らない。誰のことが好きだったのか、どんな風に大事に思っていたのか、それすら思い出せない。きっと……彼との間には短い間でも思い出がたくさんあったのだろうと思う。あんな風に体を変えられてしまうほどの思い出が……。

美月は自分の体を強く抱きしめる。どこかで寂しい、と思っているのかもしれない。だけど自分の意思を無視して酷いことをした人を、理性ではやっぱり許せないと考えている。

(矛盾……しているな……)

純粋に自分の心の奥底にある本音を誰かに聞いてもらえたら。そうすれば混乱している頭も少しはすっきりするかもしれない。でも、自分の話を受け止めてくれる人なんて……果たしてこの世界の中にいるのだろうか？　記憶を失っている美月にとって自分のことだけを純粋に考えてくれる人は思いつかなかった。美月は深いため息を落とし、自室に向かって歩き始めた。

＊　　＊　　＊

ケイトを探して階段を下りていたロザリアは、廊下の奥で視線を逸らしあうイサックと美月を見て、胸にチクンと刺すような痛みを感じている。

（だって……どうしても嫌だったんだもん）

　だからしょうがないことなのだ。兄と兄の恋人だった人は、まるで他人のように挨拶を交わし、憮然とした表情で兄は彼女の元を立ち去る。

（お兄様、怖い顔……でも……）

　年の離れた長兄は王立魔法図書館の騎士になって以来、マルーン城にいる時間はあまり多くはない。だからロザリアの知らない彼の顔はたくさんあるのだろう。けれど兄がああいう険しい表情を浮かべている時は、その裏に抑え込めないほどの激情を隠しているのだ、ということは妹である彼女は理解している。

（馬鹿な……お兄様）

　これでふたりが上手くいかなくなれば、元通り、兄はシルヴィア姫を娶《めと》ることになるのだ。シルヴィアもきっと喜ぶ。よかった。そう思っていた。だけど……。

　美月の後ろ姿を、振り向いて視線で追う兄の様子は、切ないほど苦しそうだった。本気の恋をしたことのないロザリアには、人を好きになるということは、よくわからない。けれど……。

（そもそも……儀式の時に、精神的に不安定だったから……あの人、記憶をなくしちゃったのかもしれないってケイトが言ってた……。元々は、あんなに仲良さそうだったのに……）

『この人が邪魔さえしなければっ』

　あの日ロザリアが彼女のことを指して言った言葉と、その時の傷ついた彼女の様子を思い出す。もしかしてあのせいで不安定になってしまったのだろうか？　自分さえいなければ、と彼女は思ってしまったのだろうか……。大事な人の妹にあんなことを言われて、記憶を失い自分にとって大切な人が誰かもわからなくなってしまったんだろうか。

(馬鹿な人……)

兄はあの人を庇って野犬に噛みつかれて大怪我をしても、一言もあの人を責めなかった。それどころか、両親から良い顔をされないことをわかっていながら、彼女のことが心配で自分の部屋に囲い込んだくらい、大切にしているのに。妹の自分が見ていてイライラするくらい、愛されていることにも気づいていないの？

……でももし。彼女が記憶を失う原因が自分だったら……。兄をあんな辛そうな表情にさせたのは、自分かもしれないとロザリアは思い至り、激しい動揺を感じていたのだった。

＊　＊　＊

「…………」

アルフェは、用事のために部屋を出て行ったケイトを視線で見送ると、小さくため息をついた。

(美月もねえ……妙に頭でっかちなところがあるからなあ……)

たぶん彼女は、またイサックに惹かれ始めている。だけどそんな自分を認めたくないだけなのだ。そこに記憶の有無は関係ないのだと思う。選んではいけない相手だと互いに思っていてもどうしようもなく求めあったふたりだ。

（なのに……イサックってば、なんでこんな強引な手段に出ちゃったんだろう……）

もうちょっと器用に、そして丁寧に立ち回れば、メイデスティグのトラブルでさえ、美月の気持ちを取り戻すきっかけにできただろうに。

「てか、僕が恋敵のために、ここまで必死になることはないのか」

小さく笑ってしまう。記憶を失った美月とイサックが仲たがいすれば、自分が美月を手に入れることも可能かもしれないのに。

（でもなあ……なんだかんだと僕はあのふたりのどっちも好きなんだよな。イサックといる時の美月の幸せそうな表情も……）

きっとヴァレリーに言えば、王子はお人好しだな、と笑うのだろう。それでも、あんな美月は切なすぎる。何とかしてやりたい、とそうアルフェが思ったその時。

「あの……ケイトはいますか？」

ひょいと顔をのぞかせたのは、イサックの妹だ。

（ああ、ここにもややこしい子がいた……）

「ケイト？　なんか侍女頭から頼まれごとがあるとかで出て行ったけど？　ねえ、久しぶりだね。ちょっとお茶に付き合ってよ」

アルフェの言葉に、ロザリアはおずおずと部屋に入ってくる。侍女にお茶を淹れてもらうと、ゆっくりと話ができるように、少し離れたところに控えていてほしいと侍女に告げた。

「ロザリア、ずいぶんと大人になったたね。すっかり綺麗になった。好きな人でもできた？」

アルフェが斜め前に座る年若い従姉妹に、にっこりと笑いかけると、ロザリアは気の強そうな視線を下に落とし、困ったような顔をする。

「好きな人とかはいませんけど……」

「……けど？」

「好きな人が自分に冷たくなったら、悲しいものですか？」

ついっと再び上げた視線はイサックと似てまっすぐだ。

「うん、辛いと思うよ。僕だったら凹んで復活できないかも。……そんなことがあったの？」

誘い水のような言葉にロザリアはわかりやすいほど動揺する。

「……いえ……あの……」

指先でティーカップの口の部分を撫でる。また視線が下を向く。

「何か気に病んでいることがあるの？　しかも恋愛関係かな。だったら、僕に相談してみて。意外と役に立つかもよ」

柔らかい声であまり重たくならないように話し掛ける。もうひと押しすれば何か言いだしそうな唇を見て、優しく言葉を続けた。

「自分のことじゃなくても、いいんだよ。ロザリアがそんな顔をしているとみんな心配するよ。ロザリアは皆に愛されているからさ」

にっこりと笑顔を見せると、視線を上げた彼女は一瞬泣きそうな顔をした。

「……あの……今のお兄様を見てなんだか切なくて……。もしかしたら悪いのは私かもしれないから……」

＊　　　＊　　　＊

『美月……』

夢の中で何かが彼女を呼んでいる。

『辛いことがあるなら、教会に話をしにいらしてください。神はいつでも貴女の訪問を待っていらっしゃいますよ……』

労わるような優しい声。そっと額に触れる柔らかな指先。

記憶のある美月ならこの男は信用してはいけないと判断できただろうが、今の美月にはとても親切な声に聞こえた。

『話すだけでも頭が整理されて楽になりますよ。きっといい方法も見つかるでしょう』

ここはどこだろう。日差しが温かくて、最高に座り心地の良いソファーに、眠たくなるお茶。あ、この前行った教会の告解室だ。

『貴女は神に導かれた、大切な宿命をもった存在なのですよ。もっと自分を大事にしてください。貴女の気持ちを尊重しない人は相手にしてはいけません。貴女を貶めることになります』

(それは……イサックさんのことだろうか？　でも彼は私を貶めたりはしない気がする……)

それともやっぱり役目のためだけに、私を大事にしているふりをしているだけなんだろうか？

昨日廊下ですれ違った時の彼の冷たい表情を思い出す。胸が不安でざわざわとする。心地よくない感覚。

『神の御許へ再訪してください。貴女の救いはここにあるのですから……どうぞ、誰にも邪魔されないように、おひとりで教会までいらしてください』

ゆるゆると夜毎の夢の中で語られる言葉は、朝になれば美月の脳裏から消えてしまう。それでも美月の心の中に沈殿する澱のようにたまっていく。

――明日、教会を訪ねてみようか。

＊　＊　＊

朝、目が覚めると妙に気分がスッキリしていた。

（そうだ私、誰かに……話を聞いてもらいたいなって思ってたんだ……）

王子もケイトもいい人だけど、イサックとつながる人々なわけで、今彼との関係で悩んでいる美月にとっては、自分のことだけを純粋に考えてくれる人が欲しかったのだと気づいた。だったらイサックとは関係のない教会に行ってみよう。思いついた瞬間それが名案だと確信する。あそこで話をしたら、きっと悩みはすべて整理できる気がした。

「でもひとりで行った方がいいんだよね。どうしようかな……」

無意識でそう呟いた瞬間、自分ひとりで教会に行くことが、美月の中で既に決定事項となっていたのだった。

*　　*　　*

早速、美月はひとりで教会に行くための策を練る。

「そうなの。ちょっと頭痛が酷くて。たぶん昨日、嫌な夢を見たから寝不足なだけ。お医者様とか呼んでもらわなくて大丈夫だから……。お昼過ぎぐらいまで少しゆっくり寝かせてもらってもいいですか？」

美月の言葉に、部屋付き侍女のエリーが頷く。

「あ、王子とケイトにもそう伝えておいて」

「本当にお薬とかお持ちしなくても大丈夫ですか？　……わかりました。でしたらカーテンは閉めておきますすね」

何度も大丈夫だと言って頷き、しかも欠伸までする美月を見て、エリーはもう一度ベッドを整えてくれた。温かいお茶を一杯飲んで、美月は再びベッドに横たわる。

「それでは美月様、ゆっくりお休みくださいませ」

朝の光が遮られた部屋で、ベッドに横たわった美月を確認して、彼女はそっと部屋を出ていった。美月はしばらく横になったまま様子を窺い、完全に辺りが静まったところで、ベッドから抜け出したのだった。

美月はマルーン城の構造を思い出しながら、一番人に見咎められなさそうな客間の中庭を通る方法で外に出た。そのままゆったりと町に向かって歩き始める。この間は馬車で送ってもらったが、元々城から城下町までは一本道で、のんびり歩いても二十分ほどで着くらしい。明るい日差しの下で、美月は久しぶりに晴れ晴れとした心地よい気分になっていた。

教会は今日も真っ白な佇まいで、美月を待っていた。彼女は躊躇うこともなく、スタスタと教会に向かって歩を進める。

「あの……告解をしに伺ったのですが」

教会の入り口に立っているのはこの間ケイトと一緒に来た時にいた若い司祭だった。

「ああ……いらっしゃい、お待ちしておりましたよ」

そう言われて教会内に招かれる。そして告解室の前にいたのは……。

「こんにちは。美月さん。きっとまた来ていただけると思ってお待ちしておりました」

プラチナブロンドに、黒い瞳の美麗な司祭。ああ、自分はこの人に会いに来たのだ、と思って美月はほっとして柔らかい笑みを浮かべた。

「はい、私、司祭様に会いに来ました。いろいろと……お話をさせてもらいたいのです」

「もちろん、神のお導きのままに……」

招き入れる言葉に美月はゆっくりと室内に足を向けた。美月の手を取って司祭はソファーに座らせようとする。

「……おや。いけませんね。聖痕が消えています。あの魔導士辺りが邪魔をしたのでしょうか。では……もう」

そっと美月の左の手首に触れて司祭は艶然と微笑んだ。

「貴女をマルーン城に返すことはできませんね……」

男の笑みが美月の脳裏に広がって行き、漆黒の闇を纏ったような瞳が美月の意思を搦め取る。

「えっ？」

何故かクラリと眩暈を覚える。

「安心してください。貴女を苦しめる場所から私が連れ出して差し上げましょう。そしてもう一度聖痕を貴女に施しましょう。……二度と私と教会から離れられないように……」

美月の手を取り、男は指先に口づけを落とす。

「美月、貴女は教会のための『錠前』になるのです。私の手で……」

頭のどこかで警戒音が鳴り響いている気がする。けれどまだエルラーンのかけた暗示の中にいる美月にとって彼の言葉は心地よくて。

「……はい」

素直に頷くと、彼は誰もが魅了されるような優美な笑みを美月に向けた。

「ご安心ください。教会本部の奥深くに貴女を連れ去って、完全に私のものになるまで下界には出しませんから」

手を引かれてそのまま唇が額に落ちてくる。美月は何かが違うと思いながらも、既に動くことができなくなっていたのだった。

＊　＊　＊

その前の晩、イサックは夜遅くまで父に宴席を連れまわされ、散々酒を飲まされていた。

(間違いなく……飲みすぎたな)

彼はカーテンを閉め切った部屋の中で、昼まで起こすなと、侍女に声をかけて横になっている。

元々酒は弱い方ではない。だから二日酔いをおこすことなどめったにないのだが、昨日は勧められるまま深酒をして悪酔いした気がする。

昨日の怯えるような美月の表情を見て、気持ちが酷く荒んでいた。強引に進めた儀式のおかげで、彼女からメイデスティグの影響を取り除けたことはヴァレリーから報告を受けている。病魔から美月を救いだせたのだから、あの行動自体は間違っていなかったと確信している。だが……。

(儀式の失敗で欠けた記憶は戻らず、俺のことも忘れたままだ)

しかもあれだけ無茶な抱き方をした。途中からは、彼女の意思を無視して、自分の思うように好きに抱いた。記憶のない美月が怯えるのも仕方ない。彼女にとって、自分は望まない関係を強要した陵辱者にすぎないのだろうから……。

しかしそれでも分館の『錠前』は開いた。正規の方法で『錠前』が開けば、失われたはずの記憶は戻るはずではなかったのか？　ならば記憶が戻らないのは何故だ。何かが……足りないからなのだろうか？

（……まあその方法がわかったとしても……）

もう美月は自分を受け入れてはくれないだろう。それどころか一刻も早く元いた世界に戻りたいと、思っている気がした。図書館本館で、セイラやミーシャに元の世界に帰りたいと本気で美月が主張したらどうするのだろうか。イサックはこのところ馴染みになった深い嘆息をベッドの中で漏らす。

「……ねえお兄様？」

その時、遠慮がちに自室に顔を出したのはロザリアだった。

「ノックぐらいしろと言っただろう……なんだ？」

両親から愛されて我が儘に育っている妹だが、のぞかせた顔はいつもよりずっと神妙な表情をしている。妹の珍しい様子が気になって、イサックはふて寝のようにしていたベッドから出ると、ガウンを羽織り、妹を招き入れた。

「あの……あのね」

舌っ足らずなしゃべり方をする時は、誰かに何かをねだることが多い。だが今日はそれだけでなく、不安そうな表情をしていることに気づいた。

「……ああ、どうしたんだ？」

ズキリとする頭痛を堪えながらできる限り、穏やかな表情を整える。

「お兄様、あのね……私、美月さんにいろいろ……嫌なこと言って……。それが原因でたぶん、美月さんは不安な気持ちになったのかもしれないって……そう思って」

……イサックは妹の殊勝な言葉に瞠目した。まずは美月の名前をちゃんと呼んだこと。それから自分のやったことに対して正しい判断をしたこと。我が儘な妹に何があったというのだろうか。

「そう、だな……」

だが矢継ぎ早に問うこともできず、唸るように声を上げると、ロザリアは顔をぐいと彼の方に向けて、イサックを真正面から見上げた。

「たぶん……謝ってすむことじゃないんだけど、でも……お兄様が辛そうにしているのを見ていたら、何だか私まで苦しくて。でね、昨日アルフェ王子とお話したの。そうしたら、遅いなんてことはないし、美月さんは今は覚えてないかもしれないけれど、それでも悪いと思うなら謝りに行ったらいいよ、って言ってくれて……」

プライドの高い妹のことだ。決断をするのは大変だっただろう。自分と美月を見て、そう思ってくれたのなら、もう遅いのかもしれないが、それは少しだけ……救われるような気がした。

「そうか……」

「でね、お兄様ごめんなさい。私が気に食わないからって、美月さんに対して失礼なことを言ったのは良くないことだったと思う」

ぺこりと頭を下げた妹の旋毛を、昔みたいにくるりと撫でる。

「……俺もお前がそう言ってくれて嬉しい」

窺うように顔を上げた妹にそう言うと、気になっていることを続けて訊いてみた。

「で、美月にも謝るのか？」

そう尋ねた途端、ロザリアは眉根を寄せて難しい顔をする。

「あのね、本当はお兄様より先に、美月さんに謝りに行こうと思ったの。そうしたら美月さんがふらふらと外に出ていくのを見かけて……」

＊　　＊　　＊

美月の部屋は暗く閉ざされていた。そのまま大股で入り、寝室に足を踏み入れる。

「あの……イサック様？」

慌てて飛び込んできたのは、城内で一番、茶を淹れるのが上手いことを買って、わざわざ美月の部屋付きに指名した侍女のエリーだ。

「美月様は、今朝はお疲れで……今もお休みになっています……」

必死に止める侍女を無視して、ベッドサイドに歩み寄ると、美月の布団を剝ぐ。

「え……？」

間の抜けた声を上げたのはエリーだった。そこは、人が寝ているようにクッションが並べられただけの、もぬけの殻だったからだ。

「美月はなんて言ってた？」

「あ、あの……昨夜よく眠れなくて、頭痛がしているので昼頃まで寝かしてもらいたいと」

エリーの言葉にイサックは思わず苦虫を嚙みつぶしたような表情を浮かべる。

「とりあえず家人に声をかけて、手分けして城の中とこの辺りに美月がいないかどうか確認してくれ。俺はマリナラまで美月を探しに行く」


笛で呼べば、何をおいても飛んできてくれる愛竜の首を撫で、そのまま教会に向かって飛び立つ。この間も同じことをした。自分は何も学んでないとつい嘆きたくなる。それでも、せめて前回と同じ幸運を期待するのは間違っているだろうか？　ぎりぎりと奥歯を嚙みしめて、唸り声が漏れないように堪える。美月が城を出てからどれだけの時間が経っている？

「……読みが甘かった……」

つい零してしまうのは悔恨の言葉だ。ヴァレリーが、メイデスティグの呪文《スペル》を抜いたことで安心していたが、あの教会に行った時に、何か暗示のようなものが美月に仕込まれていた可能性はないだろうか？　そして美月が不安を感じていても、相談できる相手がいなかったとしたら。

昨日、声をかければよかった。怯えられても怖がられても、もう少し近いところで見守ってやればよかった。たとえ美月に嫌われても、傍に寄り添っていれば……。

(頼む……間に合ってくれ)

たとえ一生、美月の記憶が戻らなかったとしても、かまわない。もう一度最初から情を尽くして自分の想いを伝える。この間のことも、美月を救うためとはいえ、何故独断専行して突っ走ったのかもきちんと説明しよう。女々しくて情けない自分の想いも含めて、何を犠牲にしても美月に対して贖罪したいと思っているから……。

＊　＊　＊

エルラーンは教会に張り巡らしていた索敵《さくてき》用の結界を通り抜け、招かざる客が侵入したことに気づくと、整った顔を不愉快そうに顰めた。

「思ったより動きが速かったですね。……美月、ここで待っていなさい。一旦状況が落ち着いたら、即ここを出ます」

男はそっと美月の指先にキスを落とすと、席を立つ。美月はぼうっと視線を宙に浮かせている。

（あれ、私……なんでここにいるんだろう）

何が何だかよくわからない。でもふわふわした妙な高揚感がある。

「……そっか、私、神様のための『錠前』になるんだっけ……」

なんだかそれは心の中にふわりとした幸せな感覚を起こす。もしかしたらそれが、美月がこの世界に来た目的だったのかもしれない。

ふふふふふ。何故かお腹の底から笑みがこみ上げる。

その時、バンと大きな音がして扉が開いた。

「美月！」

名前を呼ばれてゆっくりとそちらを向く。誰だろう、この人は。

「ご遠慮ください。この間も申し上げましたが、告解室には告解する本人と司祭以外に入っても
らっては困るのです」

飛び込んできた男を止めるように、後ろからもうひとり若い男が彼を引き留めようとする。

「……ならば、ここの司祭はどこにいる？」

部屋には定まらない視線を突然の闖入者に向ける美月がひとりいるだけだ。

「し、司祭は私です」

この人は、さっきまでいた人とは別の人だけど……と思いながら美月は首をゆっくりと傾げる。

「詳細はあとで聞く。美月、目を覚ませ」

そっと頬に触れるのは、紫色のキツイ瞳の男の人だ。

「やっ……やだっ」

睨み付けるような目が怖くて美月は咄嗟に彼と距離を取ろうとする。

「嫌がっているじゃないですか。まずは彼女を怯えさせないために、貴方にはこの部屋を出ていた
だいて……」

司祭と名乗った若い男が、必死に彼を扉の方に押し戻そうとする。だが大柄な男はその場に踏み
とどまり、小さく息を吸うと、美月をまっすぐ見つめて低く深い声で彼女の名前を呼びかけた。

「……美月」

彼の声が脳裏に響いた瞬間、何故か甘く鼓動が跳ねた。一瞬、自分の周りに心地良い緑色の風が吹き抜けたような気がして、美月は無意識に立ち上がっていた。

「美月、俺のところに……来てくれ」

大きな手が自分に向かって伸ばされる。自分が彼の手を取ることを、望んでくれている。そう思ったら、その手が酷く愛おしいものに思えた。美月が自らの手を重ねると、引き寄せられ、ふわりと抱きしめられる。

「……イサック、さん？」

ああ思い出した。この人は自分の恋人だったかもしれない人。頭が朦朧として理性が働いていない美月は、彼の香りが心地よくて、思わず広い胸に頬を擂り寄せていた。

「美月、話したいことがいっぱいある」

彼の言葉に美月は緩慢な仕草で首を傾げた。

「……話？」

「あの……とにかく彼女を離してください……」

若い男が焦ったように声をかけてきたが、イサックは彼に視線すら向けずに返答する。

「拒否する。美月は俺の大切な恋人だ。ここには取り戻しに来ただけだ。……美月、迎えに来たぞ。俺と一緒に来てくれるか？」

エルラーンの暗示の影響下で今だに理性の働きが鈍っている美月の脳内に彼の優しい笑みが刻まれて、ああ、迎えに来てくれたんだ、と純粋に嬉しい気持ちがこみ上げてくる。

「はい。私、イサックさんと一緒に行きます……」

「……ということだ。ところで、さっきまでこの部屋にいたのは……エルラーン司祭か？」

彼は瞳を眇め自らを司祭と名乗る男を睨む。

「……ここにいる司祭は私だけです」

言い募る男を無視して、イサックは危うい足取りの美月を抱き上げる。

「美月、帰ろう。俺はお前と話がしたい」

胸に響く温かい声。心地よい腕の中で、美月は瞳を細めて答えた。

「はい、私もイサックさんとお話したい、です」

ずっとこの声を聞いていたい。美月はコクリと頷く。

「ちょっと待ってください」

大きな声をあげた司祭の足を止めさせるような鋭い視線を送り、イサックは扉を開ける。

「エルラーンがここにいるのなら伝えておけ。美月はやらん。どんな状況になっても美月は俺の守るべき存在で、世界で唯一、俺の心を捉えている何よりも愛おしい恋人だ。何度でも、どこにでも取り戻しに来る。だからもう……諦めろ、と」

エルラーン司祭って誰だろう？　美月はイサックの顔を見上げながら、ゆるりと意識が溶けていくのを感じる。

「美月？」

ゆらゆらと肩を揺すられても、また意識が落ちそうになる。

「美月……ここにいてくれて、俺の手に戻って来てくれて本当によかった。ありがとう」

感動を押し隠した声で囁かれ、美月はゆっくりと自分を抱き上げた人の顔をもう一度目を開いて見上げる。この人は良く知らない人だけど、深くて温かい声はすごく好きだ。だから小さく笑みを浮かべて、掠れた声で言葉を返す。

「私こそ……迎えに来てくれて、ありがとう」

そう囁くと、彼が今まで見たことのないくらい、優しく熱のこもった瞳で美月を見つめる。ふわふわした心地よさに、意識を落としながらも、美月は自然と笑みを浮かべていた。

＊　＊　＊

扉に背中を持たれかけさせたまま、あの男の声を聞いていた。

(美月は教会のために必要だ。お前のものではない)

エルラーンは息をひそめて忌々しい騎士の男が出ていくのを待っている。今、自分が姿を現せば教会まで巻き込み、面倒なことになるとわかっているからだ。

しかし毎回間の悪い男だ。あと数刻あれば、美月を馬車に乗せて、教会本部に駆け込んでやったものを……。一度、教会内部に連れ去ることができれば、監禁して、魔導薬を使ってもう二度と帰れないように洗脳し、自らの『錠前』に作り替えてしまう予定だったのだが。

まあ、どちらにせよ、今、美月を手に入れられないのなら、ここからは早急に撤退すべきだ。マルーン城から人を回されて、尋問のために捕獲などされたくはない。

「……長居は無用ですね……」

あの男も朦朧としている美月を抱えて、今この場で大事にはしたくないだろう。城に戻って人を送り込むとしてもまだ数刻の猶予はある。

そう判断すると、反対側の扉を開き、裏庭に出た。用意されていた目立ちにくい何の変哲もない馬車に乗る。女を残してきたあの場に、たまらなく後ろ髪が引かれるのは……『鍵』候補の執着か。どちらにせよ、次こそは『錠前』を手に入れてやる。だが今は時期が悪い。一旦引くよりないだろう。

「――教会本部へ。急いでください」

エルラーンの鋭い声に、従者は慌てて馬に鞭を当てた。

第九章

心と体と理性と、キスまでの距離

「美月は無事だったのか？」

美月を連れ帰った直後、部屋に飛び込んできたのはヴァレリー魔導士だ。この男にしては珍しく憔悴を隠しきれていない。

「ああ……今、奥の寝室で、魔導医に見てもらっているところだ」

イサックの言葉にヴァレリーはベッドで診察されている美月の様子を確認し、ホッとしたように息をついた。

「つい先ほど魔導士ギルドから返事があって、エルラーン司祭の居場所がわかった……」

「……マリナラにいたのか？」

イサックの問いにヴァレリーは小さく頷く。

「たぶん。現在の所在地は不明だという返信だったんだが、その後マルーン領内にいる可能性が高いと教会内部からのリークが来たところだった……もう少し早く情報が掴めていれば……」

ではやはり、あの男はあそこにいたのだ。

「一応、城に戻ってきてすぐ、城内の警備兵の一部を、教会と領外に出ていく者の探索をするために回したが……」

イサックはぐしゃりと髪を掻き上げながら、毎回、後手に回っている自分の対応に悔しさ交じりの息を吐き出す。

「……だがここまで周到に用意をしているなら、尻尾は掴ませないだろうな……」

シェラハン司教が起こした『鍵選び』の儀式の一件といい、教会組織はどこまでかかわっているのだろうか。そしてエルラーン司祭は何を望んでいるのか。果たして彼の行動は独断専行なのだろうか。それともシェラハンの事件と関係があるのか。そもそも教会組織としての行動なのだろうか……。

「騎士殿、言うまでもないが……エルラーン司祭に関しては、『その可能性がある』とこちら側が思っているだけで、証拠は何一つ残ってない」

淡々としたヴァレリーの言葉にイサックははっと息を吐き出した。つまり現時点でマルーン領外に逃げられれば、あの男を拘束することは叶わないということだ。

「あの……よろしいでしょうか？」

会話が一段落したのを見計らって、魔導医はこちらに足を運んできた。美月はそのことにも気づかないほど、ぼうっとした顔をしてベッドに座り込んでいる。

「美月様は、軽い鎮静効果のある魔導薬を処方されたようですが、それ以外は特に気になる点はありません。今、解毒剤を飲んでいただいたので、特に後遺症などもなく、じきに元の状態に戻るでしょう」

イサックは魔導医の言葉にほっと安堵の息をもらした。だがその直後。

「あのさ、イサック、今、いいかな……」

アルフェが、一足遅れて美月の部屋に顔を出す。

「……何かあったのか？　とりあえず美月の方は大丈夫だ。今、解毒剤を処方されて、少し休めば特に後遺症なども残らないだろうとのことだ」

そう告げたのにもかかわらず、アルフェの顔はこわばったままだ。

「そうか、それはよかった。でさ……」

言いかけて口ごもる様子に、イサックは侍女に美月を預けると、じっくりと話を聞くために次の間にアルフェとヴァレリーを誘った。


「……何か言いにくい話か？」

椅子に座り、全員に茶が振る舞われたあと、それでも話し始めようとしないアルフェにイサックは続きを促す。とにかく美月が無事自分の手元にいることに感謝するばかりだ。これ以上何が起きてももう驚かない。

朝の騒ぎが一段落し、太陽はいつもと同じように正午をめざして、日差しを強めていく。明るい光が室内に差し込んでいるのに、アルフェの表情は暗く憂鬱そうだった。

「あのさ、気のせいだったらいいんだけど……美月の手首にあったたっていう発疹。あれとすっごく似ている奴がさ、薄いんだけど、ロザリアにも一つだけ、あることにさっき気づいて……。たぶん、昨日はなかったと思うんだけど」

アルフェの言葉にふたりの顔色が曇る。

「……アレは、伝染する病なのか？」

「まあ稀にうつることもあるらしいが……だが、よほど条件が整わないと。いや、そもそもあのふたりが近距離で接触なんて……」

イサックの問いにヴァレリーも戸惑う表情で答えた。

「いや。美月とロザリアの接触、あったんだよ。一回だけ、美月がまだ病気のことがはっきりする前に、ロザリアが話をしに美月の部屋に行ったことがあったんだって。そうしたら美月に手を握られて至近距離で会話をするような状態になったみたいで」

「ああ。直接、術式の発疹に触れれば、接触した人間にうつることはあるかもしれないな」

ヴァレリーの言葉にイサックは顔を顰める。

「……ってことはうつった可能性はあるってことだよね。……でさ、どうしよう？　治療とかしないといけないんだよね」

アルフェが少し焦ったように大きな声を上げた瞬間。

「……あの。それって……。私が……ロザリアさんに病気をうつしちゃったってことですか？」

怯えるような女性の声が聞こえて全員ハッとそちらの方に視線を向ける。

「……美月」

隣の部屋との扉口に立っていたのは、先ほどより意識がしっかりとした様子の美月だった。聞かれたくない話を聞かれてしまった自身の迂闊さにイサックは唇を噛む。

「あの、確かに一度、ロザリアさんが私の部屋に来てくれて、少しお話したことがあったんです。その時私、ちょっと興奮してて、彼女の手を掴んで自分の方に引き寄せちゃったんです……」

美月はどこかふわふわとした、ふらつくような足取りで部屋に入ってくる。アルフェは咄嗟に立ち上がり、彼女の手を引いて自分の隣に座らせた。

「美月、大丈夫？」

アルフェが彼女の顔を覗き込んで尋ねると、彼女はしっかりと頷く。それから視線を上げて、向かいに座るイサックとヴァレリーを見つめた。

「……私は大丈夫です……。あの……ロザリアさんの病気を治すためには、この間みたいに……分館の書庫を開けないといけないんですよね、きっと」

微かに震える声で話し始めた美月は、それでもきっぱりとした視線をイサックと魔導士に向けた。

「……ああ、メイデスティグは書庫の魔導書を使用しなければ完全に取り除けない」

魔導士は頷きながら淡々と事実を伝えた。だがそれが意味することとは……。

「で……お前はどうしたい？　俺達はお前にだけ、負担をかけるわけにはいかないと考えているが」

魔導士の言葉に美月は少し緊張した面持ちで考え込む。イサックは突然の話の展開に言葉を無くしたまま、目の前の大事な女性を見つめていた。

「あの……私。まずはイサックさんとちゃんとお話をしたいです。さっきイサックさんもそう言ってくださいましたよね？」

美月がまっすぐイサックを見つめ返す。真摯な表情は彼に出会った頃の美月を思い出させた。懐かしい気持ちでイサックは彼女の視線を真正面から受け止める。

「ああ、俺もお前ときちんと話がしたい……」

ふたりが見つめ合ってそう話すのを聞いて、唇に笑みを刻んだアルフェは、立ち上がりざま、美月の頭を撫でる。

「それが一番いいと思うよ。僕達はロザリアの相手をしているからさ。ヴァレリー、ロザリアの様子を診てあげて」

「ああ、薄い発疹が一つ出ただけならば、発病したばかりだろう。しばらく猶予はあるはずだ。だからまずは、ふたりでしっかりと話し合えばいい」

アルフェに従うようにヴァレリーも立ち上がり、ふたりは連れ立って部屋から出て行ったのだった。

＊　　＊　　＊

「……あの、私のこと、助けに来てくれてありがとうございます」

美月は目の前の人を見上げながら、まず礼を言った。すると彼は複雑そうな顔をして首を横に振る。

「……いや、俺の方こそ、最初からきちんと美月と話をしていたら、状況の異常さにも気づけたんだろうと思う。本当にすまなかった……」

そう言うと美月の前でイサックは深々と頭を下げる。

「私も今日、迷惑かけちゃったので……」

「いや。だがお前が連れ去られる前に間に合って本当に良かった。だがいったい何があったんだ？」

イサックの言葉に美月は迷いながらも、夢の中で教会へと誘う司祭の夢を毎夜見ていたことを話した。そして今朝目覚めた時には、教会に行くことを決めていたことも。

「でも自分で決めたはずなんですけど、みんなから隠れてひとりで行かないといけないって思い込んでいたりとか、落ち着いて考えてみるといろいろおかしくて……」

美月の言葉にイサックは紫色の瞳を煙るように細めた。

「もしかすると、この間教会に行った時に、既に暗示をかけられていたのかもしれない。結局、お前の応対をしたという司祭の容姿は、未だに思い出せないのだろう？」

今日はできるだけ美月を怯えさせないようにと彼は配慮してくれているのか、常に柔らかい表情を浮かべてくれているため、美月は素直に頷くことができた。

「はい、そうなんです。実際に目の前にいて、ちゃんと話をしたはずなのに、全然思い出せなくて……」

「そうか、俺達も例の病気のせいで、お前が何かしらの暗示を受けている可能性についてまで、気が回ってなかった。……すまなかったな。あとでヴァレリーに、今、美月の中にそういったものの影響が残ってないか調べてもらおう」

彼の話に美月はほっとして安堵の息をつく。もう自分の記憶の喪失に振り回されるのはこりごりだ。今だって目の前の人との過去を失ったままなのだ。

「はい、お願いします」

美月が頷くと、イサックはゆっくりと息を吐き出し、それからおもむろに本題に移った。

「さて。あの日のことをお前に話さないといけないだろうな。だが——その前に俺はお前に伝えておきたいことがあるんだ」

「はい……」

「俺はお前が『錠前』だからとかそんなことは関係なく、お前自身が好きだ。誰よりもお前だけを愛してる」

まっすぐ自分を見つめ、真摯な顔で告白されて美月は目を瞬かせた。

「あっ……あの、ありがとうございます」

熱烈な愛情表現に、じわっと頬に熱がこみあげてくる。

（あんな風に無理矢理嫌なことをされて……すごく怒っていたはずだったのに、そんなことを言われるとどうしたらいいのか……困る）

なんだろう、この面映ゆい感じは……。しかし彼は甘い言葉の後、表情をこわばらせて続きの言葉を告げた。

「そしてこの間のことは、お前の意思を無視して本当に申し訳なかったと思う。いくら謝っても許されることではないのもわかっている。だが俺には謝ることしかできないから……。もう一度改めて謝る。本当にすまなかった」

そこまでいうと、彼女の前で彼は床にひざまずいて、美月の視線より低い位置から、深々と頭が床につきそうになるほどまで下げて詫びた。

「え……、あの。えっと……」

彼はズルい。そんな表情で、こんな風に謝られたら、怒りを持続しにくくなる。そう思いながら美月は彼の手を取って顔を上げさせた。

「あの……謝罪は受けました。だけど、私、本当にあの時は怖かったですし、悔しかったんです。だからそんなに簡単には許せません。せめて何があって、どうして、ああいう方法を取ったのか、全部説明してください」

今ロザリアがメイデスティグに罹患しているのなら、絶対に治療をしなければいけない。美月を治したあの魔導書を使用するためには、書庫を開けるより方法がないのだ。彼に強要されなくても、儀式も行わないといけないと美月は思っている。そうするためには最終的に自分はこの人を許さざるを得なくなるだろう。硬い表情のまま美月は告げた。

「もちろん……全部説明する。俺のみっともない矮小な想いもすべて、お前が納得するまで話すつもりだ」

そう言うと彼は瞳を一瞬閉じた。その表情に何か覚悟のようなものが見えて、美月はドキリとする。彼の中に隠されている想いは果たしてどんなものなのか、自分をより不安にするものでないことを密かに祈ってしまっていた。

彼の話はマルーン城に着いてからの話になる。

「……そんなわけで、ロザリアは、従姉妹で俺の名義上の婚約者であるシルヴィアに対しての思い入れが強かったせいで、かなりお前に辛く当たっていたようだ。そして俺自身は妹のことより、家長である父親の態度を軟化させることばかりに注意が向かっていて、結果としてお前の気持ちを十分汲み取ることができなかった。しかも焦って儀式に臨んでしまったせいで、追い詰められたお前は途中で気を失い、儀式を続行できない状態になった。その後、目覚めたときにはイスヴァーンに来てからの記憶をなくし、『鍵選び』の儀式のことも、俺との関係も忘れてしまっていた」

「……そう、だったんですね……」

きっとイサックのことが好きであればあるほど、家族に反対されていることも、別の婚約者がいたことも辛かっただろうと思う。その上、物理的なすれ違いも増えれば、きっと誰も頼ることのできない異世界で、精神的に不安定にもなったことだろう。それに自分の性格を考えると、そのしんどさを素直にイサックに告げることもできずに、ひとりで悶々と抱え込んでいたのだろうと想像がついた。

「お前が失っているのはこちらに来てから、二カ月弱の短い期間の記憶だ。俺にとっても、たぶんお前にとっても大切な思い出だとは思う。だが、それがたとえ永遠に失われたとしても、俺がお前を大事に思う気持ちも愛情も変わらない。お前が忘れてしまったとしても、俺の中ではお前への想いは途切れることなく続いているからな」

そこまでいうと、彼は切なそうな笑みを浮かべた。

「だからお前は、記憶を取り戻そうとして焦らなくてもいい。このあとの話にもつながるが、お前が忘れても、俺がちゃんと覚えているから……」

穏やかに話す彼の言葉を聞いて、美月は小さく頷く。正直、無理に記憶を取り戻さなくてもいい、と言われてほっとしたのかもしれない。自分にはどうしようもないことだけれど、ちゃんと思い出さないと彼に申し訳ない、という気持ちをずっと美月は持っていたからだ。

「……それで。この間の話だ」

彼はそう言うと、唇を噛みしめた。彼の様子の変化に、美月も身構えてしまう。たぶん、一番聞かなければいけないことで、彼女が一番聞きたくない話だ。

「あの日、美月の手首に特徴的な発疹を見つけたのは、ヴァレリーだ。左手首の内側に十字の赤い発疹がいくつか点在していたことは覚えているか？」

彼の問いに美月は小さく頷く。

「発疹は体の中で、術式が成立した時に発生する。メイデスティグの術式には人の記憶を消失させる効力があるそうだ。術式を埋め込まれると、それが脳内に広がり、宿主は徐々に記憶が欠けて、最後には何も覚えていられなくなる。罹患したのであれば、すぐにでも術式を除去しなければいけなかったのだが、間の悪いことに、あの時お前は記憶に関してとても神経質になっていた」

だからイサックは病のことを、美月には告げられないと判断したと言う。

「そもそもその時点で、メイデスティグかどうか確かではなかったしな。それに分館の書庫に術式の反呪《はんまじな》いがある確率は高かったが、治療できることが確約できる状況でもなかった。しかももう一度、分館での儀式に失敗すれば、術式と関係なく、美月自身の記憶に悪い影響があるかもしれない」

美月は、あの時の自分の精神状態を思い出して、彼の言葉に頷かざるを得なかった。

「だったらもっとシンプルに、条件のクリアだけを第一に考えようと思ったんだ」

そしてイサックは図書館の『鍵』を開けるための条件、つまり『錠前』が『鍵』をその体に受け入れること。受け入れた状態で『錠前』が絶頂に達すること。この二つの達成だけを最優先したのだと説明した。事情を話して儀式を行うことになれば、病のこと、自分との関係、異世界での記憶喪失、そして儀式のこと、様々な恐れと緊張を美月は抱えて儀式を行うことになっただろう。だがそんな精神的に不安定な状態で儀式を行う場合のリスクは大きい。だから、逆にイサックが一方的に儀式を強行することで、美月が余計なことを考える余地を失くそうと思ったのだと言う。

「俺の思い付きは最良ではなかったが、美月が記憶障害の自覚症状があるようだとケイトから報告を受けていたからな。悠長に立ち止まって考えている暇はなかった……」

イサックの言葉に美月は深いため息をつく。

彼の言っていることもやったことも理屈は理解できた。同じ状況に置かれたら自分も、相手に憎まれたとしても、大事な人のために儀式を強行したかもしれない。

「……だが、それは体《てい》の良い言い訳にすぎない」

一瞬納得しかけたところに、それを覆すような言い方をされて、美月は目の前の人を見返してしまった。

「……言い訳ってどういうことですか？」

「ああ。いや、強硬に儀式に至った経緯はもちろんその通りだ。『錠前』を開けるだけなら、美月が感じるような方法を取れば、強制的に抱いたとしてもたぶん、絶頂に達せることは可能だろうと考えていた。そして『錠前』が開き、儀式のやり直しが完了すれば、美月の記憶が戻るのではないかという期待もあった。だが……結果として記憶は戻らなかった」

意思の強い紫色の瞳が微かに揺らぐ。

「しかも美月の心をおざなりにして、無理矢理体を奪ったせいで、お前にキスすら受け入れてもらえなくて、俺は勝手に傷ついた。じゃあ物理的に体だけでも屈服させてやるとばかりに、一度お前が達して、書庫が開いた後も、好き放題に抱いた。お前を欲しいと思う気持ちのまま、何度も俺が満足いくまでお前を貪った」

一番謝りたかったのは、そのことだ。と彼は言ってぐっと唇を引き結ぶ。美月は彼になんと言葉を返していいのか迷っていた。ふと手を見ると、爪で手が傷つくのではないかというほどきつく拳を握りしめ、かすかに震えているように見えた。

「……自分で勝手に決めたのに、イサックさんは傷ついたんですか？」

傷つけられたのは自分の方だ。なのになんで好き勝手に奪った側の彼が傷ついているの？　責めると、彼は小さく吐息を漏らした。ぐしゃりと自らの髪を握ると前髪がバラリと彼の目の上に落ちてくる。深い悔いが伝わるように彼の声は苦しげに掠れている。

「体だけ奪っても、何の悦びもなかった。心が手に入らなければ、しょせん何度抱いても空しいだけで……お前を苦しめることにしかならなかったことに、そうしかできなかった自分に失望して勝手に傷ついた」

「…………」

彼はじっと美月の瞳を見つめて、それから泣き笑いのような表情を浮かべた。

「俺は今までと同じようにお前を愛したい。一方通行な想いかもしれない。それでも美月の身も心もすべて欲しい。そのためなら、何度でも言葉で想いを伝えるし、許してもらえるように何度でも謝る。お前がお前であることを失わずに、お前のまま俺を望んでほしい。もしそれが不可能であれば……」

そこまで言いかけて、彼は言葉を失くす。

「……不可能であれば、私を諦めますか？」

どこまでも残酷な言葉が美月の唇から零れてくる。思った以上に彼に傷つけられたと思っている自分に気づかされた。でも、今きちんと伝えておく方がいい。

「……たぶん、無理だろうな」

美月の鋭い問いかけに、彼は自嘲を浮かべる。だが瞳の色はどこか凪いでいた。

「まあその時は勝手に美月に片恋でもしておくか。あの儀式の時、お前の『鍵』候補でなかった時点で覚悟はしていたしな」

開き直ったのか、彼はどこか明るさを取り戻した笑みを唇の端に刻む。そんな彼を見ていると、美月はアルフェに教えてもらった、『鍵選び』の儀式の経緯を思い出していた。アルフェ王子とイサックの名前が差し替えられたまま行われた儀式の中で、『鍵』候補の中に名前のなかったイサックを、美月は自分の想いを信じて選んだのだという。そしてその直後、陰謀の発覚によって、美月の選択の方が正しかったことがわかったのだという。

『美月の想いも、イサックの想いも、それだけ強かったんだと思うよ。きっと譲れない想いは記憶を失っていても、美月の心の中に根付いているから。だから自分の気持ちを信じて……』

アルフェの言葉がゆっくりと胸に浸透していく。でもこじれてしまった気持ちは、どうやって彼を信じていいのか思い出させてはくれない。焦燥感と不安がぐるぐると渦を巻いて、呼吸を乱させる。涙が零れ落ちそうになって、慌てて視線を下に落として涙をこらえた。瞬間、彼の手が小さく動きかけたけれども、自らその手を握りしめ、動きを抑え込んだ様子に気づいてしまう。

「美月……」

その声に視線を上げると、瞬きした瞬間、堪えていた涙が、はらりと零れ落ちた。濡れた瞳で見つめると、互いの視線が交じり合う。彼はためらいがちに指先を伸ばし、美月の瞳に怯えが走らないのを確認してそっと涙を拭う。

「泣かせてしまった。すまない……」

「貴方のせいじゃないの。ただ混乱してて……」

咄嗟に首を左右に振ると、彼は穏やかな表情を浮かべた。急に泣いてしまったことを誤魔化すように笑むと、彼もそれに合わせて瞳を細める。彼の笑みはなんだか美月を酷く安心させてくれた。普段は釣り気味の鋭い瞳のせいで、怖い人に見える。けれど、ふと笑みを浮かべると表情が一変して、甘く変わる。そのたびに妙に気持ちが浮き立ってドキドキしてしまうのはどうしてなんだろうか。

今だって……この人が怖いくせに。

「……美月」

深くて柔らかい声。その声で自分の名を呼ばれるとやっぱり胸が高鳴るのは、どうやら気のせいではないようで……。

「お前が不安そうな顔をしていると、つい慰めたくなる。嫌がることは決してしないから、頭だけ撫でてやっても構わないか？」

「え？　……ぅあ、は、はい。どうぞ……」

思わず緊張で声がひっくりかえってしまった。それでも彼の言葉に同意すると、彼は美月の隣に座り直し、そっと美月の頭を抱えるようにして、ゆるゆると頭を撫で、髪を梳く。

「ん……」

この優しい緑の香りはどこから来るのだろう。彼の腕の中にいるとなんだかすごく落ち着く。美月を怯えさせないように、慎重にゆるゆると撫でる大きな手はうっとりするほど気持ちいい。

この間は理不尽に儀式を強行されて、彼のことを怖いと思っていた。なのにこの間の額へのキスといい、こうやって美月の意思を確認しながら触れられることには、まったく怖さを感じないみたいだ。美月は気づけば瞳を閉じて、彼の胸にそっと頭をもたれかけさせて、優しい指先に散々甘やかされた。

「……少しは、落ち着いたか？」

どのくらいそうやって髪を撫でてもらっていただろうか。耳元で話しかけられ、ゾクリとして思わず体が跳ねそうになる。ダメだ、この声を体は覚えていて、あの日のことを思い出させる。全身は再びゾワゾワと疼くような熱を帯びる。

「はっ……はい。大丈夫です」

ぱっと顔を上げた美月を腕から解放して、イサックは笑みを浮かべたまま、美月と向かい合う。

美月は彼の手からの開放を酷く寂しく感じてしまっていた。だから少しだけ近づいて、そっと広い胸に額を押し付ける。誘うように瞳を閉じたのは、意思とは関係なく体がそうさせたのかもしれない。

「……こら、そんな風に隙を見せられると、ここに唇で触れたくなる」

苦笑交じりの言葉を発しながら、彼は美月の頤に指をかけ、親指で唇の端に触れる。ドキンドキンと高鳴る心臓がうるさいくらいに存在を主張する。

「……もちろん、お前が嫌がることはもう二度としない」

逃げ出さない美月の下唇をゆるゆると指先で辿る。それはくすぐったくて、どこか心地よくて、胸が張り裂けそうなくらい切なくて。

「……それでも、俺は美月にキスがしたい。触れても、構わないか？」

キスをしたいとねだり、慎重に尋ねた彼に思わず唇が緩む。

「……嫌だったらもう逃げてます」

何故か逃れる気にはなれなくて、小さな声で答えると、彼は美月を抱きしめていた手をそっと放す。ホールドアップした時のように両手を軽く上にあげた。逃げたければいつでも逃げていい、と意思を表してくれたらしい。思わず美月は小さく笑ってしまう。その状態で互いに見つめ合った。

「美月……俺はお前が好きだ」

それでも逃げない美月を見て、イサックはそっと彼女の頬を撫でる。ゆっくりと彼の気配が近づく。

「美月が思っている以上に……俺は出会った時からずっとお前に魅了され続けている。お前のすべてを欲している。お前を……愛している」

甘い言葉を降るように告げて、それから優しく唇が寄せられた。触れた瞬間、全身がかぁっと発火したように熱くなり、抑えきれない感情に涙が零れてくる。頬を撫でていた彼の指は雫を捉え、慌てて彼は美月から身を離そうとする。

「……違うの」

怯えているわけじゃない。怖いわけでもない……。

「……たぶん、キスされて嬉しかったの……」

身を離そうとした彼の手を捉えて、ぎゅっと指先を握りしめると、彼が微かにぴくんと震える。そんな様子も切なく胸を締め付けた。キスをした瞬間にわかってしまう。

（あぁ私……記憶を失っていても、この人が好きなんだ……）

この間のことは、愛情なく彼に抱かれたことが一番悲しかったのだ。でもきっとあの時だって彼は美月のことを思って、愛そうとしてくれていたんだとわかった。ただ、美月自身がそれを受け入れられなかっただけだ。やっぱり……彼は不器用で、それ以上に自分が意地っ張りで。だけどそれでこんな風に苦しい思いをするのはもう嫌だ。

「だから……もう一度、確かめてもいい？」

ぽろぽろと涙を零しながら甘えるように美月が尋ねると、イサックは目元を柔和に細め、たまらないほど優しい視線を降らせる。そっと美月の涙を拭いながら微笑んだ。

「ああもちろん。……お前が望むなら何度でも」

第十章
『鍵回し』の儀式に一番必要なこと

「足元は大丈夫か？」

イサックに連れられて美月はもう一度、分館のある洞窟に向かっていた。あのあと、彼と話し合って、ロザリアが発症したかもしれない病のために、儀式に挑戦してみようという話になったのだ。

（正直……こんな急展開でいいのかどうかわからないけれど……）

イサックはきちんと美月の想いを理解してくれて、嫌がることは決してしないこと。たくさん甘やかして、美月が少しでも幸せな気持ちで儀式を受けられるように努力をすると言ってくれた。

それに……。

（あんなキスとか……ズルい）

美月が彼への気持ちを確認したいと言ってお願いした二度目のキスは、腰が抜けて立っていられなくなるほど、気持ちの良いキスだった。困って彼に縋りつく美月を見て、イサックは嬉しそうに笑っていた。

「美月と出会って、触れてもいい立場になってからは、お前をどうやって心身ともに篭絡《ろうらく》させるか必死だったからな……」

どうやら記憶がなくても有効な程度には、上手に篭絡できていたようだ、そう言って悪戯っぽく笑うイサックは、やっぱり美月が見たことのない彼で。だけどキラキラと輝くアメジストのような瞳も美月の視線を惹きつけてやまない。

「ここで、メイデンに儀式の部屋を開けて欲しいと頼んでもらいたい」

手をつなぎ、儀式の部屋の前に立った美月に、イサックはそう声をかける。図書館と『錠前』は深く結びついて、心で会話ができるらしい。とりあえず今は、儀式をするというのは……そういうことを彼とするのだ、ということは考えないようにする。

(お願い、儀式の部屋の鍵を開けて)

美月が胸に手を置いて、扉の前で祈るように告げると、冷たい声が頭の中に直接聞こえた。

──あんなに拒否していたのに、もう一度その男を受け入れるつもりですか?

美月の決意をくじくような意地の悪い言葉。しかし美月は傍らに立つ男性の手をぎゅっと握り、今度は言葉にして話し掛けた。

「私、この人を信じてみたいんです。きっと記憶を失くす前、私にとってとても大事な人だったのだと思うんです。あんなことがあっても、それでも今も……信じてみたい人なんです」

ふと傍らの人を見上げると視線が交わる。イサックの瞳は優しい夜明け色をしている。

──一度裏切られてまた信じて、再び裏切られた時に、人は絶望するのですよ。それでもその男を信じるのですか？　あんな非道なことを平然とする人間なのに。

冷たい声は美月の心を折るように言葉を紡ぐ。

（それでも……信頼して心を預けないと、人は交わることはできないから。私はもっと……この人のことを知りたい）

美月の胸に深いため息が響く。それはきっとこの図書館が落としている嘆息だ。

――仕方ないですね。請われたら図書館は拒否することはできません。でしたら好きにしたらよろしいかと……。

返答と同時に美月がそっと儀式の部屋の扉を押すと、扉は室内に向かってすぅっと開く。そして見えたのはあの見事な景色だ。

「…………」

部屋に入った瞬間、思わず足を止めると、イサックが美月を抱きとめる。

「何度来ても……見慣れない光景」

そっと抱きしめられた美月は、それにびっくりするより目の前の光景に圧倒されてしまう。もしかしたらここの光景も、分館の試練の一つなのかもしれない。この光景を見ると、いやでも人としての小ささを改めて感じさせられてしまう。

「そうだな……」

この景色を作り上げるのにはいったいどれだけの時間がかかっているのだろうか。美しいリムストーンプールの棚田に溜まるのは温かな湯だ。

「どうする？　一応風呂に浸かることもできるが……」

美月は思わず返す言葉を失う。いや、わかっている。何をするためにここに来たのかも……。

（でも、ロザリアさんのために書庫の扉を開けるって、私、決めたんだから）

美月は部屋の中へと歩いて行くと、中央にある大きなベッドのようなものに、ポスンと座ってみる。

「あれ、これウォーターベッドみたい……」

青白い景色のなかで違和感がないのは、ベッドの材質が青いジェルを固めたような素材でできているからだと、改めて気づく。

「イサックさん、こんなベッド、この世界にはよくあるんですか？」

不思議な感触だが仄かに温かくて横になったら気持ちよさそうだ。手のひらでぎゅっぎゅっと押してみる。そんな美月の隣にイサックが腰かける。同じように手のひらでベッドを押してみて、何故か小さく笑みを零した。

「いや一般的ではないが……まあメイデンがこの景色に合うように作ったんだろうな……」

と真面目に答えた直後、イサックは堪えきれないように、くくっと笑い声を漏らした。

「…………」

突然の変化に驚いて視線を上げると、彼は愉快そうに瞳を細め、まだ笑い続けている。楽しそうな笑顔を見ているだけで、何だか気持ちが浮きたってしまう自分はちょっとおかしいかもしれない。

「ああ……悪い。いやこんな状況でもお前は好奇心が強いんだな、と思ったらなんだかおかしくて」

「こんな状況……」

はっと気づいた時には、ベッドに隣り合わせに腰かけて、至近距離に彼がいた。

「……まったく迂闊で、本当にお前は可愛い」

怖い人のはずなのに、目尻を下げて幸せそうに甘い言葉を告げて。

「……俺はそんな美月が、ずっと愛おしくてたまらん」

こんなのズルい。普段怖い人が溶けそうな顔をして、優しく頬を撫でる。少しだけ顔を傾げて、唇の形だけで、『キスしてもいいか』と尋ねる。

頬を捉えられてもう視線すら外すことができない。許されることは瞳を閉じるくらいのことだ。

「んっ……」

この場合瞳を閉じるのは、彼の願いを承認したということになる。引き寄せられ、腕の中に搦め取られると、自然と体の力が抜けてしまう。美月の様子を窺うように、啄む優しいキスが繰り返される。ドキドキする鼓動が高まると共に、自然と彼に体を預けていた。下唇が食まれ、舌先が自分の口内に触れる。思わず手に力がこもると、慰めるように大きな手が包んだ。

「……愛してる……」

本当にこの人はズルい。というか、自分のことをよくわかっている、と美月は思う。ほんのちょっとでも理性が抗いそうになると、蜜を注ぐみたいに甘い言葉を降らせて、低くて深い声音が心地よくて……。

「んぁっ……はぁ……あ」

気づけば口内まで彼の甘い舌が侵入してくる。ザラリとした舌が美月のそれを丹念に刺激して、自然と口を開いてそれを受け入れていた。

コクリと甘い雫を嚥下すると、よくできたと褒めるかのようにそっと頬に指先が触れる。飲み込み切れなかった雫を掬い、彼は唇の端から指を滑らせて、下唇を撫でていく。その感覚が酷く官能的で、ぞくぞくと背すじに欲望がこみ上げる。最後にちゅ、と軽くキスを落として唇が離れる。ほんの数ミリ離れただけで、こんなに近くにいるのに、また……寂しく感じてしまう。

「……もうこのままお前が欲しい。触れても構わないか？」

鼻先を触れ合わせてされる、至近距離でのおねだりは甘くてどこか淫靡だ。もう嫌と言えない美月は、小さく頷くことしかできない。

「服も……もういらないな」

くくっと笑って囁かれた瞬間、そこだけは了承を待たずに勝手に服が取り去られる。

「え、あの……」

慌てて体を隠そうとする美月に、イサックはベッドに掛けられていた布を手に取り、手渡してくれる。それは景色に溶け込みそうな青い光沢のある布で、絹のような艶やかな手触りが肌にするりと馴染む。

「恥ずかしければ、とりあえずはそれを巻いていたらいい」

急いで布を体に巻き付ける美月が面白かったのか、彼はまた小さく笑う。とりあえず、という言葉に引っかかりを感じなくはないけれど。それよりなにより、目の前の人まで裸で、どうしたらい

いのかわからなくなって咄嗟に視線を逸らす。

「あの……その腕」

瞬間目に入ってきたのは、この間も気になった左の二の腕にあった真新しい傷。

「ああ、そうか、これも覚えてないのか。いや……なんでもない。気にするな」

刹那、『身を挺して美月様を守り、代わりに、怪我を負われた』というケイトの言葉と、ロザリアの『お兄様のあの傷を見せてもらったらいいわよ』という言葉が、記憶の表層に上がってくる。

「あの、傷のこと。何があったんですか？　教えて欲しいんです」

そっと彼の逞しい腕に触れて、まだ白い傷跡を触る。それは獣か何かに噛まれた跡に見える。彼は美月の指先に視線を落とし、くすぐったそうに肩を竦めた。

「いや、お前がロザリアのために好物のクラッカの実を山に取りに行って、足を怪我して帰れなくなったことがあったんだ。それで帰ってくるのが遅いのを心配して俺が迎えに行ったんだが、その時、野犬に襲われて……」

情けないな、と言って彼は笑う。けれど、ケイトとロザリアの言ったことを合わせて考えれば、それは美月のために負った怪我なのだ。

「……ごめんな……さい。もう痛くはないですか？」

そっと傷を撫でると、彼は小さく笑う。

「ああとっくに治っているからな。なんで謝る？」

「だって、私を庇って負った傷なんですよね？」

美月の言葉に彼は緩く目を開く。

「いえ、記憶が戻ったわけじゃないんです。でも、そう聞いたから……」

彼はなんでもないような言い方をしたけれど、美月のことを大切に思っていたからこそ、自分の身を犠牲にしてくれたのだ。きっと体は彼に愛されていることを覚えている。記憶を失っていても、体はイサックのことを忘れていない。今だって優しい言葉を囁かれてするキスは、天国のように心地よいのだから。

「私を守ってくれたんですよね……ありがとうございます」

そう言うと、イサックは照れたような笑みを浮かべた。

「……お前のことを一生守り続ける、と『鍵』になると決めた日に、自分に誓ったからな」

そのくせ、この間はお前の心を傷つけた。すまなかった、と彼は再び謝った。謝罪の言葉に、美月は咄嗟に首を左右に振って否定する。抗ったけれど、すべてが終わった後、体には幸せな充実感が残っていたから、ちゃんと愛してくれたことを心のどこかでわかっていたのだとようやく気づいた……。

「……今日は……心ごと、愛してくれるんですよね？」

自然と零れた自身の言葉に美月は思わず息を呑む。それは彼も同様だったようだが、彼は美月の言葉に複雑そうな自嘲を漏らした。

「……ああ、この間思い知らされた。心ごと愛さなければ空しいだけだ……。記憶のないお前にとっては、身勝手な想いが重たいかもしれないが、俺はどうやらそういう愛し方しかできないらしい」

そっと唇が額に落ちてくる。

「美月が俺の記憶を失くしていても、俺にとって愛おしい女はお前ひとりだ」

優しく降ってくる言葉と共に、再び唇が触れ合い、気づけばベッドに寝かされていた。美月は彼の腕の中で、二の腕にそっと指先を走らせる。彼が自分のために負ってくれた傷跡がそこにあることを美月は確認して、彼の想いを指で辿り、瞳を閉じる。

傷跡に触れると、自分の記憶にはないのに、確かにこの人に愛されているのだと実感できる気がした。優しいキスが、その後押しをする。きっと以前の自分はこうやって彼に幾夜も愛されてきたのだ。だから体だけでもあんなに感じてしまうようになっていたのだと。

「はい……」

なんだか泣きたいような不思議な気持ちがした。体はもう彼に靡いている。それに心も彼を欲しがっている気がする。だけど今、自分には彼との記憶がないから、あまり良く知らない人に触れられることに対して、理性が違和感を覚えてしまう。自分の中で、体と心と理性がバラバラになっているのだ。だったら……いっそのことバラバラな自分を、彼に一緒に愛してもらえたら……何かが変わりそうな気がした。

「大丈夫です、もう、怖く……ないから」

本当は、もっと触れて欲しい。もっと傍に近づきたい。確かめたい。そんな想いの代わりに言葉を紡ぎ、潤んだ瞳で見上げる。

「……今のお前は、出会った頃の美月みたいだな」

彼は優しく美月を抱きしめた。

「本当は俺を怖がっているくせに、躊躇いながらも寄り添う感じが……今も前も、たまらなく愛おしい……」

耐えかねたように囁いた甘い言葉が彼の本心だというように、じわりと彼の耳元が赤く染まる。

そっとその耳に指を伸ばすと、逆に手を取られてしまった。

「さあ……儀式を始めるか？」

照れ隠しなんだろうか？　わざとそっけなく言われて、胸がキュンと震える。お風呂に入りそびれたと思いながらも、彼のアメジストのような瞳の魔力に摑まったみたいに動くことができない。

手首を捉えられて、顔の横で固定される。けれどそれは触れているだけで、いつでも美月がするりとのけられるほどの軽さだった。

「少しでも不安だったり、嫌だったりしたら言ってくれ。どんなに美月が可愛くても、今日はそこまでお前に溺れないように注意する」

囁きながら緩やかに首筋に唇を寄せられて、美月は吐息が零れそうで咄嗟に口を噤む。触れる唇も、指先もどうしようもないくらい心地よくて体が啼く。

「怖いことをしようとしているわけじゃない、お前を愛したいだけだから、呼吸ぐらい好きにしてくれ。ついでに言うなら、お前の甘い声は俺には褒美にしかならない」

つんと一瞬鼻を摘まれて、美月は、くはと慌てて口で呼吸をする。瞬間、鎖骨を啄まれ、力が抜けて鼻にかかったような艶めいた声が漏れた。

「可愛い声だ……もっと聞かせて欲しい」

恥ずかしくて涙が出そうだ。でもイサックの瞳が幸せそうに細められるから、嬉しくなってしまう。

頭で考えるより素直に感じよう。そう思うと自然と体から力が抜ける。怖がらせないように気遣ってくれているのだろう、触れるたびに優しい言葉が堕ちてくる。

「美月……本当に綺麗だ」

胸の頂を食まれて、背すじを反らして快楽を逃す。感じている姿を見つめられ、体の稜線を褒められて、照れてしまうような言葉の数々にも、なんだか素直にドキドキしてしまった。体のあちこちを啄まれ、触れられて、熱は全身に広がって行く。どこに触れられても気持ち良くて、これだけ甘やかされたら記憶がなくても好きになってしまうかもしれない。でももし彼への想いが確信できたら、もっと幸せだと感じるのだろう……。

(ちゃんと……記憶が戻ったらいいのに……)

今まで漠然としていた想いが、はっきりと自分の中で息づく感じがした。誰も知らない世界で彼と出会って恋に落ちて、選んではいけない彼を選ぶほどの強い想いが自分にはあったはずなのだ。きっとそれだけ思っていたからこそ、気持ちが伴っていなくても体はあんなに深い官能に捕らわれたのだろうから。

「イサック……さん？」

そっと指先を握りしめて囁く。

「……どうした？　大丈夫か？」

即座に気づいて、視線を合わせてくれる。ずっとこうやって彼は、自分に温かい想いを注いできてくれたんだろうと思う。だから。

「……私、思い出したい。イサックさんに出会って好きになって、恋をして、想いが通じ合って、こうやって触れ合っていた記憶って、絶対、私にとって大事なものだったと思うから」

そう言いながら自然と涙が零れる。涙を唇で拭って、彼もほんの少し湿った声で答えた。

「そうだな……俺もお前に思い出してもらえたら嬉しい」

彼の表情を確認しようとする前に、優しいキスが降ってくる。何度も唇を合わせて、舌を絡み合わせると、互いに指先をつなぎ合う。

「だが、傍にいることを許してもらえるなら、これからもたくさんの記憶を重ねることはできる。そうしてもいい、とお前が言ってくれるなら」

指先にキスを降らせて。再び美月を見つめる瞳は凪いだ水面のように穏やかな光を帯びる。

「だから何も考えなくていい。こんな俺でも信用してもいいと思ってくれたのなら、そのまま心ごと体を預けてくれたらいい。宝物のように大切に触れるから」

彼の指が美月の肌をなぞり、胸元から下腹部へとゆるゆると指先が堕ちていき、美月の唇から艶やかな喘ぎが零れる頃には……。

「……ああもう……こんなに」

蕩けるような彼の囁きと共に、開かれた体はくぷり、と淫らな水音を立てる。秘裂をなぞる指は周りの淵を滑っていく。

「……すぐにでも受け入れてもらえそうだ」

とろとろと溶ける蜜を指先に絡めて彼はゆっくりと指を沈めていった。

「痛くは……ないか？」

いっぱい恥ずかしいことをされてしまっているのに、感情が甘くなりすぎていて嫌だともいえない。それより、その先にある切なくざわめくものを確認したくて仕方ない。

「んぁっ……ぁあっ……そこ……いやぁ……」

第一関節ぐらいまでの浅い挿抜を繰り返されて、美月は震えながら彼の腕に縋りつく。

「……嫌なのか？　だったら今すぐやめる」

その言葉に慌てて首を横に振る。

「……じゃあ、嫌、と言う代わりに、いい、と言ってくれ」

喉の奥で絡んだ彼の笑い声はたまらなく色っぽい。セリフはちょっとだけ意地悪だ。彼のすべてが過不足なくて心地いい。

「あっ……いっ……いい……」

彼の指が美月の襞の入り口辺り、感じやすいところを執拗に責める。嫌の代わりに、いい、と言ってほしいとねだられ、素直に応じてしまう。

（だって……やだって言ったら……）

もうやめて欲しくない。あのすごく気持ちいいのが少し先に来ているから。

「いいの……もっとぉ……」

鼻にかかったような甘え声が漏れる。覚えた快楽を言葉にした瞬間、それはさらに強く引き出されていく。

「わかった……じゃあこっちも一緒に欲しいな？」

望んだだけ得られる快楽に、心を許したらあっと言う間に持っていかれてしまう。体はもうわかっていて、それを待ち望んでいる。

快楽を逃すために掴んでいた腕を離されて、体を大きく開かれる。淫らな姿勢を取らされて、咄嗟に理性で抗いそうになる体を心で抑え込む。彼はそんな美月を熱っぽく見つめると、抽送を繰り返す手と、秘所を開き上から押さえる手と、両方の手を使って刺激し始めた。感じやすい芽を剝かれ、親指と中指で摘まれ、ゆるゆると淡くねじるように圧迫される。同時に裏側辺りを差し込まれた指で擦られると一気に悦びが体を満たしていく。

「ぁっ……ぁあ、それっ……いっ……」

「美月、感じているんだな。本当に可愛い……」

登りつめていく表情を確認するように、顔を寄せた彼のうなじに美月は必死で手を絡める。

「美月……愛してる」

「ふぁっ……イイの……。イっちゃ……あぁあああぁぁ……」

出口を探していた悦びの感覚は彼の言葉で決壊し、一気に突き抜けていった。一瞬で訪れた白い感覚に揺蕩《たゆた》っていると彼がそっと額にキスを落とす。

「……お前の達する姿は何度見ても綺麗だな……」

瞳を細めて囁くイサックに切なさで胸が締め付けられる。……早く彼で埋め尽くされたい。

「お前のそんな顔を見ていたら、あっと言う間に限界が来そうだ。もうお前が欲しくてたまらない……」

ふっと唇の端を歪めて笑う表情が、今までの優しいものから、一気に獰猛さを帯びて、ゾクリとするほど艶っぽい。捕らわれて食い尽くされたいという淫らな欲を煽られる。どうしていいのかわからなくて、美月はそっと彼の体を抱き寄せた。

「……私も、もう限界なの」

うなじに腕を絡めて耳元に唇を寄せて囁くと、微かに彼が震えた。

「ずいぶんと色っぽい誘いかけをしてくれるんだな」

熱っぽく掠れたセクシーな声に、じわんと体が蜜で溶けていきそうな気がする。それに熱をあげたせいか、強まる彼の深緑の香りが心地よい。

「だって……素直になったら……全部、気持ちいいの……きっと……イサックさんが、私の体、こんな風にしたんでしょ？」

頭の中が半分ぐらい蕩けている。だから言葉がするすると、とめどなく溢れてしまう。どんなに甘えてもこの人は許してくれる。美月はすり、と額を寄せ、艶めいた色に燻る瞳を覗き込む。

「……この体、貴方にどうしてもらったら、もっと気持ち良くなるの？」

「っ……」

瞬間、彼の瞳が情欲の熱を帯びた。燃え盛る紫色の炎が揺らめく。

「……そんな風に煽られたら、今すぐお前が欲しくなる。このまま……抱いても構わないか？」

ドキンと心臓が高鳴る。だけど嫌だと言ったらきっと彼は美月の言葉を優先して抱いてくれないだろう。ドキドキして心臓が口から飛び出そうだ。それでも、ちゃんと……言わないと。

「はい……抱いて、ください……」

震える声で答え、彼を受け入れる決意をする。怖くはない。乱れてしまいそうな自分が不安だけど、それも彼は受け止めてくれるから。体は彼のことをちゃんと覚えている。この人は大好きな人だよって言っている。

彼は一瞬瞳を閉じて、熱を持った楔を、開かれて既に準備の整っている美月の蜜口に当てる。軽く当てられただけなのに、それを欲しがっているみたいに、お腹の奥がぐずぐずと疼く。彼は瞳を開き、美月と視線を合わせ、瞳に怯えが走らないことを確認しながら、ゆっくりと侵入してくる。

「あっ……ぁあっ……」

彼が、中に入ってくる。嬉しくて自然と歓喜の声が漏れた。受け入れる襞の一つ一つが、彼を包むように締まって行く。

「美月……少し緩めてくれ……」

ほんの少し困った声。

「……緩めるって……どうしたらいいの？」

だってイサックさんを感じていたい。美月の言葉に苦笑した彼は、そのままゆっくりと進み、美月の中にしっかりと収まると、ふたりして甘い吐息を漏らす。

「お前の中はたまらない。もう、動いても……いいか？」

なんだか一つ一つ聞かれるのも不思議な感じだ。でも嫌な想いをさせたくないと思ってくれているからだろうと思う。一つでも嫌だと言ったら、きっぱりとやめてしまうつもりなのだ。どこまで生真面目で融通の利かない人だろう。だけど……。

(記憶は戻らなくても、きっと私は何度でも、この人が好きになる)

予感は確信に変わる。

「んっ……ひぁっ……ぁっ……ぃいの……きもち……い、の」

ゆっくりと動き出した彼に、何度も繰り返し貫かれて、体の奥底から愉悦が引きずり出された。

「こすれて……きもちいっ……」

もっと、もっと深くにいいところがあるの。言葉を伝える代わりに美月は彼の足に自らの足を絡める。びっくりするくらい今、淫らなことばかりしている。この間あんなに彼を拒否したくせに、今はこんなに感じて好《よ》くなってしまっている。

「もっと……奥……ほしっ……」

彼の責めはきっと普段より緩やかだ。美月のことを気遣いながら優しく抱いている気がする。それが切なくて。余計なことを考える余地がないくらい激しく抱いていいのに。

「美月……大丈夫か？」

「……奥までして。お願い……イサックさんで、いっぱい、に、して」

とろんとした瞳を開けて、彼に縋りついてねだる。

「くそっ……優しくしてやると決めたのにっ」

煽りすぎるとどうなるかわからんぞ。と耳元で掠れた声がする。

「……私のこと、好き？」

とろんと溶けた心は、彼の甘い言葉を求める。

「好きだ。大好きだ」

即座に返される熱っぽい告白に理性はぐずぐずになってしまう。優しかった責めは、いつの間にか激しく抽送されて、荒々しい彼を体が感じ取る。奥の部分が彼を受け入れようと反応する。全部彼のことを思い出して頭も心も体もすべて受け止めたい。彼の熱い言葉に自分の想いも添わせたい。

(ねえ、私の記憶を返して……この人をどうやって愛するようになったのか、知りたいの。彼のしてくれたこと、すべて覚えていたいの。継続する一つの記憶の上で、ずっとずっと……愛していきたいの)

彼の二の腕の傷に触れる。何故彼が怪我をしたのか、そこには忘れてはいけないことがいっぱいあると思うから。

「……私、また貴方のことが好きになる……」

囁いた言葉に彼が想いを重ねるように唇を重ねる。ぐいと抱きしめられて、体が甘く悦びの声を上げた。体ごと心まで揺さぶられて理性がすぅっと溶けていく。

「美月……お前が、愛おしい。こんな俺の気持ちはきっとお前には伝わらない」

いくつも上がる嬌声を彼の唇で塞がれた。微かに苦しくて、それ以上に気持ち良くて。無意識で彼のうなじに腕を絡め、さらに深く唇を求める。体のすべてを彼につなぎ留められて、逃げられない。……逃げたくない。

「気が狂うほど、お前を壊してしまいたいほど……お前だけを、愛してる」

――望んだ通りの言葉が堕ちてきた瞬間。

理性が完全に溶け、心と体が美月の中で一つになる。刹那、白いふわふわとしたものが体を支配した。それはたまらないほど幸せな感覚で、ふつりと全身の血液を一瞬で沸騰させて、真っ白になって溶けていく。

初めてイサックと会話をした朝、ものすごく不機嫌そうに睨まれたこと。

エルラーンに望まない関係を強要された時、約束した通り、イサックがすぐに美月の元へ助けに来てくれて嬉しかったこと。

恋心を自覚しながらターリィの背でふたりで見た、切なくて美しかった夕日。

それに……望んではいけないと思いながら、互いの思いが通じて彼とキスをしてしまった時のことも……。

瞬間、ぶわぁっと脳内で様々な記憶の断片がフラッシュのように湧き上がり、一斉に流れていく。呼吸すら出来ないほどの数秒が過ぎ、記憶の奔流が止まると、それらが収まるべきところに収まって行った。

「――イサッ……ク？」

美月の言葉にはっと彼が視線を向ける。そこにあるのはこの世界に初めて来たときに美月を心配そうに見つめていた、明け方の空みたいな色の瞳。

「イサック、私も……愛、して……る」

感情に翻弄されるように涙がぼろぼろと零れ落ちる。涙が止まらなくなって突然、しゃくりあげるほど泣き始めた彼女にイサックが思わず動きを止めた。

「……美月、大丈夫か？」

おろおろとするイサックは今まで美月が見たことがない彼だった。まだ二ヵ月弱しか一緒に居ない人だから、見たことない表情もいっぱいあるかもしれない。それでも。

「イサック。……思い出した……」

(私の、大事な大事な……貴方との記憶)

うなじに手を回しぎゅっと抱き着く。唇を自分から押し当てて、嗚咽の漏れる唇を塞ぐ。もっと深く重なりたくて、そのまま彼の口内に舌を侵入させて、彼のそれに絡め添わせる。

「んっ……はぁっ……」

「美月？　……大丈夫、か？」

それでも様子のおかしくなった美月にイサックは落ち着かない様子で唇を離し、じっと顔を覗き込んだ。

「って…………思い出した、と言ったのか？」

「全部、思い出した……の。この傷、まだ痛む？　それに……忘れてて……ごめんなさい。酷いこと言って……嫌なことばかりして……」

二の腕にある彼の傷を指でなぞりながら、ひくっひくっと言葉の合間に鼻を啜る。もうみっともないくらいに顔をぐしゃぐしゃにして泣く美月に、イサックは状況の把握ができず混乱しているようだった。

「イサ……ク……『錠前』……開いた、のかな？」

そんな状態でいろいろ聞いてくる美月にイサックは呆然としたまま頷く。

「鍵の開いた音がしたから、たぶん開いたと思うが」

それだけ聞いて美月はイサックに抱きついた。

「よかった。あの、私、全部思い出した……の。魔法図書館とセイラ。……必死だった……『鍵選び』の儀式のことも……。イサックと一緒に過ごした……旅のことも、全部」

大きなイサックの体を強く力を込めて抱きしめる。なんでこんなにも愛しい人のことを忘れられたんだろう。でも大事な彼との記憶が全て取り戻せてよかった。

——心と体、本能と理性。『錠前』が、それらすべてで『鍵』を受け入れた時、真の意味で『錠前』は開くのです。物理的に『鍵』を受け入れ、絶頂に達するだけでは、意味がないのです。

刹那、美月の心に聞こえたのは、相変わらず冷静なメイデンの声だ。正直この記憶を奪うという試練の与え方に関しては、美月はちっとも納得はいっていない。でもおかげで見えたものはあるかもしれない。失った記憶も、失ってからの記憶も、欠けもなく、すべてが一つの線でつながると、そこに存在するのは、自分の体の中だけでは収まりそうもないほどの彼への愛情しかなかった。

「イサック、好き。大好き。愛してる」

それればかりを繰り返して何度も抱きしめて、彼の唇に、頤に首筋にと手当たり次第にキスを落とす。その様子に、ようやく状況が理解できたらしいイサックが、ふわりと体を落としてきつく美月を抱き返した。

「全部、思い出した。……そうか、それは上々」

どこか硬い口調で言ったあと、何故か彼は困ったように笑みを浮かべた。

「……ところで美月、深刻な相談があるんだが」

真面目な顔で言われて、ドキっとする。何か他にも問題があるんだろうか。やっぱりこんな私を許せないとか？　と美月が身構えた瞬間。

「なあ俺は……どうしたらいい？　記憶が戻った途端、キスはされるわ、好きとか愛してるとか言われて。嬉しいのは嬉しいんだが……。お前が可愛いすぎて、俺の体もいろいろとややこしいことになってるんだ……。お前はそれどころじゃないかもしれないが、俺もこんなになっては……どうしようもない」

再び腰を抱かれて、ゆるゆると揺さぶられて、美月の中で置き去りにされたままだった彼自身がさらに熱っぽい膨張をはじめ、彼女に存在を知らしめる。彼の言葉に美月は一気に熱が上がってきてしまう。じっと彼の目を見上げると、照れて困ったような色合いを浮かべる紫色の瞳に、妙に色っぽい表情をしている自分の姿が映った。

「あの……もちろん……最後までお付き合いします」

「わかった。じゃあ……我慢していた分、俺の方は反動で酷いことになると思うが……覚悟して、最後まで付き合ってくれ」

「はい……」

＊　＊　＊

「イサックの……ばかぁ」

美月は翌日の朝、洞窟内の居室のベッドに横たわっていた。

はい、と素直に答えたまではよかった。だが美月とのすれ違いで欲求不満を無理矢理抑え込んでいたイサックは、そのストレスから解放されて箍《たが》が外れてしまったらしい。結果、美月は彼に激しく抱きつぶされ……。旅に出た初日のように腰が完全に抜けて動くことができなくなってしまっていた。今、イサックはベッドで動けなくなった美月を置いて図書室にいる。ロザリアに回復魔導を施したあとの経過を報告しにきたヴァレリーと、なにやら話しこんでいるようだった。そして代わりにフレダーが美月のためにサンドイッチを用意してくれて、なにくれとなく世話を焼いてくれている。美月は情けないことに、ベッドに半身を起こした状態で何とか食事を取っている状態だ。

(少しでも早く体力を回復させないと、抱きかかえられてマルーン城に帰る羽目になるよね。イサックはその気満々だったし。……いや、それだけは勘弁してもらいたいっ)

儀式の後、歩けないほど抱きつぶされて、お姫様抱っこでマルーン城に戻るとか、恥ずかしくて絶対にありえないから！　美月はその状況を想像して、頭を抱えたくなる。

「でも、美月様の記憶が戻ってよかった。なんかよくわからないけど、今朝はメイデン様も近頃珍しいくらい穏やかだし、ボクとしてはハッピーな気分」

フレダーは美月の前に来てじっと瞳を覗き込む。

「ここだけの話なんだけど。メイデン様を裏切った婚約者の人。実はその人も相手に騙されていたらしいよ。故郷の家族が病気になった、メイデン様の薬があれば治せるって……そう騙されて持ち出したのが、メイデスティグ」

彼はどこか悲しそうな顔をして中空を見つめている。

「悪いのはその騙した相手なんだけどね。自分が持ち出したメイデスティグに罹患して、彼女は記憶を失った。大好きだったメイデン様のことも全部」

フレダーは深い深いため息をついた。

「そうなんだ、そんなことがあったのね」

みんなのために一生懸命、流行病の特効薬を作り出してきたメイデン。なのに病を作り出したと噂されて、周りの人を信じられなくなった。しかもそんな時に一番大事な婚約者にまで裏切られたら、それはやりきれない想いがあったかもしれない。

「メイデン様は真面目な人だったし、どうしても彼女の裏切りが許せなかったんだと思う。でも彼女にメイデスティグを罹患させてしまった自分も許せなくて、自分自身にも同じ術式を施したんだって。全部忘れてしまえたらって思ったみたいだけれど……」

長年の研究生活の結果、術式に耐性ができていた彼には、メイデスティグは発病しなかったのだと言う。

美月の記憶を消すという試練は、彼自身が受けたい試練だったのかもしれない。何故美月にその試練を課したのかはわからないけれど。すべての記憶を失ってまっさらな状態になって、それでも再び互いを求められたら、やり直せたら、などというメイデン自身の切ない願いがあったのかもしれない。

(だからって……メイデン。なんで私の記憶を奪ったの?)

咄嗟に心の中で問い返すものの、メイデンは押し黙ったままだった。

＊　＊　＊

「あの……ありがとうございました。それから嫌なこと、いっぱい言ってごめんなさい」

どこか拗ねたような声音で、それでもまっすぐな視線を美月に向けて、ロザリアは頭を下げた。

それは以前の彼女の態度とはまったく別物で、美月は思わず目を見開きそうになった。

「あの、私こそごめんなさい。メイデスティグ、でしたっけ、あれも私がうつしてしまったようなものだし……」

美月があの病から回復した時のように、今回もヴァレリーがロザリアから術式を抜いてくれたらしい。ちなみに美月はそのことをイサックから話に聞いただけだ。なぜならあのあと……。

妹が治療を受けている隣の部屋で、あんな不埒なことをし続けたイサックは、やっぱりちょっと怒っておくべきかもしれない。もちろん防音が整った分館内では、妹には兄の乱れた情事の気配は伝わらなかったとは思う。それに、受け入れてしまったのは自分だし、あの時はそれでよかったんだと……そう思うけれど。

（……やめよう、考えるのは）

羞恥心で熱がこみあげてくるのを感じながら、美月はそのまま顔を上げることができなくなっていた。

「そんなに気にしないでください。そもそも私があれこれ意地悪言ったせいで、美月さんは記憶を失ったんだと思います。その意地悪も……私が知らない女の人を、お兄様の恋人だって紹介されて、それが何だか気に食わなかったぐらいの理由で、八つ当たりしちゃっただけだし……」

なんだか恥ずかしくて顔を上げられなかったのを、謝っていると勘違いされたのかもしれない。でもまだ未成年の純粋な女の子にあの状況を説明できるわけもない。

「ロザリア、ちゃんと謝れてよかったね」

空気の読めるアルフェ王子が美月をフォローしてくれる。ロザリアのこの急激な変化はやっぱりこの人のせいだろうか。謝るロザリアの後ろで、彼は見守るように立っている。

「美月。もういいよね。無事記憶を取り戻したし、イサックとも仲直りしたみたいだし。全部ちゃんと落ち着くところに落ち着いたみたいで」

にこにこしながら言われて、美月もつい苦笑してしまう。ここ数日のあれこれは正直すごく辛かったし、イサックはもっと苦しかったと思う。

だけどお互いたくさん悩んで、イサックとの絆は今回の件でさらに深まった気がする。何より自分自身のイサックへの気持ちがよくわかった。美月は笑顔で傍らに立つ大切な人を見上げる。美月を力づけるように柔らかい笑みを浮かべて視線を降らせているとても大好きな人。

「ほらそうやって隙あらば見つめ合っちゃったりしてさ。これだけ目の前でイチャイチャされていたら、そりゃ身内は微妙な気持ちになるって」

ねえ、ロザリア、と言って王子は笑う。

「きっと……人を好きになるとそうなるんだろうな、っていうのはわかったのでもういいです。まあ微妙な気持ちには確かになるけど」

それに、ここまでお兄様が色ボケしているのには相当がっかりしましたけど。と両手に握りこぶしを作りつつ、ロザリアの言うセリフは結構辛辣だ。その生意気な妹の兄であるイサックが否定もできず、苦虫を噛みつぶしたような顔をして返答に困っているのが少しおかしい。

「でもまあ、こんな色ボケ兄より、シルヴィア姫みたいに素敵な子には、もっといい相手の方がいいかも、とも思いましたし……」

散々失礼なことを言っているし、よく考えると、美月も色ボケ兄にふさわしいと、一緒に陥められていることに気づいたけれど、ロザリアは今十五歳。素直に話すのはきっと一番難しい年頃だろうと、美月は小さく苦笑した。

「それでこれからどこに行くんですか？」

イサックに誘われて、これからふたりで仕切り直しに出かける予定だ。

「ゼファー湖の小島だ。無人島だから誰にも邪魔はされないぞ……」

ちゅっと小さく額にキスを落とされて、美月はつい笑みが零れてしまう。そう言えば儀式の時に無茶したこと、怒らないと、と思っていたのだけど……。

(これからふたりで出かけるし、また今度でいいか。せっかくなら楽しみたい)

結局イサックに甘い美月は、手を取り合って、互いの顔を見て微笑みあう。唇が近づいた瞬間。

――コンコン。と控えめなノックの音がする。

やっぱりふたりきりでないとあれこれ邪魔が入るようだ。ふたりで苦笑を浮かべて体を離した。

「入ってくれ」

イサックの応えに入室してきたのはケイトだった。

「……あのイサック様、アリーシャ様が出立の前に、美月様と一緒に領主様のお部屋に挨拶に来るようにとおっしゃっていました」

その言葉にイサックは頷く。だが美月は彼の手に微かな緊張を感じて、ズクと心臓が疼いてしまう。正直、彼の両親に何を言われるのか怖い。

「……大丈夫だ。何があっても俺はお前を選ぶ」

彼の言葉に、まだ問題は解決していなかったことを美月は思い出す。ふたりの様子を見て、ケイトは小さく頷いた。

「大丈夫です。ラウル様もアリーシャ様も、イサック様にとって一番良い道を選択されると思いますよ。美月様もあれだけの大変なできごとを乗り越えたのですから、自信をもってください」

ふわりと柔らかい笑みを見せられても、美月の不安は消えない。

(今度は何を言われるんだろう……)

「美月、一緒に行くか」

そっと手をつなぐと表情の硬いままの美月を連れて、イサックは小旅行に出る前に彼の両親の元を訪ねることにした。


「……こんにちは美月さん」

にこやかな笑顔で美月達を迎えたのはイサックの母アリーシャだ。隣に立つのは最初会った時同様、周囲に威圧感を与えるイサックの父ラウルと、何故かその場にいるのはアルフェ王子だった。

「ほら、貴方、イサックと美月さんに話すことがあるのでしょう?」

妻の言葉に渋々といった様子で、彼は口を開く。

「アルフェ王子から話は伺った。今回はロザリアが受けた術式のために美月殿がずいぶんと尽力してくれたと。記憶を失って大変な時期に、マルーン分館の書庫を開けて、ロザリアの治療のための魔導書を使用可能にしてくださった……」

その言葉に美月はゆっくりと目を瞬いた。

「放置すれば大きな後遺症が残る術式だったと聞いた。本当にいろいろと迷惑をかけて申し訳なかった。ありがとう」

「それに記憶も儀式を通して取り戻されて、無事全部の分館で承認を終えたのですね。お疲れさまでした」

ふわりと優しく微笑むアリーシャの表情に美月はほっと息をつき、次の瞬間、自然と笑みが零れた。そんな美月を見て、アルフェ王子は密かにウィンクをする。

(アルフェ王子が……いろいろフォローしてくれたんだ)

相変わらず気遣いのできる優しい人だと思う。

「こちらこそ……ご迷惑をおかけしました」

美月はお礼の気持ちを込めて、深々と頭を下げる。そんな美月を見て、アリーシャは目尻を下げた。

「ほら、ごらんなさい。気立ての良い可愛らしいお嬢さんでしょ?」

ちらりと目配せを送る茶目っ気のある表情は、ここに来てから初めて見る彼女の姿だ。

「うむ……」

「お父様!」

その時、ノックもなしに飛び込んできたのは、妹のロザリアだった。ラウルは客人の前での愛娘の自由闊達すぎる様子に目を丸くする。

「ロザリア、客人の前だぞ。もう少し礼儀……」

「もういいわよ。お父様が王家との縁が欲しいなら、私がアルフェ王子のお嫁さんになってあげる」

「――え？」

アルフェは目が零れ落ちそうなくらい、大きく見開く。突拍子もないロザリアの発言に全員が一斉に声を失っていた。

「あ、貴女はそんなことを軽々に口にして……もしかして、アルフェ王子様とお約束でも……」

「いや、あの、僕も今初めて聞きました……」

呆然としているアルフェ王子を見て、母親は困惑したような表情を浮かべる。だがロザリアは強気なヘーゼル色の瞳を尖らせて彼女の父親を睨みつけた。

「お父様の望みは王家とのつながりなんでしょ。だったら私がつながりを作ってあげる。アルフェ王子は良い人だし。でね、ここでお父様が意地を通したら、イサックお兄様は、美月さんと一緒にいることを優先して、ここに戻ってこなくなっちゃうかもしれないわよ。だってお父様に似て頑固ですもの。融通は利かないし、馬鹿真面目だし」

「とりあえず、アルフェ王子のことは別として……。そうですね。私もずっとふたりを見ていました。美月さんは記憶を失ってもずっとイサックのことばかり気にしてましたよ。イサックももちろん……。こんなにも惹かれる人と一緒にいられることは、彼らにとってとても幸せなことじゃないかしら。……ねえ、ラウル。私だって、貴方の妻になって共にいられることが幸せなんです。貴方は違うんですの？」

ふわりと妻が夫の腕に手を伸ばす。にっこりと微笑まれて、彼はぐっと言葉を詰めた。

「……お父様が、お母様に敵うことなんて今までなかったんですから。もう諦めたらいいと思うわ」

畳みかけるようなロザリアの言葉に、はぁっと父親は深い嘆息をつき、美月の方に視線を向ける。思わぬ援軍に美月は言葉を失ったままだ。

「……どれだけ今はまだ決めなくてもいいだろうと言っても、この頑固息子は父の話を聞きはしない。貴女が記憶を失ったあとも、もし貴女が息子のことをすべて忘れたままだったとしても、それでも自分の気持ちは変わらない。……貴女だけを選ぶと約束した。貴女しか嫌だ。どうしても貴女がいいと言う」

ぐしゃりと金色の髪を掻き上げてふぅっとため息を一つ零す。

「美月さん、この家の女はみんな怖いんだが……それでもかまわないか？」

その言葉にはっと美月は視線を上げる。

「貴女がそれで構わないと言うなら、国王には正式な婚約解消に関する申し出の書状を送ろう。だから……貴女は『錠前』の使命を終えたのち、ここにまた、私の大事な跡取り息子を連れて戻って来てくれるだろうか？」

突然の雪解けのような言葉に美月はバタバタと心臓が跳ね始める。咄嗟にイサックの顔を見上げると、自分と同じように、驚いたような表情をしていた。どうやら彼も初めて聞いた話らしい。でも……。

（そっか、イサック、ずっと……私が記憶を失っていた間も、お父様に話をしていてくれていたんだ。私が彼を忘れている間も……私と一緒にいたいってそう言い続けてくれたんだ……）

記憶が戻らず先のことがまったく見えなくて不安だっただろうと思う。それでも記憶を失う前に自分と交わしていた約束を果たすため、彼は父親の説得を諦めなかったのだ。それが嬉しくて、じわっと目元が熱くなる。涙腺が緩み、瞬き一つで涙が零れ落ちそうになる。そんな美月を見つめて、イサックは穏やかな表情のまま、そっと目尻の雫を指先で払った。

「……父はこう言っているが、美月、お前の好きに選択したらいい。俺はお前の希望するようにしてやりたい。異世界にたったひとりで来て、俺といることをお前は望んでくれた。だから俺もこの世界で、何よりもお前だけを選ぼう」

優しい瞳が、美月が選んだ道に寄り添うと言ってくれていた。美月はゆっくりと息を吸って、胸の中の不安な気持ちを全部吐き切る。

「……はい。またイサックと一緒に、マルーンに来させてください」

深々と頭を下げ、ゆっくりと顔を上げる。そんな美月を見て彼の父親はふっと瞳を細めて笑う。その表情は……。

(なんだ……怖いと思ったのに、イサックとそっくり)

瞳の色も、髪の色もまったく違うのに。同じように少し困ったような顔をして瞳をクシャリと細めて笑うその笑顔を見た瞬間、美月はきっと、自分の家族のように彼の家族が好きになれる、と改めて思ったのだった。

エピローグ

再び旅は始まる

——自分自身を信じてみるだけでいい。きっと、生きる道が見えてくる。　ゲーテ

「ではゼファー湖の小島でのんびりとしてから、王立魔法図書館に帰ります」

父親の許可が出て、マルーン城に長くとどまっている必要がなくなったイサック達は、小旅行から城には戻らず、そのまま王立魔法図書館に戻ることを選んだ。ほっとした面持ちのイサックが両親へ暇《いとま》の挨拶を告げ、美月を連れて部屋を出て行こうとする。

「じゃ、僕もそろそろ、王都に帰ろうかな……」

そのタイミングで一緒に部屋を出ようとしたアルフェ王子の肩を、ぽんとラウルが叩いた。

「えっと？」

「アルフェ王子はもう少しこちらの城に滞在していただいて、いろいろお話を聞かせていただければ。さっきのロザリアの話もありますしね……」

ラウルのセリフに、アルフェがパクパクと口を開けたり閉じたりしている。どうやら父の標的は

完全にアルフェに移ってしまったらしい。申し訳ないが……ロザリアを予定外に攻略してしまった彼の、人たらしの才能のせいだ。仕方あるまいとイサックは苦笑する。

正直アルフェが自分の弟になるのは全力で避けたい気持ちだが、まあ口の上手い彼のことだ、言質を取られぬように父とロザリアを説得し、無事、王都に戻ってくるだろう。

「……じゃあ、アルフェ、あとはよろしく」

ここから先は彼に任せておけばいいと、思わず満面の笑みを浮べるイサックを見て、アルフェは美月に手を伸ばして救いを求めるような顔をした。

「あの、美月？」

アルフェの声に、美月は明らかに困ったような顔をして、イサックの顔を見上げる。彼はわざと気づかないふりをして彼女の肩を抱いた。

「美月、そろそろ行くぞ。ヴァレリーも王都に戻ると言っていたし、一言礼を言わねばいけないだろう？」

「そ、そか。あの、アルフェ王子。また図書館で……今回はいろいろと、本当にありがとうございました」

美月は深々と頭を下げる。たぶん、お礼の気持ちと同時に、半分ぐらいは心の中でアルフェに『見捨ててごめんなさい』と謝っているのだろう。でも自分としては、これ以上誰にも邪魔されないように、早くふたりきりになれる環境に逃れる方が優先事項だ。

「アルフェ、今回は本当に助かった。お前のおかげですべてが上手く収まった、ありがとう」

珍しくきちんと礼を言うと、アルフェは目を丸くして言葉を失った。結局、不器用な自分の代わりに、今回のことを上手く収めてくれたのは、この人の良い従兄弟だったのだ。

だが人に対して優しく、思いやりがあり、血筋も能力も自分より優れていたとしても、やっぱり誰にも美月を譲る気にはなれないのだとイサックは改めて思う。

「……悪いな。ということで、後始末は頼んだ」

「えええええ、美月ぃ、イサックぅ？」

「お兄様、美月さん、またね～」

アルフェの腕に手を絡ませて、機嫌よくふたりを見送るために手を振るロザリアに、イサックと美月も手を上げて挨拶を返し、城の外に出ていこうとしたその時。

「……イサック様、美月様、おめでとうございます」

玄関前に居たのはイサックの乳兄弟のケイトだ。

「これから……おふたりで図書館に向かわれるのですね」

言祝《ことほ》ぐ乳兄弟の顔が、何となく寂しそうな気がしてイサックは不思議に思う。

「またここにも戻ってくるが。それまでロザリアと父母をよろしく頼む。ああ、頼むばかりではいけないな。お前は恋人とかはいないのか？　もしいるなら嫁に行く方を優先しろよ」

イサックの言葉に彼女は瞳を細めて、小さく苦笑した。

「………………はい、残念ながら今のところは……。でも将来、イサック様が美月様を連れてこちらに帰ってこられる頃までには探しておきますわ」

くすくすと笑ってから、今度はじっと美月を見つめる。

「……美月様、私が至らず、騒動に巻き込んでしまって、本当に申し訳ありませんでした」

ケイトに深々と頭を下げられて、美月は一瞬瞳を見開き、それから複雑そうな笑みを浮かべた。

「あの……そんなこと……。こちらこそ、いろいろありがとうございました」

「じゃあ、行くか。ケイト、またな」

美月の表情は気にかかったが、後ほど改めて訊いてみよう。そう思ってイサックは美月の腰を抱き、振り向くことなく玄関ホールを通り過ぎていった。

外に出るとまばゆい日差しが一斉にふたりに降り注ぐ。太陽の熱は確実に季節が夏に移っていることをイサック達に伝える。

「私、今頃気づきました……」

美月は眩しそうに手を庇《ひさし》にしながら、晴れ渡った空を見上げた。

「……何をだ？」

イサックを見上げる黒目がちな瞳が、ゆっくりと細められる。

「きっと、彼女、イサックのことがずっと好きだったんだろうなって……」

「……彼女？」

美月は小さな声で『気づいてなくてよかったのかな』と意味ありげに呟き、にっこりと笑う。

「ケイト、良い人でしたね……今回、いろいろなことがありましたけど、私は彼女のこと、好きですよ」

次の瞬間、視線を前に向け、美月は大きく手を振る。

「ヴァレリー！」

そこには明るい太陽の下に似つかわしくない灰色のローブを身に纏い、城下町を見つめているヴァレリーがいた。どうやら美月は先ほどの話の続きをするつもりはないらしい。イサックは小さく肩を竦めて目の前の男に声をかける。

「アルフェは父に捕まったぞ。あれはたぶんすぐには出てこられないだろうな」

イサックがそう言うと、ヴァレリーは唇の端を歪めてニヤリと笑みを浮かべる。

「イサック殿も人が悪い。王子を人身御供《ひとみごくう》にして逃げてきたというわけだな。まあ、あの王子も、毎回、自ら望んで貧乏くじを引きに行く殊勝な奴だからな」

ひと通りくつくつと喉の奥を震わせて笑うと、魔導士は目深にフードを被る。

「そういえば書庫内で、メイデンの元婚約者という女の肖像画を見つけたぞ。ダークブラウンの長い髪と黒い瞳。パッと見た感じが美月によく似ていた……異国からの移民の女だったそうだ」

ふっと彼は美月を見て小さく苦笑いする。

「だから、だったのかもしれないな」

「……何が、ですか？」

突然のヴァレリーの話に美月はきょとんとした顔をする。だが……。

（メイデンは、美月に……婚約者の女を重ねて記憶を奪ったのか……）

そこにどんな仔細があったかは知らない。

（だとしても……俺から美月を手放す選択肢は最初から一つもないが……）

だが。もし美月が記憶を失ったままで、自分の事を完全に拒否したら、この魔導士はもう一度、美月の『鍵』になることを望んだのだろうか？　彼がこうして自分達に協力してくれる理由は、ひとえに美月に対する想いゆえなのだとイサックは理解している。ふとした時に、チリチリと胸の奥に感じるのは、普段は理性で隠している身勝手な嫉妬の感情だ。そんなイサックの感情に気づいていないのか、目の前の魔導士は何ごともなかったかのように薄く笑みを浮かべた。

「なら、俺は先に閉じた空間でギルドに帰らせてもらおう。またお前達が戻ってくる頃には図書館に顔を出すとするか」

そう言って彼はふたりに背を向ける。次の瞬間ふと思い出したように振り向いた。

「そうだ、ギルドから報告があった。マリナラの教会に残っていた司祭と名乗っていた若い男。どうやら司祭見習いだったらしいが、既にメイデスティグが全身に広がっていた。もう手遅れだ。過去の記憶はほとんど彼の中に存在していない。美月が術式を拾ったのは、あの男からうつされた、という診断が一番妥当であろうとギルドは結論を出したようだ」

あくまで可能性を一般論で判断した場合、という意味でだ。言外にそうではない可能性を示唆して、ヴァレリーは閉じた空間に足を踏み入れ、姿を消す。

（つまり、エルラーンは自分がマリナラの教会にいた証拠を、男の記憶もろとも完全に抹消したということか。俺はエルラーンが美月に直接メイデスティグ術式を入れたのだろうと確信しているのだが……）

イサックは『鍵選び』の儀式の中で、美月を媚薬付けにし、彼女の身体と意思を無理矢理奪おうとしたエルラーン司祭から疑いを外すことがどうしてもできない。

（そもそも、あの若い見習いにメイデスティグの術式を施したのは誰だ、ということになるしな）

正直、この事件でエルラーンは公には姿すら目撃されていない。だから自らの確信に何一つ証拠はない。だが周到に用意された悪意の奥深さに彼の存在を感じて、イサックはぞわりと寒気を覚える。下手をすれば美月も男と同じようにすべての記憶を奪われて、教会の奥深くに連れ去られたままだったかもしれないのだ。

仕組まれた罠から無事、美月を救い出せたことは、本当に運がよかったとしか言えない。そもそも隙を作ってしまったのは自分の失態だ。刹那、自らの寒気がうつったように美月が身を震わせる。これ以上彼女を怯えさせたくはない。イサックはわざと笑顔を見せて美月の顔を覗き込んだ。

「もう邪魔者もいなくなったことだし、そろそろ行くか。ゼファーの無人島が気に入れば数日いても良し。他に見ていきたいところがあれば観光をしながらのんびり帰ろう。また図書館に戻れば、しばらくの間は遠出が難しくなる。俺としてはできるだけゆっくりと戻りたい」

お前とふたりきりの時間を堪能したいからなと告げ、美月の額に小さくキスを落とす。そっと視線を下ろすと美月は柔らかい瞳で愛おし気にイサックを見上げていた。それは今まであって当然だと思っていた、だが実は、様々な幸運の上に成り立つ奇跡の笑みだ。

「あの……私、わかったんです」

唐突なセリフに思わず足が止まる。

「何がわかったんだ？」

「私、記憶を失っていても、気づいたらイサックが好きになっていたんです。なのにイサック、無理にあんなことするから……」

キラキラと輝く瞳を細め、ほんのすこし睨むように眉尻を上げる。

「……あの時は、すまなかった」

「……本当ですよ。あの時だって、ちゃんと事情を説明してもらって、いっぱいイサックに『好き』って言われながらされたら……記憶がなくたって、ちゃんと私、イサックのことを受け入れられたと思うから……」

頬を染めてされる告白は、初めて互いの恋情を確認し合った時の、ときめくような歓びを再び胸に湧きたたせる。

「信じて欲しいんです……。私どんな状況でも、やっぱりイサックが好きになるんです。イサックじゃないとダメなんです」

「――っ」

言っちゃった、と照れたように笑う姿に、抜けることのない甘い楔を、胸に思いっきり打ち込まれたような気分になる。

「……まったくお前は」

こんな殺し文句をさらっと言う恋人が愛おしすぎて、イサックは言葉を返すこともできなくなって、ただ強く彼女を抱き寄せていた。愛おしすぎると、欲望が一気に高まる方向に直結する辺り、男はほんとうに馬鹿だと思う。

（今すぐ、お前が欲しい。……そんな可愛いことばかり言うから、まちがいなく、お前は今夜も俺に襲われるんだ）

だが酷い執着をもった男に惚れられた不幸の分、少しでも美月には幸せな気持ちを味わわせてやりたい。少なくとも自分に抱き寄せられて、美月は幸せそうに微笑んでくれる。片手で抱き、笑みを浮かべた瞼にキスをし、それでは全然足りなくて、もう一つ額にもキスを落とす。それから竜笛を鳴らすと、ほどなく愛竜がふたりを拾いに来てくれる。そのわずかな時間ですら貴重で、両手でしっかりと抱きしめると、美月の唇に柔らかく唇を寄せたのだった。

＊　＊　＊

無人島にある瀟洒《しょうしゃ》な屋敷の寝室には、大きな掃き出し窓があった。そこは美しい東屋のある庭につながっており、階段を降りると、湖に出られるようになっている。海ほど波が立たない湖面には、見事な満月がゆらゆらと浮かんでいた。空には降るように星が瞬き、美月はそれをうっとりと見上げる。

「本当に……綺麗、ですね」

昼間の明るい日差しの下の景色も美月を楽しませたようだが、夜の光景も彼女に気に入ってもらえたらしい。

一度風呂を出たあとは、ネグリジェだけを身に着けて、美月は誘われるように裸足で水辺へ歩いて行く。それを少しだけ離れた場所でイサックは見ていた。彼の手元には先ほどまで飲んでいたクラッカの果実酒のグラスが残っている。それをテーブルに置くとイサックは改めて、月下の美月の姿を見つめる。

この島は小さな頃から自分だけの持ち物で、自分が招く以外の人間は誰も立ち入らない。だから、今ここにいるのは自分達だけで、酒に酔ってふわふわと歩く月の精のような彼女を見られるのも自分だけだ。

「イサック、こっちに来て……」

そう言って手を差し伸べる姿を見て、つい駆け寄りたくなる気持ちを抑えて、彼はわざとゆっくりと歩み寄っていく。

「いっそ、一緒に泳ぐか？」

足取りの怪しい美月をふわりと抱き上げると美月は嬌声をあげる。

「あの、この恰好で、ですか？」

「誰も見てないんだから裸で泳げばいい」

「ちょっ……それはさすがに……誰も見てなくても、イサックはここにいるし……」

何度体を重ねても、裸体を見られるのが恥ずかしいのだろうか？　でもそうやって恥じらう姿を見るのも男は楽しいのだが。

「じゃあその服のまま泳いだらいい」

どうせ薄物だ。泳ぐ妨げにはならないだろう。ゆっくりと湖の中に歩いて行き、そっと湖面に彼女を下ろすと、びっくりしたように彼女は彼のうなじに回していた手の力を強める。

「……もしかして、泳げないのか？」

イサックの言葉に首を左右に振ると、美月は意を決したように半身を捻って水中に身を投げ出す。長い薄物を身に着けたままの美月の泳ぎは思いがけず優美だった。

「……意外と泳ぎが上手いんだな」

驚いた声を上げるイサックに、彼女はほろ酔い気分でクスクスと笑ってみせる。

「私、子供の頃、ずっとスイミングに通っていたので、泳ぐの得意ですよ。捕まえてみますか？」

言うや否や、下半身を水の中でうねらせて、美月は暗い湖の中で自由に泳ぎ始めた。

「……捕まえたら、お前は一晩、俺の自由になるんだぞ」

逃げると追いたくなるのは男の本能だ。美月を油断させるために、わざとゆったりと泳ぎ始める。すると彼女は、それほどの泳者ではないと判断したのか、少し離れたところで泳ぎを止めて、男を破滅に導く伝説の人魚のように可憐に笑う。

「じゃあ捕まえてみて」

とろりと瞳を細めて笑う表情はどこか蠱惑的だ。自分を誘っているのか？

「……悪いな」

「え？」

ゼフ《こ》ァー湖《こ》は小さな頃からの遊び場だ。泳ぐのは走ることと変わらないほど、自分にとっては容易なのだが。

大きなストロークで一気に美月に近づくと華奢な肢体を捕らえる。水の中で体を添わせると、逃げようとくねらせる肌が普段の触り心地と違い、扇情的にイサックの肌の上を滑る。

「……ズルい。泳ぐの苦手なフリしたんですね」

「苦手とは一言も言ってない。湖の畔で育ったんだ。そんな男相手に油断する方が悪い」

囁きながら、拗ねたような愛らしい唇を食む。濡れて艶を増す髪も、湖の雫を帯びている睫毛も、月明かりに艶めく肌も、どれもが自分ひとりだけのモノだ。

キスが深まるにしたがって、互いに火照り始める体に、湖の水の冷たさが心地よい。自分なら足が立つ程度の深さの中で、美月は立ち泳ぎのような恰好で、完全に自分に体を預けている。とろんとした瞳で見つめられると、ゾクゾクと身の内に悦びが増していく。

「勝負は俺の勝ちだな。それでは褒美をもらおう」

瞳を細めて笑いかければ、美月は勝負の結果に納得してなさそうだ。潤んだ瞳で睨まれても可愛いだけだが。それに……。

「んっ……ふぁっ……ぁっ……」

ゆっくりとキスを交わしていくうちに、美月の頬は上気し、水の中で体は蕩けていく。ふと唇を離すとそれはそれで不満げな顔をする。

「イサ……ク？」

「どうしようか、このまま湖で抱いてもいいが……冷えるし体に良くないか……」

だが明るい月の下で美月を抱くという欲望を抑え込むことができそうもない。どちらにせよ、今宵の美月は自分への報奨だ。とろんと溶けた視線を向けてもう一度キスをねだりそうな顔をしている美月は、たぶんもう自分に逆らう気はない。記憶を取り戻して以来、その間の喪失を補うかのように艶事に対しても積極的なくらいなのだから。

「水から上がるか……」

声をかけて再び抱き上げる。徐々に水位が下がるにつれて感じる重みすら心地よい。そのまま庭の東屋に戻ると、籐で編んだ午睡用の大きなベッドがあった。そこに彼女を下ろすと、腰かけて濡れた着物を脱がす。

「……え？　ここで？」

「濡れた服を着ていたら風邪を引く。暗いし他に誰もいない」

だが暗いとはいえ月明かりは注いでいるし、屋外だ。美月の躊躇う気持ちをもう一度甘いキスで奪う。自らも薄物を脱ぐと、ベッドに寝転がり美月を引きこんだ。

「俺の体に乗ったらいい」

濡れた肌は柔らかく、籐ですら傷ついてしまいそうだった。彼女を抱き上げて膝の上に乗せる。キスだけでその気になった素直な欲望が、彼女を欲して既に頭をもたげている。美月はそのことにまだ気づいていない。じき……気づくことになるのだろうが。

「……美月、綺麗だ」

自分の腰の上に跨らせ、露わになった胸を隠そうとする美月の手を取り、そっと彼女の背中側で両手を拘束する。自然と美月は体を反らす姿勢になり、豊かな胸が目前に曝された。

「隠すよりこうする方が綺麗に見えるぞ」

そう囁いて手の拘束を解くと、美月は困ったように視線を揺らす。恥ずかしいから体を隠したいけれど、恋人に美しく見られたい気持ちもあるのだろう。

「……可愛いな」

それだけで体を隠せなくなった美月を見て、自然と体を起こし唇にキスを落とす。そっとまだ水気を残すまろやかな胸を手のひらで包み込むと、美月は震えるような吐息を漏らした。やわやわと揉みたてるとあっと言う間に張り詰め、手のひらに尖る突起が当たるようになる。

「……それにすぐ感じるんだな、お前は」

耳元で囁いて耳朶を嬲り、耳殻を舌先でなぞると、甘い声を上げて拘束を解かれた手をイサックの背中に回す。躊躇いがちだった腰を持ち上げさせて、湖の水とは違う、温かくてとろりとした蜜を纏わせ始めた秘裂を昂るモノの上に添うように乗せる。

「あっ……熱い……」

それが何かわかったらしい美月はかあっと顔を紅潮させる。青白い月明かりの下で彼女は扇情的に首筋まで赤く染めていった。

「美月のせいでな……だがもう……お前もトロトロだな」

小さく笑いかけると、美月は眉を下げて溶けたような顔をして瞳を細める。

「……キスして」

余計なことを言わずにねだる唇に自らのそれを合わせると、イサックは目を閉じずに、懸命にキスをする美月の様子を見て楽しむ。生真面目な表情を甘く溶かしながら、それでも唇を合わせ、必死に舌先を絡める。眦を柔らかく下げる様子が美月の幸福感を伝えているような気がして、胸の中が温かい感情で占められていく。もちろん、甘くて優しい感情と共に身の内を支配するのはもっと淫らで猥雑な想いだ。

（どちらにせよ、身も心も美月を求めている……）

美月も同じように自分を求めてくれたらいい。恋の煉獄で火にくべられて、自らの腕の中でとろとろに溶け堕ちてしまえばいいのだ。

執拗に指先で転がされた胸の蕾は硬くしこり、赤みを増している。感じ始めている悦びを発散できずに、もじもじとしている美月の臀部を包み込むように抱く。

「お前の嫌がることはしないと約束したからな。今夜はお前がしたいようにしたらいい」

腰を揺らすように促しながら、丸みを帯びた艶やかな尻を手のひらでたっぷり堪能したあと、ゆっくりと背中を撫で上げた。

「ひぁっ……」

背すじを伸ばすと体は開き、くちゅん。と淫らな音を立てて屹立の上で潤んだ秘裂が滑る。

「……今すぐにでも入りそうだな」

ゆっくりと背中を撫でおろしていき、再び臀部を今度は少しだけきつめに摑み、美月にもっと激しく動くように誘導する。

「自分が気持ち良くなるように自由に動いて、挿《い》れたくなった時に受け入れてくれたらいい。ああ、その時に声だけはかけてくれ」

困っている様子の美月を見ると、くつくつと喉の奥から笑い声が上がってくる。

「ふぁ……んっ、声、かける……って」

軽く腰を揺らしてやるだけで、美月の語尾が甘く揺らぐ。

「俺に『挿れて欲しい』と言ってくれたら。もちろん深く突いてくれとか、そういう要望も受けるぞ」

いやらしいことを耳元で囁くと、美月はいちいち反応して体を跳ね上げる。言われるたびに、それがどういうことなのか、自分にどうされるのかを想像しているのだろうか。律儀な美月の様子に蜜に塗れて熱を帯びる自身が、より一層硬く滾って行くのを感じる。

自分の想いが彼女のそれより上回っていると思えば思うほど、羞恥心を超えて、美月に「欲しい」とねだられたいと思ってしまう。感じやすい胸の蕾に舌先を伸ばし、ゆっくりと舐め上げてやる。突然の行動に驚いたのかまたヒクンと震える。

「ひっ……ふぁ……んっ」

立ち上がった可憐な蕾を、とろとろに舐めてやり、時折吸い付く。軽く歯をあてると、美月は腰を振る。滑らせるようにして蜜をなすりつけると、尖りを弄んで欲しいとばかりに胸を張った。腰は自然とリズムを刻み、感じやすい芽を屹立したモノに擦りつけている。

「んっ……ぁあっ……い……の、きもち……い」

淫靡な喘ぎを上げつつ、快楽を追求する。その姿態が恋人にどう見られているかすら気づかずに、明るい満月の下、卑猥に前後に腰を振り始める。もちろん素に戻さないために背中を撫で上げ、腰を抱き、胸を貪り、淡く下から押し付けるようにして腰を揺らす。……どこまで自分を欲しいと言わずにいられるのか？　欲望はガチガチと熱を上げていつでも彼女の中に入りたいと、脳裏を赤く染めるほど訴えている。

「あっ……ダメ、イキそ……」

それなのに美月は、昂るモノに自分の感じやすい部分をコリコリと押し当てて、安易に快楽を手に入れようとした。

「……どうしたい？」

それを、腰を押さえ込んで留める。美月は必死に貪っていた快楽から無理矢理引き戻されて切なげに吐息を漏らした。

「イキたい……の。も、イカせて」

「ココに、擦りつけるだけでいいのか？　中をたっぷり突き上げながら、外からも指で苛めてやってもいいぞ」

キスの合間に囁くと、ふるりと美月は体を震わせた、

「いやっ……イサック、意地悪っ……」

「どうして欲しい？　お前の言葉で教えて欲しい」

ちゅっと小さく唇にキスを落とす。

「はぁっ……も、欲しいの。この奥に、イサックが……欲し……」

腰を押さえ、動きを制御していたイサックの手の上に手を重ねて、美月は腰を浮かせ、彼を受け入れようとする。

「ちょうだ……、欲しいのぉ……」

わざと焦らすように彼女の望むものを与えないふりをすると、美月は必死に縋り付いて、潤んだ瞳にたっぷりの涙を浮かべ、イサックの与える快楽を求める。

「……挿れて。……ね、お願いっ……欲しいの、いじわる……しないで」

「じゃあ、自分で挿れたらいい。ほら。コレが……欲しいんだろ？」

手を添えて角度を調整してやると、美月は淫らな瞳の色のまま必死に姿勢を整え、そこに押し当てると、ゆっくりと咥え込んでいく。愉悦に瞳を細め、淫靡な笑みを唇に刻むと、つぅっと緩んだ口元から雫が滴り落ちる。

（どれだけ……乱れるんだ、お前は……）

ドクンと心臓が跳ね上がる。美月が素直に快楽を求める姿がどれだけ己の情欲を煽るのか、改めて思い知らされる。それが自らを咥え込んでの表情であれば、愛おしさと肉欲に翻弄されて気が狂う。

「……あ、ぁあっ……ふ、あぁあ、あああぁ」

受け入れながら背すじを反らせる。頤は上にあがり、白い喉元が目前に曝される。喰らいつけばそれだけで彼女の命を奪うことができるかもしれない。生き物として無防備すぎる姿が愛する男への信頼の証のようでたまらない気持ちになる。

「あっ……ぁあっ……」

喉元に喰らいつく代わりに唇を押し当てて強く吸い上げ、じわりと赤い痕をつけると、剛直を包む蜜壺が細やかに律動する。

「あっ……ぁや……イイの、ひぁ。あぁ……」

「ぅっ……キツイ……な」

ずちゅ、ずちゅ。淫らな音がするたび、美月は腰を振り、乱れ喘ぎながら淫らに舞う。何かを求めるように伸びてきた手を捉え、指先を絡める。

「イサ……もっとぉ……もっ……奥ぅ……」

自分ではさすがに奥の良いところは上手く突けないらしい。苦しそうにその先の快楽を求めて美月は足掻く。

(もっと……欲しがればいい、俺と同じくらい気が狂うほど、欲しがったらいい……)

「そんなに……奥に欲しいのか?」

弾む息で尋ねると、美月はこくこくと首を縦に振り、おねだりするように唇を寄せる。

「おね……がい……イサック……の、で奥まで……。奥が、いいのぉ……」

欲望が求めるまま下から彼女を突き上げると、既に欲しがっていた中はそれを受け入れるように形を変えて、ぴたりと寄り添い、奥の部分は柔らかく変化する。互いに快楽を与えあい、あっと言う間に美月を果てに攫っていく。

「ひゃ……ソレ、好き……ひっ……ぁあ、あ、あああ、ぁあ、ああぁぁぁぁああ……」

言葉を失くし強く彼の指先を握りしめ、中はトロトロの蜜を溢れさせながら美月は乱れていく。激しく腰を振り、暴れまわりながらあっと言う間に頂点を極め、ガクリと体をイサックの上に落としてきた。視線が合うと、力なく蕩けるような笑みを浮かべ、涙がたまった眦から歓喜の雫を落とす。

「好き……貴方が……好きなの……全部、スキ……」

かすれ声で喘ぐように言葉を紡ぎ、唇を寄せる。追い詰められているからこそ、彼女の言葉に偽りはない。乱れながらも言葉を必死に伝えようとする恋人が愛おしくて身を起こし、手をつないだまま身を添わせる。彼女はそんな自分を見上げて、蕩けきった表情をした。

華奢な体を抱き上げそっとベッドの上に横たえる。上から覆いかぶさると、まだ熱を持ったままの剛直が、再び深く彼女に突き刺さった。さざ波のような快楽を分け合ってから、今度は緩く抜きかけると彼女の襞がそれを逃さないように絡みつく。美月が与える甘い快楽に下半身がくずくずに溶けそうになるのに堪えた。もっとこの愉悦を長く堪能するために、彼女に持っていかれないようにと必死で自身を叱咤する。

――まだ足りない。全然、足りない。

彼女が望むように、引いた腰を強く押しつけると、柔肌に硬いイサックの腰骨が食い込んでいく。もっと奥まで……と、正体の見えない何かに追い立てられるように貪る自分に、彼女が蕩けるような笑みを浮かべた。すぅっと涙がまた零れ落ちる。

「イサック……愛してる。私の、全部……貴方のモノだから」

優しい指がそっとイサックの頬をなぞる。美月のすべてが自らのものなら……いっそ交わって溶けあって、全部一つになってしまえばいい。

「美月、好きだ、愛してる……」

そっと囁くと美月は頬を彼の頬に、摺り寄せる。

「ずっと傍にいるから……何があってもどこで出会っても、何度でもイサックにまた恋をするから……貴方しか、いないから……」

甘いセリフを蜜のように絡めあってキスをして、再び言葉もなく、ただ互いの体から得られる愉悦を堪能する。追い詰めすぎて、意識を落とさないように注意深く美月を悦楽に押し上げる。

何度も何度でも、夜が明けるまで互いを貪り合うために。

「もう……逃がさない。お前はずっと俺のモノだ」

独占欲まみれのセリフに美月が笑む。

「……イサックも、私のモノですよ」

大好き、と囁いて淫らに潤んだ瞳を閉じて、また自らの楔に貫かれ、美月は深い悦楽に溺れていく。そんな彼女の嬌態に、自らも共に欲望の奈落に堕ちていく。

今回の旅で様々な困難を超えて、互いの胸に深く刻まれたのが、唯一無二の恋人への愛であると良い。イサックはそう切に願う。抑え込めないほどの情熱と、自分の想いを何度もこの旅で確認した。そして美月の想いが、どんな時でも、たとえ記憶が失われていても、自分のそれと寄り添っていたことが何よりも嬉しい。

記憶を失って、あれだけの苦痛を与えられながらも、それでもこんな自分を再び選んでくれた。苦しいことも多かったこの旅で、互いの想いを今まで以上に深く重ね合わせられた、そんな美月だからこそ。

人間に絶対はないから、できるかどうかはわからない。だがもう二度と腕の中の愛おしい女性を苦しめたくはない。二度と苦しめはしない。

——これからも、ずっと。

「俺は、お前だけを永遠に愛している」

イサックは美月をきつく抱きしめて、もう一度誓うように口づけを落とした。


さやさやと湖を渡る風がふたりの熱を帯びた肌を心地よく撫でていく。乱れるたびにふわりと立ち上がる、美月の肌の香りをイサックの鼻腔が捕らえる。熱く耳朶を打つのは恋人の蕩けるような甘い喘ぎだ。

星降る中、明るい満月は未だ中空に達しておらず、ふたりの夜はまだまだ終わる気配はない。

［完］

あとがき

こんにちは。当麻咲来です。このたびは私の二作目の本となる『王立魔法図書館の［錠前］は淫らな儀式に啼かされて』を手に取っていただきまして、本当にありがとうございます。前作から引き続いてお読みいただいた方々、今作で初めて手に取っていただいた皆様にとって、少しでも楽しい時間を過ごす一助になっていたらいいなあ、と切に願っています。

一年前、ムーンドロップスレーベルの創刊と共に、私はデビューしました。そしてこのたび続編という形で、同レーベル一周年に二冊目の本を、出させていただくことになりました。再び美月とイサック、それから元『鍵』候補な彼らのその後を書くことが出来て、とても楽しかったです。

前作では様々な苦難の末、ようやく結ばれた美月とイサックですが、今作は図書館を飛び出して、イスヴァーン国内にある図書館分館めぐりの旅に出ます。ラブラブなふたりの、とろとろに甘い婚前旅行気分、一緒に味わってもらえたら嬉しいです。……まあお約束で、図書館の『儀式』はついて回るし、予想外のトラブルもあって、甘いばかりではない展開になるわけですが、試練を乗り越えて、絆が深まる二人の恋模様に、ドキドキしながらお付き合いいただけたら……。

今回は書き下ろしという形で、いちからお話を書かせてもらったのですが、初めての経験で、相変わらず右も左もわからない私の相談に乗ってくださり、プロットを作る段階から脱稿まで導いてくださったのは編集担当者様でした。いろいろ教えていただき、本当にありがとうございました。

イラストレイターの城井ユキ様には、美月とイサックをはじめとした『錠前』メンバーたちを、生き生きと、とても魅力的に書いていただきまして、『眼福』という言葉の意味を教えていただいた気持ちです。表紙や口絵だけでなく、挿絵まで魅力全開の彼らにテンションあがりまくりでした。

そして、この本に関わっていただいた皆さまのお力添えがあって、無事上梓することができました。本当にありがとうございます。

前作を出させていただいたあと、生まれて初めて、ファンレターというものをいただきました。初めての体験で本当に嬉しかったです。みなさまの応援が、新しい話を紡ぐ力になるのだな、と強く強く、実感させていただきました。よろしければ、また出版社様宛にお便りなどで、声掛けいただけたら嬉しいです。今後、美月達のお話の続きも世の中に出せたらな、と思っていますし、他にもいろいろなお話を書きたいなと考えています。また書店などで見かけたら、拙作を手にとっていただければ望外の喜びです。

最後に、あとがきまでお付き合いいただいた皆様に、あらん限りの愛と最大限の感謝を!!

また近いうちに皆様にお会いできることを祈りつつ……。本当にありがとうございました。

当麻　咲来

平凡なOLがアリスの世界にトリップしたら
帽子屋の紳士に溺愛されました。
みかづき紅月［著］／なおやみか［画］

怖がりの新妻は竜王に、
永く優しく愛されました。
椋本 梨戸［著］／蔦森 えん［画］

数学女子が転生したら、
次期公爵に愛され過ぎてピンチです！
葛餅［著］／壱 コトコ［画］

魔界の貴公子と
宮廷魔術師は、
真紅の姫君を奪い合う
私のために戦うのはやめて!!
かほり
蜂不二子

喪女と魔獣
呪いを解くなら、ケモノと性交!?
踊る毒林檎
花岡美莉

宮廷女医の甘美な治療で
皇帝陛下は奮い勃つ
月乃ひかり
ゆえこ
MOON DROPS

王立魔法図書館の［錠前］は淫らな儀式に啼かされて

2018年8月17日　初版第一刷発行

著　当麻咲来
画　城井ゆき
編集　株式会社パブリッシングリンク
装丁　百足屋ユウコ＋マツシタサキ（ムシカゴグラフィクス）

発行人　後藤明信
発行　株式会社竹書房
〒102-0072　東京都千代田区飯田橋2-7-3
電話　03-3264-1576（代表）
03-3234-6301（編集）
ホームページ　http://www.takeshobo.co.jp
印刷・製本　中央精版印刷株式会社

ISBN 978-4-8019-1574-9
Printed in Japan

MOON DROPS